爱的轮回式

爱的轮回式

[日] 乾胡桃 著

丁楠 译

中国出版集团　现代出版社

目　录

第一章

1

每当电话铃声响起，我总会心有所动。如果有人约我去玩儿，那自然是求之不得；如果对方只是闲来无事，想要聊上几句，我也能借此忘掉眼下的烦恼；如果是对方打错了，或是推销，虽然期待落空难免扫兴，但如果把它当成为单调的生活增添色彩的小插曲，便又觉得情有可原。据说电话里头有些无良的商人，会假借中奖之名推销英文会话教材。至于那些上当受骗的人，他们的心情我很理解——那种时时刻刻盼望着能有人打来电话，把自己从穷极无聊的日常中救走的心情。

那通电话是在九月一日，星期天下午打来的。大学暑期还未结束，但在下半学期的课程开始之前，毕业论文的开题报告必须准备妥当。因此从几天前，我就把自己关在屋里，百年不遇地发奋起来。

铃声响起时，我下意识地看了一眼表，刚过下午四点半。

随着踝关节上的"咔吧"一声响，我连忙站起来，快步穿过房间，在第二声铃响结束前迅速提起话筒。

"喂，您好。"

"打搅了，请问您那边是私人住宅吗？"

电话里传来一个低沉但穿透力强的成年男子的声音。

"对，是。"

我姑且做出回应，心里却在纳闷：真是通古怪的电话，明明是你打过来的，怎么反倒问起我来了？

"请问您是学生吗？"

"是……那个，不好意思，请问您有什么事吗？"

心想可能是推销之类的电话，我却没有挂断，继续回应了对方。似乎是某种预感驱使了我。

果不其然，男子毫无预兆地说出了奇妙的话。

"从现在算起约一小时后，下午五点四十五分，将发生地震，三宅岛震度①4，东京震度1，届时请您留心确认。我再重复一遍，从现在算起的一小时后，五点四十五分，将发生地震，千真万确。"

"啊？"

我愣头愣脑地发出一声，对方却只顾自说自话。

"还有一点很重要，这通电话的内容，请务必不要向他人提起。

——————

① 日本震度，指地震破坏力，从 0 到 7 共十级。

那就拜托了……呃，方便透露您的姓名吗？"

我犹豫了一下，心想也没什么要紧的，便如实告诉了他。

"我姓毛利。"

"毛利先生是和家人一起住吗？"

"不是……"

"自己一个人住，原来如此。那么，请不要给任何人打电话，一个人等候结果出现。过后，我会看准时间，等毛利先生差不多确认结果了，再致电给您。在那之前请不要向任何人透露任何细节。那就这样。"

"请、请——"

就在我要说出"等一下"的时候，电话被挂断了，只传来"嘟、嘟"的电子音。我茫然地放下话筒。

刚才这个算什么呢？避难通知？

不对，地震这东西，根本无法预测。

退一步说，就算可以预测，为什么要把这件事告诉我这样一个学生呢？

一阵冥思苦想后，我得出了结论。简言之，刚才那个应该是某种新型的恶作剧电话。随手按下一组号码，对接听者进行类似预言的通告，让对方六神无主。或者，也可能是我的某个熟人，为了戏弄我才打来的。但是对于那个低沉的嗓音——那个听起来像是三十多岁中年男子的嗓音——我却毫无头绪……

管它呢！我吐出一口气，回到写字台前，眼睛却下意识地望向柜子上的闹钟。

四点三十八分。

刚才那人说的应该是五点四十五分吧？换句话说，还有一个小时零七分钟……

想到这里，我用鼻子哼笑一声。我并没有对那些荒唐话信以为真，但自己像这样计算着余下时间的样子，客观地说，有那么一点儿好笑。

然而，心中有个角落却又在想，要是地震真的来了才有意思呢。当然了，那种事是不可能发生的……

我想换个心情专心学习，可是一度中断的注意力却迟迟不肯恢复。我把资料上的铅字看来看去，却始终看不进去。回过神来，眼睛又在盯着柜子上的闹钟，确认当前时刻。还剩五十八分……五十二分……四十九分……

"不行不行！"我出声告诫自己。

然而不可思议的是，等那个时刻真的到了，预言却已被我抛在脑后，忘得一干二净。

就在这时，我感到了轻微的摇晃。

地震了？

不是错觉。我猛地抬起头来，灯绳正微微晃着。此时，我终于想起了先前的电话，慌忙看向柜子上的闹钟——

下午五点四十五分。

2

我赶紧打开电视，里面正在播放少儿动画节目。我屏住呼吸，一声不响地盯着那画面。

　　大约两分钟后，随着为吸引观众注意的铃声响起，画面上方开始打出紧急通报的字幕：

　　今日午后五时四十五分，东海一带发生较强地震，并在以下地区观测到 3 级以上的震动。三宅岛震度 4。

　　被他言中了。五点四十五分发生了地震，三宅岛震度 4。时间也好地点也好，都给他说中了。怎么可能有人成功地预言地震？

　　电话再次打来是在一个多小时以后，眼看就要到七点的时候。

　　尽管一直在等电话，起身时我却不紧不慢地，直到铃声响过五次以后，才缓缓拿起话筒。

　　"喂，您好。"

　　"是毛利君吧？"

　　不出所料，还是先前那个男人的声音。几小时前还称呼我"毛利先生"，现在变成了"毛利君"，不难体会到对方的优越感。

　　"对，是我。"

　　"怎么样，已经知道结果了吗？"

　　"嗯，确实是地震了。"

　　"地震的前后，毛利君都没有向任何人提起预言的事吧？"

　　"没有啊……哦，我的意思是，绝对没有。"我下意识地修正了自己的措辞。

　　"挺沉得住气嘛。"

男人略为不满地说，大概是希望我能更直白地表达出惊讶之情吧。我揣测着对方的心思，赶紧补充说：

"不不不，我非常惊讶，而且有很多问题想问……那个，为什么您在事前就知道要发生地震呢？还有，为什么要把这件事告诉我呢？"

与其说我是在就实际感受进行提问，不如说是在揣测对方期待我提出的问题，再把它们列出来。这种状况真是奇妙。

"哦，对了，"我补充问道，"话说回来，您到底是什么人呢？"

话一出口，我又担心起来：眼下还不到质疑其身份的时候。今天发生的这些，虽说直到现在都没什么真实感，但是静下心来想想，事情确实不可思议。而预言背后的谜团单靠一己之力又不可能解开，所以无论如何都要让对方吐露实情，在那之前不能得罪他——我的理性如此运作着。

"毛利君显得很冷静嘛。我这样说可能会有些失礼，但在我看来，你对这件事似乎相当感兴趣。"

男人如此回应了我，心情似乎并未受损。"先做一下自我介绍吧，鄙姓风间。"他自报家门说。

风间？写作汉字是"风间"二字吧。虽然不像田中、铃木那么常见，但风间这个较为罕见的姓氏应该不是化名，我想。

"至于先前的那通电话，为了让你我今后能继续对话，我有必要事先取得你的信任，于是便有了一开始的那场表演。"

男人如此切入了主题。我默默地听着，不打算放过一字一句。

"毛利君是不是在想，我为何能够给出那种预言？"

你想让我说什么呢？不就是因为我怎么也琢磨不透，你才能把我作弄到这个份儿上吗？

"呃，比如说，你有预知的能力——"

我试着用连自己都觉得荒唐的想法打开局面。

"不会不会，怎么可能？从某种意义上讲，类似于这种特殊的能力，很遗憾，我并不具备。"

当即被否定了，说的也是。

"我是个极其普通的、随处可见的人，当然这是从能力的角度来说。不过……我有着常人无法想象的经历。"

常人无法想象的经历……去冲绳旅行时，我曾被响尾蛇咬伤，在这种特殊经历上我拥有不落于人后的自信，但我依然无法预知地震。

"让我给你一点提示好了……我能预言的，并不仅限于地震。"

"所以说，还有什么？"

"说得夸张一点，这世间的万象，我都了如指掌。"

"说什么——"蠢话！我欲言又止。沉默持续了片刻，得说点什么。

"没有预知的能力，没有进行预知——那么，您只是把已经知道的事情说了出来，如果是这样的话——"

"如果是这样的话？"

"当前这一时刻，您已经经历过一次了。"

"换句话说……"

这太荒谬了！

"您……来自……未来？"

于是，电话线的另一端传来男人冷不丁的笑声。笑声犹如被钩在喉咙深处，吊着嗓子惹人不快，吊得我都觉得自己可笑。哪有这种事呢？简直异想天开！

谁知男人收回笑声说："没错，答得漂亮……正如你所说。"

3

"怎么可能？这也——"

我摇摇头，感到一股寒气。他一定是疯了，要不然还能是什么呢？

男人低沉的声音在我已放弃思考的大脑里长驱直入。

"觉得很蠢，对吧？我当然清楚，不可能这么轻易就使你相信我。是啊……正因为如此，我才进行了那场表演。在现实中确实发生了不可能发生的事情……感想如何啊？毛利君已经确认过了，不是吗？并且认为那是件不可思议的事，一件超乎常理的事。可是，我若当真如自己说的那样，是个来自未来的人，并且已经一度体验过此后发生的种种事情，又会如何？只要接受了这一现实，今天的表演——换个说法，预言，在毛利君看来也就变得寻常无奇了。"

我的思绪宛如坠入云里雾中。为了解释一件难以置信的事而扯出另一件难以置信的事，这便是我的真实感受。

"我希望毛利君能够像这样，顺着一级一级的台阶，最终将我所经历的重赴，即时间旅行接受为事实。是啊，若能让毛利君亲身体验时间旅行，自然是最直接、最妥当的捷径，但遗憾的是，此事目前还无法实现。不过，我仍然希望毛利君能够相信我所说的话。为此，哪怕是旁证也好，我都会尽力出示。也是出于这个原因，我才进行了那场表演。事情就是这样。"

男人说完便不再开口，似乎认为我需要些时间消化对话的内容。

"那个，刚刚，您好像说'经历的重赴'？"

"对，回到过去的自己，我们称之为'重赴'。"

"回到过去？"

"没错，把时间倒带，让自己的意识回到过去某一时间点的自己的身体里，并且是在保有现今全部经验和记忆的情况下。换句话说，带着未来的记忆回到过去的某个时刻，让自己的人生重新来过——我们将这一过程称为'重赴'。"

"我们，您是说'我们'吗？"

对话中断了一瞬。

"不错……除我以外还有其他同伴，所谓的同行者……我称其为'访客'。作为下次重赴所招揽的访客，如今命运的指针指向了毛利君，情况就是这样……毛利君的意向如何？"

问我意向如何，我只觉得混乱，脑袋里一片混乱，不是能够对事物进行理性思考的状态。我任由自己乱成一团，只顾继续发问。

"那个……您这是在邀请我吗？这又是为了什么呢……为什么，选中了我？"

"我随手抽选了电话号码，拨打过去，正是你家。仅此而已。"

果然如此。不过换算成概率的话，一定是个了不得的数字，比中彩票还玄乎，居然就这么误打误撞地落到我头上……

"你不妨这样设想一下：能够上溯时间，回到过去的某时某刻，将人生重新来过，梦境般的体验成了现实——此事若被世人知晓，可想而知，无人不为之疯狂……哦，在此之前还有能否取得他人信任的问题。即便如此，假如我将一切公之于众，将今天展现给毛利君的环节，譬如借助媒体的力量披露于国民面前，并如此反复数次，想必除去顽固不化的人，大多数国民都会对我时间旅行的经历深信不疑吧。"

我边听边叹出鼻息。

"那么，倘若我扬言说，这一系列表演是我所主办的旅行团的募集活动，任何人皆可体验一番。如此招募同伴的话，事态又会如何发展？势必会有大批民众——甚至几乎是全体国民——蜂拥而至，争先恐后，强烈要求参与其中……然而遗憾的是，实现全民的愿望终归是不可能的。有幸与我同行的人，至多不过寥寥几位。对于其他留守者，纵使我深表歉意，恐怕也难以服众……如此一来，即使我想增加同伴也无法采用公开召集的方式。"

寻求时间旅行的旅友——联想到这样一则广告，我觉得十分好笑。

"反过来说，如果全体国民都是潜在的志愿者——做出如上假设的话，便没有进行公开召集的必要，只要由我单方面来筛选就可以了。但若自问是否有权力去判定得救之人与无救之人，我想恐怕是没有的。因此，本着机会均等的原则，在随意挑选电话号码拨打的过程中，我选中了毛利君，事情就是这样。"

话筒里淌出男人滔滔不绝的说明，我只是默默听着。说明的内容姑且理解了。理解了，却没有将其与现实世界以某种形式相连的实感。我仿佛回到了高中时的数学课上。

男人的话仍在继续。

"只不过，毛利君如果是个无法保守秘密的人，或者对我的这一番话嗤之以鼻，抑或，虽然相信却没有参加的意志，认为人生这样就好，无须推倒重来——如果是这样的话，在我来看并无大碍，只要再打电话去别人那里，再进行一次预言，重新判断对方是否相信，是否有意成为我们的同伴就是……毛利君会怎样抉择呢？的确，突然被灌输时间旅行如何如何，是会觉得有些不可思议。要你现在立刻相信，怕是太勉强了。此事并非万分紧迫，时间尚且充裕，请你仔细回味今天的对话，过后我会再与你联络。此外，虽然已再三强调过，时间旅行一事还请务必替我保守秘密，拜托你了。我若得知毛利君将此事泄露给他人，便只当毛利君主动弃权，进而取消今后的一切联络。请你三思而后行……那么，下次电话里见。"

"哎？"

就这样，通话再一次被单方面挂断了。

4

回到过去，重塑人生。

这句话对我来说充满了不可言喻的魅力，甚至可以说充满了蛊惑。

不过，这种事当然并不存在于现实之中。这种想当然的事情是不可以存在于世的，我这样认为。尽管如此，我却发觉自己正在梦想着它。

保留现有的记忆，回到过去的自己，如若成真，那将是回到哪里，又能实现什么？

假如回到三年之前，大一的夏天，涩谷的居酒屋举办少林寺拳法同好会酒会的那一天。散会后，我按原定计划与和美会合，两人登上道玄坂，决意走进酒店。

我是第一次，结果是惨败，那是段羞于回首的记忆。如果能回到那天之前，重新来过……

事情会如何发展？她想和我进行第一次结合，我对她的性偏好了如指掌，但我要装作一无所知。我觉得自己有些狡猾了——这就好比明明知道礼物的内容，却偏偏要问上一句"是什么呀"，表现得毫不知情。不过，无伤大雅吧。

然后，我要重新来过。如果那晚进展顺利，事情又会怎样发展？

如果那晚进展得顺利，我便可能不被和美嫌弃。换作现在的我，她在想些什么，又想做些什么，大体上都能把握。是啊，在那之后只要我周旋有方，说不定能同她交往下去。

然而……这又能成就什么呢？事到如今要我同和美重修旧好……这当真是今时今日我最大的愿望吗？

并非如此。我没有想同和美破镜重圆，我只想把那次初体验时的失败从记忆中抹去。我的愿望仅限于此。

是啊，现在的话应该不会犯那种错误了。好好表现，让她觉得不枉和我睡那一觉。这样一来，在她那里这次才是事实——我在初体验上表现出色。可是……在我又如何呢？此事周遭无人知晓，只有我心知肚明。就算回锅后的初体验令人回味，那记忆自身并未从我脑中消去。即便他人不知晓，对我来说，那次失败依然是无法篡改的事实，不是吗？

或者——另一个女孩儿的脸浮现眼前。河野，高中时代的同班同学。请求交往被拒绝后，我旋即对她死了心。如果现在回到那个还是高中生的自己——

对面是十七岁。我呢，模样回到了当时，所以同为十七岁，内在却和现在无异，换句话说，二十一岁。当初那个令人神往的姑娘，如今在我眼里不过是个小我四岁的丫头……怎么样？我这边，当年扭捏的自我意识已荡然无存。她那边呢，被十七岁的娃娃们簇拥着，从我身上顿时感到一股年长的魅力，为我倾倒——这样的场景，单就可能性来说还是有的。

如果能同河野交往，高中生活将是蔷薇色吧，我梦想着。然而，这也不完全是件好事。一旦变回了高中生，大学就不得不再考一次。以我现在的能力去参加大学应试，能通过吗？还有，回到高中时代就意味着小久保的那堂课也不得不再出席一遍。呃，还是饶了我吧……

诸如此类愚蠢透顶的念想在不知不觉间已使我沉浸其中。我日复一日地斥责自己应将意识集中于现实。总之，在下半学期开始之前，毕业论文的开题报告必须准备妥当。

至于之后好歹完成的这份报告，就连我自己也不敢恭维。不出所料，报告提出三天后，周二的讲习结束以后，我被叫到了教授研究室。

"毛利君……到了这个节骨眼上还来这个，不太像话吧？"

"十分抱歉。"

教授戴着黑边的眼镜，额发日渐稀疏。我由衷地尊敬他，因此越发蜷缩起身体来。

"工作，已经定下了吧？"

"啊，是，得到内定了。"

"那就更得加把劲儿才行。"

走出教授房间的那一刻，我的内心充满了羞愧。

而在这种时候，我又考虑起那件事情来。

如果像电话中的那人所说，当真可以回到过去，那么毕业也罢，就职也罢，在我这里终将变得没有意义，不是吗……

5

翌日夜晚，歌舞伎町的酒吧"Bambina"，我在那儿有份兼职。

"地震的预测，一般能做到什么程度？"当我有所察觉时，自己又在向吧台对面的客人宫崎先生询问这种事了。

"预测地震啊，"宫崎先生眯起眼镜背后的双眼，"不论怎么预测都达不到实际应用的程度吧。"

"这就叫作浪费预算。"另一位同坐吧台的客人阿岩先生插了一嘴。

　　向就座吧台的客人们提供话题，这也是站在吧台里头那个人的工作之一。两位客人都已加入进来的这个话题，我想把它继续下去。

　　"其实——"

　　前两天有过这么一通电话——话悬在嘴边上。哎呀，不妙！我拼命把它按住了。此事一不留神泄露出去怎么得了。

　　我话锋一转："不是常有这种事嘛，临地震前鲇鱼躁动不安之类的，这些说法到底有几分可信呢？"

　　想必是包厢里的客人开了什么玩笑，姑娘们"咯咯"的笑声从大厅一侧回荡而来。我擦拭着阿岩先生玻璃杯上的水滴，意识则集中在宫崎先生的讲述上。

　　"有一种说法认为，动物们会表现出躁动是因为临地震前产生的电磁波。"

　　"电磁波？"

　　"对，视频率而定，部分波段似乎也可以被人耳所闻。至于那种电磁波是在怎样的机制下产生的，细节上的东西我也不清楚。但不管怎样，这些都发生在转眼就要地震的时候，这时就算发出警报也来不及跑到远处避难，顶多能通知一句把火熄掉。所以啊，就算经过不断研究达到了应用层面，也顶多是这种程度而已……我记得还听说过这样一件事，和刚才的那些不是一个概念，似乎是在中国的某地，震前发出的警报和避难通知确实应验了。"

　　"真的吗？"

我不由得吃了一惊。如果预测地震在当代科学领域是可以实现的话，结论将大为不同。那通电话为何会打来我家的谜题姑且不论，预言这件事本身将变得不足为奇。

"那预测可有精准到几时几分，震源何地，震度多少？"

我兴致勃勃地问道，宫崎先生却摆了摆手。

"并没有，只是说未来几天会有危险，而警报总共发出了几十次，其中命中的不过一两次，应该是这种程度吧，我隐约记得是这样。还有就是当地的居民，据说每逢警报都会被要求出外避难。这种状况怎么也够不上实用的程度，而且话说到这个份儿上就会觉得，有那么一次成功也完全不觉得稀奇。"

"所以说是碰巧言中喽？"

"也有这种可能。"

不论如何，以分钟为单位指定地震发生时刻的那通预言电话，凭现在的科技水平是无法做到的。

阿岩先生耸耸肩，说："简直就是'狼来了'的水准嘛！等到了关键时刻大家却没能逃掉，很有可能是这种结局。"

"在日本如法炮制的话，肯定会以此收场吧。"

宫崎先生点头深表赞同。

"话说回来，日本迄今为止从未尝试发出过那种程度的警报，除了东海地震那次那种模棱两可的、漠然得不知能否称之为预报的预报。连那次都无法言中呢！就像刚才举的那个例子，即便能够发出正经八百的警报，几十次里才有一次成功的命中率，正如刚才这位先生说的，这类情报根本无法有效地应用于实际情况。

不过，五次里若能有一次成功的话，之后便是将每当警报响起便跑去哪里避难的劣势，与实际发生地震时确实能够获救的优势，放在天平的两端来衡量吧。"

"这种情况目前还达不到吧？"

我再次向他确认道，于是宫崎先生当即断言说：

"与其说目前还达不到，应该说永远都达不到吧！"

那么，那个预言又以何为据呢？

"欢迎光临！"

姑娘们的声音欢迎着新的客人，负责吧台的我连忙准备起了杯子。

地震的话题就此被迫中断了。

<h2 style="text-align:center">6</h2>

窗外风雨交加，台风逼近了。它将于明天通过列岛南部，电视里播音员预报说。

九月十九号的夜晚，距离那次预言已过去两周多了。下半学期课程已经开始，几天来我一直忙于修订毕业论文的开题报告。

这天晚上，我正像往常一样翻阅着教授提供的书目。

突然，电话铃声响起。

我的心一下子提了起来。

正在鸣响的是我两天前刚刚更换的一部新话机。万一外出时那个男人打来电话该如何是好？于是，我购入了附带留言功能的新电话。

为他而购买的新话机，因他而更新的尚未听惯的呼叫音——是他打来的，我有种预感。

我站起身，吞下口水，提起话筒。

"喂，您好。"

"喂，圭介君？"

预感落空。是个女人的声音。预知地震的人明明就在这世界的某处，我的预感却全然不灵。

然而，这声音还有几分耳熟——是由子，半年前分手的女友。

"是我，听出来了吗？"

"哎，谁啊？"

我装作不认识。从前，只要听到这声音我就心花怒放。那些幸福的回忆，随着分道扬镳之际彼此间丑陋的谩骂声一笔勾销。

"是我呀，是由子啊！"

"哦——町田小姐。"

我故意叫姓氏。这女人不知安的什么心，似乎在期待能谈笑如初……但事到如今，她的名字我再也不想叫出。

"有什么事吗？"

"最近好吗？圭介君今年有毕业论文吧，有在好好写吗？"

"还好。"

我淡淡答道，之后便是沉默涌动。我无意将对话继续下去，由子却似乎因此而觉得困扰，把话题接下了。

"对了对了，我之前不是说要去相亲吗？然后呢，这回，我和那个对象决定要结婚了。"

哼！再无其他话可说。

"感想如何？"

"恭喜。"

"没了？"

"町田小姐已经二十五岁了，差不多是时候稳定下来了。"

"还有呢？"

"叫我出席婚礼什么的，哪怕是有这个心也请您不要开这个口。"

听我这么一说，由子突然笑起来。病态的笑声持续了近十秒。

"啊——真好笑……这点常识我当然懂啦。"

"那就好。"我撇嘴应道。

"不过呢，其实到了现在人家还在犹豫，就这样和这个人结婚，可不可以呀……对方那个人，真的是特别特别认真，人又好，可是我真的喜欢他吗？说句心里话，人家到现在也还喜欢圭介君呢。"

我不禁叹出气来，叹息撞到话筒上发出"唔"的一声。

"不是吧，事到如今还说这种话。"

"因为和圭介君在一起很开心嘛。"

"不好意思，我可是痛苦得很，比如最后那一哆嗦。"

"但在床上又合拍得很呢……我说，咱们再见一回吧？"

结果，是这样……我终于明白她在盘算什么了，叹息不已。

她的身体，想必现在也魅力十足，然而如今的我却不想重赴仅与她肉体相连的关系。

欢快的时代早已终结。

"我想……还是不见为好。"

"是吗……原来是个赆货！"

"爱说什么说什么。"

"明白了……对不起。再见。"

附上意气可嘉的结束语，由子单方面终止了通话。

放下话筒，我有气无力地踱过房间，挨着床沿坐下，一头栽进身后的被子里。得继续查看资料才行。无奈心有余而力不足，学习以外的任何事情也都力不从心。我的气力仿佛被由子吸干了一样，两眼一味凝视着屋顶，无聊的琐事浮现心头，思绪漠然地徘徊其中。

最近，缠在心头的焦虑不时在心中搅起层层旋涡……快乐的岁月和悠闲的时光已成过去，而当初看似遥远的毕业论文这座大山，以及危耸其后的社会人那座未知的山峰，在不知不觉间已迫在眉睫，压在心上。

只剩半年了。

半年后——那终点如果永远不会来到该有多好……

这时电话铃声再次响起。距离上个电话不到十分钟，又是由子？

我爬下床去，一边以不输给铃声的气势"来了、来了、来了"地应和着，一边穿过房间拿起话筒。

"喂，您好。"

"是毛利君吧？"

这次听到的是那个姓风间的男人的声音。

7

我深吸一口气。平静下来，我在心中默念。然而，积蓄至今的言语在心里翻江倒海，抚平无术，鱼贯而出。

"打那以后，我一直在等您的电话。整天这样对神经可不太好。拜托您别再让我像这样干等了。我怕自己不在家时您打来电话，还特地新买了一部带留言功能的话机。"

"十分明智。"

电话线那一头，男人似乎露出了微笑。我心中不由得燃起了无名之火。

"那个，关于您上次的解释——"

"依然无法接受。"

男人抢先一步说道，那语调就像在说：这种反应也在预想之中。

"嗯，时间过得越久就越是觉得荒唐。但是关于那个地震的预言，到现在我也想不通那是怎么做到的。"我坦率地说出自己的想法。

"恐怕无法给出合理的解释。"

"您说能回到过去，"我改用旁敲侧击，"还说那并非利用时间机器让现在的我直接回到过去——"

"没错，是回到过去的身体里。所以意识还是现在的意识，身体却是当时的身体，将是这样一种状态。以此为基点，人生将实现重塑。"

"之后，还能回到现在吗？"

"很遗憾，这无法办到。通往过去的旅程终归是单向通行的，"

请在重赴后将自己的人生重新来过。"

"呃，所谓回到过去的自己，以我为例，应该是没办法回到五十年前吧？那时我还没出生呢。"

"的确。更严格地说，重赴的时间点从一开始就是固定的，它恒定在某个不变的时刻——没错，那一天的那一刻，只能回到那里。而那个日期恐怕要比毛利君想象的更接近现在。"

回归的目的地是个定数。这超出了我的预料。

"具体时间……现在还不能告诉我吗？"

"那是自然……不过将大致时间告诉你倒也无妨。将要回到的是今年一月里的某一天的某一时刻。"

"今年一月份吗？"

说到一月，我还在上大三呢，是大三的冬天。眼前仿佛有那么一瞬间浮现出了雪的景色。虽然不记得今年一月份是否降过雪，但那或许就是我对冬日的印象吧。

"如此说来，风间先生应该已经回到过一月，重新经历过这一年了，对吧？"

"是啊，有几次了。"对方轻描淡写地说。

"有几次了。"我如此附和着，心里多了几分认同感。"换句话说，您是在反复回到过去，所以才记住了那次地震的发生时间。"

"与此同时，也是为了能够在如此邀请各位时充当证据，在重赴前调查了报纸等，记下了那一时刻。"

原来如此，我想。信口雌黄的话必定会在某处露出马脚，然而这个姓风间的男人，他的言辞显然经过了周密的考虑。

不过，在战术上我仍留有余力。

"既然如此，风间先生一定也记得许多别的事情吧，不如——"

"预言点别的什么……这无法做到。并非不能，但无意去做，希望你可以这样理解。无意为之，毫无意义。"

"为什么？我觉得有意义啊，如果风间先生再次预言成功，我就——"

"百分之百地相信了？问题并不出在这里吧？关于预言，有上次地震那一回足矣。然而，毛利君仍然表示不足为信，我认为，这是由于常识在作祟。如果原因在此，怎样重复预言都将毫无意义，不是吗？"

是这样吗？如果此时他再次给出预言并且言中的话，我就会百分之百地相信他所谓的"重赴"了吗？

"话说回来，今天致电于你原本是有事相告，可以回到正题了吗？"

"啊，是。"我端正坐姿，聆听话音。

"在那之前我想先核实一下，预言地震和重赴的事，毛利君都不曾与他人商榷，是吧？"

"和谁都没说，我有守住秘密。"我自信满满地说。

"了解了，我相信你。事情是这样，为了将诸位邀请为重赴的同伴，我有必要就各个细节进行说明——说到这里，我之前有提过吗？除了毛利君，受邀参加这次旅行的还有另外几位。"

"没有啊。"我摇摇头。确实是头一回听说。

"您不是说随便选了个号码打到我这里的吗？"

"正因为是这样才有别人。除了毛利君，预言电话我同样打给了另外几个人。"

"您对那些人——"

"和对毛利君一样，进行了重赴的说明。"

"然后呢……他们相信吗？"

"这就不好说了。应该是半信半疑吧。其中也有人明确表态说不信，然而其他人却并未完全拒绝旅行一事。大家都有老老实实地保守秘密，同时也都紧紧咬住我的说辞不放……情况就是这样。那么刚才说到一半，既然要进行详尽的说明，再像这样挨家挨户地拨打电话就显得过于烦琐了。所以我想将大家召集在一起，给出统一的说明。时间就定在这个月的二十九号。"

我看了一眼墙上的挂历。九月二十九号，星期日。

"怎么样，你来吗？为了能参加这次的聚会，其他几位当中已经有人取消了原有的安排。"

不来的话便到此为止，大概他会这么说吧。

"原来是这样，我倒是没有什么特别的安排。"

"这么说是会来喽？"

"呃，请容我考虑一下。那个，去到那里，就能当面见到风间先生了，是这样吗？"

"这个嘛，是啊，会的。"

对于这个回复，从某种意义上讲我是略感惊讶的。居然可以直接见到他本人，而这个机会又居然是对方主动创造的。

"好，我去，为什么不呢，在哪儿？"

“横滨不是有条中华街吗，乘京滨东北线在关内下车……”

风间于是就到达“回龙亭”这家餐馆的路线做了说明。他表示自己已用“再访会”这一团体的名义在那里预订了包间。聚会将在正午开始，从用餐费到交通费，一律由他个人承担。

“希望大家能够一边悠闲地享用午餐，一边听取有关重赴的种种说明——我是这样考虑的。”

“我很期待能与大家见面。”

留下这最后的一句，风间挂断了电话。

第二章

1

到了指定的星期天，我比平日更早醒来，整个上午都心神不定。十一点时，我比约定时间提前一小时到了关内。

走进中华街，很快找到了"回龙亭"。之后，我把街区来回走了两趟打发时间，等到十一点半便走进店里。大厅里铺着红地毯，桌上盖着白桌布，两种强烈的对比色直入眼帘。

"欢迎光临。"数名男侍身穿正装，笔挺地站在进门处，以略带拘谨的声音向我问候道。"请问只有您一位吗？"

"啊，不，那个……应该是有提前预约，呃，以'再访会'的名义——"

话到此处，只听背后传来"哎"的声音。回头望去，一个女人站在那里。行人交错的户外背景中，逆光遮住了女人的脸庞，尽管如此，清秀的五官仍然依稀可见。那脸庞，靓丽中透着可爱，一如偶像派般两者兼修。往下看，则是娇小的身段和楚楚衣装。非要说的话，还是可爱那一面更胜一筹。她的年纪貌似与我相仿。

"难道说……你也是？"我试问道。

"是，是啊。"女子与我目光交会，轻轻点头。

"你好。"我也轻轻行了一礼。

再次面向店内，方才一直候在身边的男侍说一声"请跟我来"，便朝里头走去。我，还有那女子，于是跟了上去。

"就是这里。"

男侍话音落下，我俩当真被领到了一个包间门前。男侍推开颇有厚重感的房门，将我俩请进了屋里。

室内装潢同大厅一致，同为中式风格，宽敞程度相当于十二张榻榻米的大小。屋子中央摆一张圆桌，桌旁已有四位客人。他们无一相邻而坐，彼此之间都隔着空位，视线则一齐向我俩投来。

四人均为男性，最年长的一位约有四十来岁，其余三人，一位在三十岁上下，另外两人看似二十五六岁。不知风间是否就在其中。

"各位好。"我低头且行一礼，随后，一边观察四人的表情，一边问："请问，风间先生呢？"

"似乎还没到。"

回话的是在我看来三十岁上下的男子。男子面部黝黑，牙齿洁白，加之体格健硕，大概是经常参加某种体育运动吧，我想。

"在座的都是被请来的访客……我想问问，二位是熟人吗？"

经他这么一问，我看向身后的女子，在一瞬之间同她四目相视后，两人一齐摇头说"不是"。

"我们是进来时碰上的。"

"哦，总之先请坐吧。"

圆桌旁边共有十把椅子，靠里有三个并排的空位，我坐了正中。右边隔一个位子是运动员风貌的男子，左边隔一把椅子坐着有点发福的中年大叔。

而在餐馆门口邂逅的女子如我所愿地坐到了我旁边——我的右侧，我和运动员先生中间的位子。

"还剩四个人。"

我推测成二十几岁的那两人当中的一人，看着自己两侧的空座位嘟囔着，随后"呼"地吐一口气，固定成帽檐状的前发低垂着。他穿着一件嵌有银色刺绣的紫衬衫，一条金色项链在胸前隐约可见。

另外那个二十几岁的男子身材高得一塌糊涂，穿黑西服，系黑领带，俨然一副打丧葬现场归来的行头。他在我们进来时曾一度扬起脸，把锋利的眼神瞥向这边，但很快埋起头来，在手边的一摞纸上用红色钢笔写着什么。是在工作吗？被招到这么一个迷雾重重的场所，还能公事随身、泰然处之，想必是一位粗大神经的持有者。

余下的那名中年男子，双手搭在肥满的腹部之上，双眼闭合，从刚才起便不时吐一口大气。他上身穿一件长袖马球衫，下面套一条休闲西裤，活脱脱一个假日老爹的形象。

再看这包间，换句话说，这间 VIP 贵宾室，从墙壁到天花板，再到地毯的花纹，设计款式通通以红色为基调，处处以金色做点缀，自上至下散发着非同一般的豪华气息。椅子的靠背很高，怎么坐都觉得心里没个着落。圆形桌面上铺着白色桌布，桌子中央装饰有龙的雕塑和植物盆栽，但没有设置转盘——那种电视里常见的方便取餐的转盘。各个餐位前摆放着折成山字形的餐布和餐具。

我正张望房间的布局，运动员先生又来搭腔了。

"方便透露二位的姓名吗？我是池田，职业高尔夫球教练，初次见面，请多关照。"

先行做过自我介绍后，池田依次介绍起其他三人。看来先来的客人之间已互相有所了解。

穿紫衬衫的是高桥，工作是卡车司机。

着黑西服的高个儿叫天童，是一位剧本作家。

最后，那名中年男子主动说："我是横泽，是个上班族。"

如此一来，四位先客已介绍完毕，接下来轮到我了。

"我是毛利，毛利圭介，大学四年级，请多关照。"

说完，我反射性地点头行礼，然后看向右邻的姑娘。

"我——也要说吗？"事已至此，姑娘仍然显得犹豫不决。

"在这儿吞吞吐吐的有什么意义，反正电话里头那个人知道，不是吗？"

只听冒出一个声音，我循声望去，那个叫天童的男子一面手不停地写着，一面说道。他的语气充满了攻击性，话的内容倒无可厚非。那姑娘大概也有同感，这回老老实实地做了自我介绍。

"我叫筱崎鲇美，鲇美是鲇鱼的鲇字添上一个美丽的美字，在公司上班。"

筱崎应该是写作"筱崎"吧。筱崎鲇美小姐，请多关照。我在心里小声念道。

一轮自我介绍过后，房间里仍然充斥着陌生人初次聚会时特有的沉闷气氛。我忍耐不住，开口说道：

"那个，我有件事想问大家。大家听了那番话，有何感想？能相信吗，那种话？"

"那种话，你指的一定是重赴吧，当然不信了！"池田率先应道。

果然这才是从常识出发的见解，我心里稍微踏实了些。这时，卡车司机高桥插了进来。

"那为什么那个叫风间的能预知地震？"

"这么说，高桥先生是相信他喽？"

池田说罢露出微笑，而高桥似乎将这意会成了对他的取笑。

"笑什么笑，你这家伙！你说他那些都是假的，那他到底是怎么预知的地震，你倒是现在在这儿给我说个明白啊！"

"也没什么说不明白的。"池田满不在乎地说。这着实让我吃了一惊："真的吗？"我抢在高桥前面替他应道。

"当然，"池田以沉着得令人不爽的姿态点一下头，随后又摆出一副妄自尊大的态度说，"不过这个话题还是留到后面再说吧，全员还没有到齐，况且我也想先听听那个叫风间的人怎么解释。"

如果池田猜得没错，预知地震一事当中必定运用了某种诡计。然而，那种诡计当真存在吗？

2

就在众人已无话好讲，眼看要陷入僵局的时候，门忽然开了，在男侍的引领下，一名男子出现在门口。男子瘦得皮包骨，活像一具罩着西服的骨头架子，架子上顶着一头蓬乱的头发，戴着一副黑边眼镜，以至于年龄有些难以分辨，说他三十多岁也行，四十多岁亦可。

众人的视线纷纷落在男子身上，不知为何，这令他有些惊慌失措。

"啊，各位好。呃，我是大森。"他用与其体型匹配的细小声音说道，又慌忙点头。

"邀请咱们的人还没有到，请吧，找个空位坐下。"

经池田这么一说，自称大森的男子选了我左侧的空位坐下。我对邻座的大森，就像刚才池田对我和筱崎那样，就包括自己在内的六名先客作了简单的介绍。其间，大森或是将背包置于椅子底下，或是用力挠头，总之毛毛躁躁的。将全员介绍一通后，我询问他是什么职业，得知他是从事食品化学方面的研究工作。

大森的漫不经心令我打起了退堂鼓。和他草草聊过几句后，我便转向右侧找筱崎小姐搭话去了。

"筱崎小姐怎么看重赴那档事？"

"我也觉得那是骗人的。"她看了一眼池田，如此答道。同他一样，"我也"大概是这意思。"因为，上溯时间那种事如果真的可行，不就等于颠覆了现代物理学的根基吗？相比之下，让预言成真就不一样了，在概率上也许低得惊人，但是从物理学的角度去解释，起码不是绝对不可能发生的事情。可那人在电话里，明明是在说明一个物理学上可以成立的现象，却举出了一个物理学解释不了的事例作依据。这样是无法构成解释的，我认为。"

筱崎小姐并非只对我一人，而是以桌旁所有人都能听到的方式发表了观点。随后她转向池田补充说："您刚才想说的就是这个吧？预言会命中，不过是巧合罢了。"

我把筱崎小姐的观点在脑袋里细细回味，于是似乎看到了讨论的方向，便把想到的随口说了出来。

"预言是碰巧命中的。即是说，也有不中的可能。应该说，不中才是通常情况。或者说，打偏的时候不计其数。简言之，因为默认是百发百中才觉得神奇。如果对方采取胡乱扫射的方式，而我们会中弹不过是种偶然，这样一来，预言也就能解释了……"

"我想是的，"筱崎小姐点一下头，接着我的话说，"虽然不了解风间先生是个怎样的人，但是可以想象，他的时间和金钱一定绰绰有余，每天，甚至是每小时都会到处拨打电话，说几时几分哪里哪里将发生地震，一天打上几回或是几十回。他还为表演准备了脚本，一旦说中就照着念上一番。然后呢，他从几年前起就一直在打这种电话，当然了，这几年来预言从未准确过。他拨过的那些号码，只要通过电脑之类的设备进行管理，就可以避免打重复的电话给同一个人。如此反复的过程中，最终，他打给咱们的这一次不论时间还是地点都言中了，这样想来——刚才我说发生这种事情的可能性低得惊人，但这样想来，既然分母已经变得如此庞大，分子随之上升一两位数也很自然。指望买一张彩票就中奖，难度的确很大，但如果买上千张，尽管概率依然不高，相比只买一张的情况，难度却要降低千倍。同样地——"

"的确，一开始我也有过这种想法。"

池田陡然插入一句。从他切入的方式看来，像是要陈述否定性的见解，我边想边听。

"只不过，假如制订了这个计划的人是我，设想一下，每天几回甚至几十回地拨打电话给素不相识的人，到头来预言无一命中，翻来覆去地不中。这种翻来覆去又在几个月乃至几年时间里日复一日，周而复始。其间，好不容易发生了地震，时间却在仅仅几分钟的尺度上阴差阳错，或者时间分秒不差，震源却差之千里，各种情况都可以想象。总而言之，算上那些失之交臂的时候，如果预言一味地不中，换作我，一定会想，究竟要持续到何年何月呢？然后再没有毅力坚持下去。区区一个闲人不可能做到这种程度。纵使拥有更为切实的理由，把如此这般的行为不断反复直至预言成功，面对这么一个艰难的工程，哪怕我已经迈出了第一步，也绝对会在中途放弃震源和震级，改变预言的内容，只要说中时间就好。或是改变拨打电话的策略，不对多个人进行相同的预言，而是在这个电话里说五点五分，下个电话里说五点十分，像这样。虽然成功时只有一人命中，但我会期待命中对象尽早出现。如此想来，像这回的这种，打电话给多个人预言相同的内容，而且不仅限于时刻，连震源和震级也一并言中的情况，在概率上正如筱崎小姐所说，是有可能的，我也认同这个观点。不过，如果把拨打电话一侧的心理也考虑进来，像这次这种形式的命中，我想恐怕是不可能的。所以，如果采用的是人海战术，即使命中大概也只有一人，且预言内容仅限于地震发生时刻这一项。我想应该是这么一种情形吧。"

池田说完便不再开口。我觉得应当说些什么，然而能发出的暂时只有叹息。

不得不承认，刚才那一席话相当有说服力。不过，世间也确实存在着这样一些人，他们遵循常人所不能理解的准则行事。若将风间假想成这类背离常规之人，先前的言论便不至于被完全否决，可是……

"那么，对于风间无数次拨打电话，也就是所谓的人海战术，池田先生是持否定态度喽？这么说，您还有别的什么方法可以解释那个预言，是吗？"我开门见山地问。

于是，池田眯起眼睛默默点头，但丝毫没有抒发己见的意思。

就在这时——

"请进，大家已恭候多时了。"

随着男侍的引导声，门口出现了一个男人的身影。男人体型坚实，个头算不上高大，梳背头，戴细框墨镜，鼻下生有浓密的胡须，年龄三十多岁。他在马球衫外套了一件运动夹克，下面穿着半旧不新的牛仔裤和旅游鞋，一身休闲打扮。

就是他。见到那身影的瞬间，直觉告诉我。透过电话听到的声音与这形象之间有着莫名的契合感。

那么到底——

"看来还有两人未到。"

这个说话的声音，也的确属于那自称风间的电话中人，错不了。

3

从那个电话算起，整整四周过去了。终于在今天，我得以和自称风间的神秘男子正面交锋……想到这儿，胸膛里忽地热了起来。

风间向侍候在门旁的男侍示意后，踱着稳健的步伐向我们所在的圆桌走近。房门在他身后悄然无声地闭合。再次密闭的室内空间里，紧张的气氛愈渐浓烈。

他在天童与横泽中间随意坐下，把我们环视一遍，讲道：

"也不知是谁没到。大家相互之间自我介绍过了没有？"

从那语调和态度中，可以感受到某种类似于只有自己才有资格君临于此的、绝对的自信与从容。

我注意到他邻座的天童把纸摞在桌上，把钢笔往那上面"嘭"地一扣，就那么坐着挺了挺腰板，那架势像是在说：风间也来了，好戏差不多该开场了。

在天童这一举动的提醒下，我从包中取出了事先准备好的笔记用具。

风间见众人缄默不语，便说："这样吧，大家轮流作自我介绍好了。"

　　说罢，他看向右侧的横泽，示意由他开始。原来如此，风间对我们的相貌还一无所知。想到这里，心里多少踏实了些。

　　横泽和大森相继报了家门。其间两人都有点头行礼，于是我也一边说"我是毛利"一边效仿。之后经由筱崎小姐、池田、高桥，最终绕回了天童，然而只有他没有坦白交代，反而问风间："能吸烟吗？"

　　风间抽动一下眉毛，整体上仍是一副不为所动的表情。"哦，请吧，大家都不介意吧？"如此回应后，他反问道，"是天童先生吧？"

　　天童点上烟，还是那张百无聊赖的脸，爱搭不理地点点头。在那位池田尚且不敢多喘一口大气的气氛之中，只有他表现得安之若素。

　　"如此看来，是乡原先生和坪井君尚未到场。"

　　原来其余两人是"乡原"和"坪井"。乡原想必是写作"乡原"。

　　"那么，再等十分钟好了。"

　　"我说，"突然发言的人是高桥，"要开始就赶紧开始吧。时间到了他们不到，当他们弃权不就得了。"

　　对此，风间缓缓开口说道："言之有理……不过，还是再等上一会儿吧。然后，高桥先生，还有其余的诸位，会聚在这里的全体人员——也包括还未到场的乡原先生和坪井君，大家从今往后将成为同伴，共同经历许许多多的事情。因此，相互之间要尽可能地予以信赖，团结一心。这样，我也会感到由衷的欣慰。"

　　然而事与愿违，现场气氛变得愈加不对味道了。可想而知，无可撼动的不信任感已扎根于风间与我们这些所谓"访客"之间，或于"访客"彼此之间。

　　就在这时——

　　"这边请。"

　　伴着男侍的声音，房门开了，门口出现一位少年。说少年，那是从外表捕捉的感觉，实际年龄在二十岁左右，一头长发染成了茶色——或许说金色更为贴切。他身材瘦小，穿着一条细长的牛仔裤，长袖衬衫的衣摆荡在外面，手上攥着背包的系绳，那背包像褡裢一样顺右肩垂在背上。少年整体给人以某种不健全且弱不禁风的印象，而从他刘海儿缝隙间流露出的眼神中，反抗之色隐约可见。

　　"是坪井君吧？欢迎你，请找个空位先坐吧。"

　　经风间指示后，少年一声不吭地坐在了天童和高桥中间。

　　三分钟过后，最后一个人也出现了。

　　"打搅一下，最后一位客人到了……这边请。"

　　男侍话音落下，房门再次打开，走进来的是一位比想象中更为年迈的男性——估计已年过花甲了吧。

　　"是乡原先生吧，请吧，请坐这边。"

　　风间没有起身，仅仅出手示意了座位的方向。而最后登场的这位男性，虽说身材矮小，却不愧为与会者中最年长的一位，举手投足都带着威严。

　　配合着乡原的就座时机，数名男侍走进包间，开始侍候我们饮食。只有在这段时间里，会场和普通的餐饮会大同小异，熙熙攘攘。然而过不多时，侍从们纷纷退下，只留我们这一群人孤守密室后，苦闷的气氛又卷土重来了。尽管如此——

"总之，先干一杯吧。"

主办方自己倒是一副飘飘然的样子。我留意着大家的动向，最终还是抓起了盛有乌龙茶的玻璃杯。

"为了我们的相会，以及未来崭新的旅程，干杯！"

我怀着不上不下的心情，没有去附和那祝酒词，只在形式上举起了眼前的杯子。

餐饮会就这样开场了。一面享用着料理，一面迅速进入有关重赴的说明环节，我本以为会是这样。

"至于说明和疑问，就留到进餐之后吧，时间还充裕得很。"风间如是说。

我侧目瞄了一眼池田。总以为他会代表我们向风间提议，他却满脸的事不关己，已对料理动了筷子。

4

负责侍候餐饮的侍者在房间里进进出出，或许在就餐时间里确实不适合谈论秘密。如果用一句话来概括用餐期间的感受，那就是：料理美味至极，氛围乏味之至。

当把宣告大餐终结的甜点和饮品呈到各人面前、把盛有饮品的茶壶置于备餐台上之后，男侍们行过一礼走出房门。风间清了清嗓子，吸引众人的注意。

"好了，料理就享用到这儿吧，不知大家尽兴了没有，若有哪位感到不满意，尽可以追点一些——看来是没有了。那么，是时候进入正题了。顺带一说，这间屋子今天一天直到打烊都被我包下了，也有嘱咐过他们不要进来搅扰，时间上充裕得很……那么，让各位久等了，现在就由我来进行有关重赴的说明。"

终于要开始了。我重新拿出一度收好的笔记用具，咽下口水，静待后续话音。

风间把视线由桌子一端缓缓投向另一端，开始说明了。

"简言之，是这样：在十月的末尾，即是大约一个月后，那天到了某一时刻，某个场所便会打开裂口。怎么说呢？就叫它'时空的裂缝'好了。然后，进到那里面去，时间就会回到今年的一月。我们的意识将上溯十个月，回到当初自己的身体里。我们需要做的，不过是进到那个时空裂缝当中去。如此一来，不论何人都能够回到过去。简要地说……的确，就是这样。"

"能提个问题吗？"在此处打断的果然是池田。"所谓某时某地，具体是何时何地，现在还不能透露吗？"

"关于地点，目前尚无法传达给各位。至于时间嘛，把它设想在一个月后就可以了。临行前，我会就此事宜进行更为详细的通知。"风间清了清嗓子。"要说为何眼下还不能说，我这边——我个人，仍有所顾虑。现在把时间地点告诉你们，万一消息不胫而走，势必会招致无谓的混乱。关于这点，我想事后再作详细说明。总而言之，重赴一事必须有限定的人数、在完全可控的状况下加以实行。目前还无法就细节进行通告……出于戒心。"语毕，风间用右手捋了捋嘴边的胡须。

"那么，就不问是什么时候出发了。回到的时间具体是一月里的何日何时，这个讲一讲总无妨吧？"

"倒也是，那就讲讲吧。回去的将是一月十三号，星期天，夜里的十一点十三分。准确地说，是十一点十三分零七秒这个时间点。"

一月十三号星期天。那天是怎样的一天？我让思绪在记忆中寻找。凭空回想起半年多以前特定的一天几乎是不可能的——结果找到的只有这个结论。

听到那日期后反应最为显著的，是坪井少年。他用仿佛没有经历过变声的高音说道：

"十三号的夜里，时间不能改改吗？比如说再往前错几天。"

"非常遗憾，无法变动，必定是回到这一天的这一时刻。"

"那就没意义了，完全没意义了。"说着他噘起了嘴。

这令我一时间有些摸不着头脑。

"不过呢，坪井君，二次考试应该赶得上吧？"

还是风间的一句话提醒了我，原来少年指的是大学的入学考试。即是说，一月份时他是考生，而现在是大一学生，要么就是重考生。

的确，如果真的能回到考试之前，题目他现在已经一清二楚，只要记忆力不出问题，想考满分也不在话下。对考生来说，这就是梦吧。即便赶不上初次考试，就像风间说的，在二次考试上收获优异的成绩就可以了。

不过话说回来，这些都是对重赴云云信以为真的后话了。

"可以继续了吗，池田先生？"风间问道。池田无言地点头。"那么，关于出发日期和当天的集合地点，我会做另行通知，这点各位了解便好。这次旅行的概要事项，大体就如我刚才所讲……还有哪位有别的疑问吗？"

"成员呢？在座的十个人就是全员了？"天童迅速跟上一个问题。

我不由得将眼前的一桌人环视一遍。

"不错。不过各位当中若有人主动退出，空位也可能由他人填补，或者，在迫不得已的情况之下，九人也罢，八人也罢，重赴仍会照常进行。"

"十一个人，要么十二个，这样不行吗？假如我提出想把恋人带上呢？"

"定员十名，这是前提。即使大家有重要的家人或是别的什么人，想要一同带去，我也爱莫能助。正因为此，我才拜托各位不要把重赴一事告知于家人……诸位都有保守秘密吧？莫非天童先生对那想要同行之人——"

"我不是说了嘛，假如。事实上我没那个人，也没跟谁说。"

"是这样吗……其余的各位也都没问题吧？若有哪位泄露了秘密，还请如实向我汇报……那就是没有喽。"

风间将我们扫视一遍。受其举止影响，我也左顾右盼地张望了一通。无人不是缄口结舌。

"那么首先，我将就我所使用的专有名词进行讲解。这应该是最为行之有效的说明方式了。就从已向诸位解释过的'重赴'一词开始吧。关于这个词，与其说它指的是从今年十月某天回到一月十三日的时间之旅，我们更倾向于借它来指代从这一回归中实现的人生的重塑。"

"我们？"天童迅速回应道。

"所以说，虽然今天没有到场，尽管参加下一轮重赴的是在座的这十人，不过随我从R8——是啊，这个词也必须给出说明才行。看来还是要从一切的开端讲起。"

风间在此处吐出深长的气息，将时间一分为二。

5

"起初是个巧合。我，还有其他三人，当时同伴还在。我们四个在十月的某天去了某个地方。那地方人迹罕至，我们偶然去到那里，然后被一并吞没了，就是刚才讲到的时空裂缝。意识恢复的下个瞬间，我躺在自家床上蓦地睁开眼，对当时发生了什么毫无头绪。去查日期，发觉恍然之间已是一月十三日。起初我以为是次年的一月。四人遭遇了事故，在近三个月的时间里昏迷不醒，我是这样理解的。然而，仔仔细细地确认一遍后，却发现那并非什么来年一月，而是今年的一月。简直荒唐透顶，开始时我也这么想。二月、三月，一直到十月，这一年我已经走过来了，可电视里头播放的新闻，尽是些似曾相识的东西。

"到底是怎么一回事呢？是整个世界出了差错，还是我自己出了毛病？问题在于不只是我，共同经历了重赴的其余三人也都有相同的体验。和我一样，他们都认为自己该在十月，而不该是一月。但现实就是现实，眼下就是一月，这点不容否认。我们几个不敢乱说，怕被周围人当成疯子，所以对谁也没讲，就这样挨到了今年第二轮的十月。

"当时，我和另一个同伴想到了同一件事。若在重新启动的人生里重新去到那个场所，会发生什么？时空的裂缝能否重新打开？坠落进去能否再次回到今年一月？我俩认为值得一试。纯粹被好奇心驱使的成分固然存在，但除此之外——没错，第一次时没有任何准备，比如想靠赌马大赚一笔，着实力不从心。如此下去，重赴的人生将毫无优势可言。若能把重赴一再重复，这回要把有用的信息一一记牢，如此一来，靠赌马一获千金也不在话下。于是在十月的那天，我俩又去到相同的地方，不出所料，又一次实现了重赴。

"当时与我同行的另外一人，在重新来过的人生里如愿以偿，赚了大钱，心满意足。所以在R……也就是当时的人生——还是在此说个明白吧。我们将最初的人生，原版的人生，称为R0。R是重赴（Repeat）的首写字母。原版的人生是0次重赴，所以是R0。之后，同伴四人糊里糊涂经历的第一次重赴是R1，我和另外一人再次重启的人生是R2，以此类推。通常情况下，人们在标注年份时会说八五年、九〇年，像这样。或者说去年、两年前，也有这种说法。但对于反复经历同一年的我们来说，绝对年数和相对年数的说法或不成立，或易混淆，为了将某两次重赴区分开来，唯有以R字编号。

"好了，回归正题吧……呃，是从什么话题跳至这里的？"风间一脸困惑地问。

"'我们'和'R8'。"天童当即答道。

他的话令和风间一样迷失了话题脉络的我很是佩服，连忙对照本子上的笔记。

"所言极是，"风间继续说道，"如上所述，虽然到 R2 为止有人做伴，但在独自经历了 R3 并尝试通过 R4 后，我开始寻求同伴。毕竟一个人旅行无趣得很。因此在 R5 时招呼了近旁的几人同赴 R6，但由于中途发生的些许矛盾，最终我只好只身前往 R6。但对孤身一人到底感到寂寞，R7 时又生出了携带其他同伴的念头。好比这次采用的方法就是那时想到的。继而，我从 R7 把九名同伴带到了 R8，由于吸取了先前的经验教训，这次筹备得相当充分，结果也是相当成功。他们在 R8 开始了崭新的人生，也通过赌马赚得盆满钵满，心满意足地留在了 R8，继续十一月往后的生活——想必是这样，我在十月重新回到了这里，对于此后他们的状况并不了解。之后从 R8 到如今的 R9，我同样带来了九位同伴。没错，对我而言，现在是第九回的周而复始。第九回重赴，所以是 R9。若将原版人生也算在内，今天，九月二十九号这一天我已经迎来过十次。

"至于 R8、R9 这种定义方式，除我以外的同伴，也就是每回由我带领的九名访客——哦，访客（Guest）这个词，不用解释也能明白吧？顺带还有重赴者（Repeator）这个经常会用到的词，我想也无须说明了。那么对访客而言——换句话说对大家而言，现在是原版的人生，即R0，而一旦实现重赴，之后便相当于各位的R1。但并非如此。我衷心地希望诸位能够同我一样，将前回称为R8，这次称为R9，把重赴之后重启的人生称为R10。为了避免在与访客的交流中造成不必要的混乱，每次我都会做出这样的请求，拜托各位了。"

"那个，所以说，这个世界里，除了风间先生，还有九个，叫什么访客的人，是从R8来的？"高桥皱起眉头问。

"不错。"风间微笑着点了头，"那么接下来，重赴者在现实中具有怎样的优势呢？有什么好处呢？从这个角度考量，重赴者与其余的普通人相比，绝无仅有的不同之处，就在于持有未来的记忆。但是归根结底，也仅限于记忆。打个比方，重赴之前费尽心力写下的笔记，这些东西可都是带不回过去的。能带回去的只有货真价实的记忆。所以对坪井君来说，为了成功考取目标大学，必须趁现在，在重赴之前，把二次考试中出现的题目全部记牢。想要靠赌马赚大钱的人，也必须趁现在，把今年一月往后的比赛结果逐一记清，为重赴做好事前准备。正因为此，我才决定在出发前一个月的现在，而不是临行前，为大家召开这场说明会。为了提供给诸位充足的时间，以做好万全的准备。"

6

风间起身从备餐台上取回茶壶，往自己的杯里添了茶。茶壶在众人手中传递，我也往自己的杯中倒了茶。天童则点上一支烟。

茶壶轮转一周后，风间再次开讲了。

"好了，接下来我想谈一谈身为重赴者在思想上应做好的准备。这个部分非常重要。"说完，他停顿片刻。"需要强调的几点全部与重赴后的生活息息相关。首先一点，请务必不要将重赴的秘密泄露于他人。重赴后只要各位有意，好比我向各位展示的那样，预言地震等都是轻而易举。不过，请千万不要如此而为之。对媒体自不必说，除此以外，哪怕是对身边的亲人朋友也不例外。九月一号午后五时四十五分，哦，地震要来了——知道得再清楚，也不可向任何人旁敲侧击、提示半分。

"我想大家应该明白，简明地说，在其他普通人眼里，重赴者已是狡猾的存在。为什么？因为今后将要发生的事情他们已经了如指掌。如此一来便无所谓竞争，无所谓公正。这样的人如果存在于世，赌马等国营博彩将不再成立。此外诸如学校的考试，或是股票的交易，经济上亦会受到波及。在条件公平的基础之上，参与者赌上各自的运气和实力一决胜负，这是上述行为成立的前提。然而重赴者却在当中耍诈，其存在本身已动摇到社会的根基，而我们正是如此。若一般人得知这世上有你我存在，势必心生忌妒，也自然会出现妄图利用我们的知识的人。总之不被社会欣然接受，这点确凿无疑。"

不被社会欣然接受。我不禁倒吸一口气，重新窥视风间的表情。隐藏于太阳镜下的眼神无从捕捉，那张脸孔犹如戴了面具一般纹丝不动。

"只不过，在座的各位与一般人不同，今后将亲自成为重赴者，体验其拥有的特权人生。正因为此，我才以这种形式邀请了各位。

今日亲临现场，是因为相信不会遭大家怨恨和忌妒。尽管如此，也算是背负着相应的风险。诸位即将参与新一轮重赴，那么在此过程中，自己身为重赴者一事，请务必不要被他人觉察。秘密一旦泄露，不只是当事人自身，同伴的存在也可能被人嗅出，进而顺藤摸瓜，难免殃及池鱼。这个方面，没有经历过重赴的人往往会掉以轻心，所以每次像这样把访客们召集在一起，我总要着重、反复地强调这一点。"

电视里偶尔会出现一些自称超能力者的人，他们当中倘若有一人——哪怕只有一人——的能力被证实为名副其实，世人将会有什么样的反应呢？

如果这个人的预言屡屡命中，如果这件事被媒体大肆报道……

其人若去赌马，他人便跟风而至，只买相同的马券。何止，其人不买，无人购买。名为赌马的机制因他的存在而名存实亡。

岂止遭人忌妒，其人必定难获自由。怕是会被政府利用，或者终归难逃一死，总之再无法步入正常的人生。这点确凿无误。

按照风间的说法，重赴者在这一点上亦无差别。没错，如果重赴者确有其人，他们和超能力者便是如出一辙。重赴者本身就是预言者，是拥有预知能力的人。尽管有着为期十个月的期限。

风间的话还在继续。

"此外，我推荐各位在重赴后尽可能地保持原有的生活方式。当然了，如果哪位想靠赌马或股票发一笔财，尽可以放手去做。只不过，借此赚到的钱财请不要急于使用，而是尽量等到十一月以后，即重赴期间结束之后再作打算。"

"银行劫匪经常和同伙们这么说，在电影之类的作品里，"天童插了一嘴，"铺张起来引人耳目就不好了，是吧？"

"当然也有这层原因。另一方面，也是为了各位在日常生活层面的安全着想。"

"所谓'日常生活层面的安全'是指？"

"呃——简明扼要地说，就是尽量把生活过得和原先一样。保持原有的人生轨迹。说到底还是这样最为稳妥。只要将人生保持在原有状态，就不会产生太多的负面影响。换句话说，原有的人生得到了保底，不太可能掉到这条线以下。比如说，辞去公司的职务，去海外旅行，干这种在原先的人生里所不曾经历的事。这些固然都是新鲜的体验，但如此行事却不具备任何保障，多少伴随着风险。视具体情况而定，可能遭遇事故，也可能被强盗袭击，这些危险都在设想范围之内。所以要在大体上保持原有的生活方式。在此基础上，例如工作中的些许失误等，有意去回避也无妨。或者事先知道这天有雨，在原先的人生里没有带伞淋湿了身子，那么这回就带伞出行好了——像这种细微的部分，不一定要做到忠实还原。碰到如上场合，还请各位最大限度地发挥重赴者的特权。同时也可以在股票和赌马上大赚一笔。赚到的钱十一月以后再花便是。如此运用重赴者的优势，是最为低风险高回报、也是我个人最推崇的方式。不过在个别情况下，如此过活难免失去重赴的意义。遇到这种情况，只有靠各位自行把握了。比如说，以坪井君为例，劝他重复目前的生活，等于叫他再当一回重考生，意义何在？"

　　照风间说的，少年果然是重考了。观察被当作谈资的当事人，在金色刘海儿的遮挡下依旧是一张别别扭扭的脸。

　　风间接着说道："得知人生可以推倒重来后，拿坪井君来说，考上大学就成了他最大的目标。那么，假设回到今年一月以后，在R10，坪井君圆满考取了大学，如此一来，之后便是截然不同的人生，而关乎自身周边的未来记忆，将变得毫无用武之地。如果有今年四月以后交到的朋友，由于在R10考上了大学，便不会与那朋友相遇，同他创造的记忆也都将变得无用武之地。另一方面，在大学里将结识R9时无缘相见的新朋友，出席新的课程，开始新的生活，但是未来的记忆将随之无处施展所长。总而言之，坪井君如果活用其重赴者的优势，在R10考取大学，其优势便将因此而消耗殆尽。不过像是赛马的结果，或是社会性事件这种宏观级别的记忆，还是可以继续通用的。

　　"那么，既然下定了决心，坪井君就有必要对相应的风险做好心理准备。而他的情况是，不这样做就没有意义，没错吧？但余下的各位不同。若目标只有赌马赚钱这种程度，我奉劝各位在重赴期限终了之前暂时不要离职，也不要搬家，至少在表面上维持原有的、原版的生活模式。我认为，这样才是最稳妥的。"

　　坪井少年在风间讲话期间频频点头。如果重赴真的能够实现，该如何重塑自己的人生，他恐怕早已有了打算。

　　反过来想想，我又该如何呢？回到过去，回到今年一月，如果真的回得去，我又该如何利用那份优势呢？

7

"总而言之，重赴者的优势仅仅在于持有未来记忆这一点，并且其应用范围存在限制。发生在身边的事，与其相关的记忆，随着生活方式的改变将变得不再有用，这点在刚才坪井君的例子里已经讲过。或者，例如说，自己身边的某人，在这回的人生里因遭遇不测而身亡，有这种情况。那么在重赴过后，由于事前已经知道事故的发生，想要防患于未然自然可以防患。只不过，让命中注定要死的人逃过一劫，在那之后就——特别是当某人同自己又十分亲近，事故发生与否已然成了能够左右自己人生的重要事件，是和大学入学考试之于坪井君不相上下的人生分歧点。

"在之前的人生里，那人在那时已与世长辞，但在新的人生里，那人却因自己的帮助而活了下来。但是由于做了这种事——虽说救人一命本应是件好事——一旦做出了这种事，此后的人生便将与此前迥然不同。难得记下的未来记忆也将因此而变得几乎无用。

"所以说，虽然是极端论，在将自身安全和重赴者优势置于首位的情况下，这一轮人生中即便有亲近之人不幸身亡，下一轮人生里也要袖手旁观、见死不救，或许对重赴者来说，这才是最佳的选择。"

这是一场游戏，一场以假设重赴现象当真存在为前提的思考试验。我边听边对此深信不疑。

如果以此为前提进行考量，风间的语言可谓组织得非常缜密。特别是刚才的部分——为了保持自身的优势而对他人见死不救，重赴者有时必须表露出绝情的一面。这样的准则让听者脊背发凉。任凭他怎样编造，如此构想都不是随随便便能够编出的。

"前一轮人生的记忆之所以能在重赴后派上用场，是因为一月往后的历史每回以相同的形式反复。然而，在这一过程中却加载了不确定因素，无须多言，那正是重赴者自身的存在。他们的目的在于将人生重塑。换句话说，为前一轮人生所不为，从一开始便为此而来。不论他们作何改变，历史都将受其影响，或大或小。影响一旦开始在自身周围显现，其后将如何发展便完全不得而知。好不容易记住的前一轮人生的记忆，在这片未知中也将变得毫无用处……'混沌理论'这个词，不知大家是否听说过。"

混沌理论——确切的含义虽不得而知，作为名词倒是有所耳闻。我把它记在本子上，随后观察起大家的动向。高桥一脸茫然地坐在那儿，东瞧瞧西看看。他似乎不曾听说过这个字眼。

"原来如此。"循声望去，天童一副心领神会的样子，"嗯、嗯"地点头。"也就是说，人生一旦偏离轨道，便只可能越偏越远。"

"不错，"风间满意地点了点头，"事物一旦开始变化，其变化便将以不可预测之势飞速发展——数学上称之为'混沌'，据我所知。"

原来如此！无意识间，我竟然险些感同身受，惊讶不已。

可是，这些当真是无中生有的谎言吗？

风间话语中带出的那种真实感，那种细节性……

今天来到这里，我本对重赴云云压根儿不信。时间旅行那种事根本不可能，这是常识，也是依据。然而，就连理应成为依据的常识，至今依然无法解释风间何以能够预言地震。我有些摇摇欲坠了。

"大体上就是这么个状况，如果有疑问——好，高桥君，没认错吧？"

"那个，刚才我就想问来着——"兴致勃勃举起手的，是穿紫衬衫的高桥。"风间先生，像是今天的赌马结果，您是不是已经知道了？把它告诉我可不可以——还是说，这么做会不会有问题？"

他讲话大概不习惯恭敬吧，语言拼凑得很是奇怪。

"这……十分遗憾。"

风间摇了摇头。但高桥似乎不肯就此罢休。

"可是，这世上不是也有从……那个，R8过来的访客吗？他们应该靠赌马赚了不少吧？如今不是有马联吗？那帮家伙一定正在明目张胆地兑奖吧？这么想的话，其实我们一起——"

高桥越说越来劲，但风间没有让他把话说完。

"我今天能像这样把重赴的秘密和盘托出，可不是为了让大家像那样在R9的世界捞一笔，不是。归根结底，为的是邀请各位与我一同体验重赴，才拿秘密同大家分享。高桥君只要接受了这份邀请，重赴后在R10的人生里大可不必拾人牙慧，而是通过活用自己的记忆尽情赌马中彩，任何事情皆可随心所欲。况且……若在此不慎将信息透露出去，让大家赚到了钱财——万一各位觉得人生这样就好，无须重新来过，我这个邀请人又该何去何从呢？至于今天赌马的结果，知道自然是知道，但无法向大家明言……还望各位理解。好，那么，其他的问题还有吗？"

应该过问的事堆积如山——话虽如此，可一旦具体到该问些什么，又想不出任何特别的问题。"唉……"我叹了一声，这时——

"既然如此，该由我来讲的话，我已全部讲完，是时候该我退场了。"

话音未落，风间已经站了起来。

"在那之前——"

说着，他从脚边拎起一个提包放在桌上，在那里面窸窸窣窣地翻找起来，随后取出了九个信封，每个都有相当的厚度。

"请大家在原位等候，我将逐一发送。"

说罢，风间开始沿桌在每人面前留下信封。我见大森当即拆开了，也赶紧拾起自己眼前的那个，往里头一看，里面是一沓万元纸钞，绑着封条。是一百万日元！我取出那沓钞票，用指头从侧面拨开。张张都是一万日元。

"这些嘛，作为今日的路费，是会让人觉得太多了。这样吧，余下的就当作重赴的准备资金好了。"

风间一边递送信封，一边说道，之后他坐回了原位。

"那么，我就准备退场了。希望大家能够多坐些时候，相互之间尽可能地增进感情，毕竟是一同重赴的伙伴。这个包间一直到打烊都被我包下了，大家可以无所顾忌地交换意见，对我这个人是信任也好、不信也罢，想必有些话是本人在场时不便吐露的……那好，就这样。"

留下呆若木鸡的众人，他信步走出了包间。

房门闭合的瞬间，我条件反射似的站起来，除此以外再无计可施。即便现在追出去，追到了风间，我也不知该如何是好。

手上攥着百万日元的纸捆，我像个呆子一样杵在那里。看其他八人的情形，池田也罢，天童也罢，无人不是一副茫然的面孔。

8

最先发言的人是高桥。

"瞧瞧，九个人九百万，风间先生要不是重赴者，可能在马场里想赚多少就赚多少，可能像这样一掷千金吗？"他就跟打了胜仗似的扬扬得意。

"总之先坐下来冷静冷静，毛利君。"被天童这么一说，我老老实实地坐下了。手里的钞票不知怎么处理，姑且放在桌上。

右边筱崎小姐一脸不悦的表情，也跟着放下了信封。她把无助的眼神投向了我，说："这些钱，可怎么办哪？"

"哎，你不要我要。"高桥听了，迫不及待地跟上一句没脸没皮的话。

不管怎样，眼下都不是各自为政的时候。

"呃——"我姑且发出一声，以引起大家注意，"本人不才，由我来主持场面难免有些欠妥，但既然没有其他人出面，可否允许我暂时担此重任，把讨论进行下去？"

众人听了，没有任何人给出任何意见。我只当无人否定，继续说道："那么首先，在这里要讨论些什么呢？就从这个问题开始好了，各位有什么建议……哦，天童先生，有何高见？"

我发觉他那凶煞的眼神正盯着自己，便推了他一把。

"不管讨论什么，我都希望各位能够先明确一下自己的立场。立场有三：对重赴完全相信，半信半疑，或是彻底不信。先从这个问题开始，如何？"

对此，众人同样没有予以特别的反对。我便决定采用举手表决的方式来统计。结果，完全相信的有高桥和坪井两人；将信将疑的有天童、横泽、乡原、我，然后筱崎小姐也犹犹豫豫地举了手。

"这样的话，大森先生和池田先生两人就是百分之百地不信喽，没问题吧？我记得池田先生一开始的时候曾说过，有办法就那次预言给出合理的解释。哦，当时乡原先生和坪井君还没有到场。"

于是，我针对筱崎小姐提出的数击命中假说，以及其被池田否定的经过，向迟来的两人进行了说明。

"因此池田先生的假设应该更具说服力，那么，差不多可以给大家一个解释了吧？"

经我催促后，池田缓缓点头，朗朗说道："那一百万确实让我吃了一惊，但是相应地，也让我豁然开朗。估计是没想到会被我看穿吧，但既然看穿了也没办法，你们只好认了。我明白着呢，说白了，这是场整人节目，没错吧，毛利君？"

被突然这么一问，我除了能发出"啊"的一声，再无言以对。从那口气看来，他似乎把我当成了整人节目的策划人。我听见桌子对面的天童用鼻子哼笑一声。

"整人节目，是指经常在电视里播出的那种？"我问。

"所以说别演了，我早就看透了。但是话说回来，大家都是临时演员吧，演不演不由自己说了算。那怎么才能让这节目结束呢？”

“请等一下，”我连忙反驳说，“就像你说的，这状况是有点像那些整人节目，说实话，这种可能性我也考虑过。如果重赴是假的，那么能想到的发生这一切的理由，也就只有这个了。可是，就算这样能够解释为什么会发生这些，也解释不了那个预言是怎样命中的，不是吗？就算再怎么整人，也不可能随心所欲地引发地震吧？如果最关键的部分解释不清的话——”

“当然解释得清，这就解释。”池田说。

然而，从被当成节目策划人的那一刻起，我对他的推理错误已是了然于心。尽管如此，我仍然端正了坐姿，准备听他把话讲完。

“那次地震是人为引发的——不，确切地说，根本就没有地震。只有我住的那栋公寓，被机器之类的摇晃了两下，达到了一级震感。这样一来，就可以在指定的时刻让房间晃动了。”

哦，还真没想到！虽然在一瞬之间觉得原来如此，但我很快找到了反驳材料。

“可是电视里有播报紧急通知啊，第二天的报纸上也有刊登吧？”

“递到我家的那份报纸被做了手脚，这么想就对了。至于电视里的紧急通知，不好意思我没看到。就算看到了，墙里的电视线路恐怕也被人捣了鬼——比如说，利用专门的设备拦截信号，在普通电视节目的画面上合成字幕，再把信号放出去，应该能办到吧？想必就是耍了这种花招。还有，你们肯定是想到了我会直接去找别人确认，问问像是'昨天地震了没有？'，所以提出要我的熟人协助你们，合起伙来骗我，这样就更保险了。就算不这么做，区区一级震感，没准儿有人察觉不到呢？我要是这么想了未必会不依不饶，所以啊，说不定你们也觉得没必要大费周章。事实上，我谁也没问。

"所以说，费了这番周折——又是合成节目，又是伪造报纸，如此兴师动众只为了能骗到我，这么干到底有什么好处？如此想来，结论便只有一个，不就是整人节目嘛！只有这个。现在这屋里一定有摄像机藏在某处拍摄吧？"

"那个，我能说两句吗？"筱崎小姐举起手，"我家住的是独栋，电视天线是自家专用的，只在阳台上架了一座。所以我家电视里播报的紧急通知，应该是做不了手脚的。"

对于筱崎小姐的发言，池田闭起双眼，左右摇头。

"已经够了，筱崎小姐，话说你这名字是艺名，还是本名？估计你是棵演员的苗子。不止你一个，没错，还有你们所有人，都是请来骗我的演员吧？演得真是惟妙惟肖，太逼真了。算上那个叫风间的演员，各位的演技已经出神入化。经费想必也消化了不少吧？结果却成了这样，说句实在话，我心里也觉得过意不去……不过，是不是该收场了？"

"如今已经没有针对圈外人的整人节目了。"天童突然说道，"我也算是个业内人士，那一类节目我很清楚，他们能骗谁又不能骗谁，这里面的标准最近变得极其严格，节目就算录下来也不能擅自播出去，所以他们只挑能够确实获得许可的艺人制作节目，这是常识。

不过就算我这么说，你也听不进去吧？顺便说一句，我可不是演员，预言电话也确实打到了我家。"

　　站在池田的立场上考虑，的确，在这种情况下，别人再怎么坚持说自己不是策划，说自己同样接到了预言电话，也是空口无凭。无论天童如何陈述事实，不论我怎样为自己辩驳，恐怕都无法动摇他的执念……

　　忽然之间，另一个想法涌上心头。自己能够断言的，仅限于预言电话曾打来家里这个事实。与池田怀疑其余八人的理由如出一辙，我同样可以怀疑他们，不是吗？

　　假如这一切都是整人节目的安排，而他们的目标不是池田，其实是我；假如在座的除我以外的八位（包括池田）都是节目策划人；假如预言的诡计就像池田刚才说的……

　　万一策划人之一的池田坦言将内幕透露给我，面对真相我却无动于衷，而不知藏匿于何处的摄像机此时正将这一切记录了下来……

　　我不由得瞪大眼睛四处张望。然而接下来天童的一句话打消了我的妄念。

　　"地震是确有其事，要是不信，给气象局之类的地方打个电话确认一下不就行了，一个电话就让你真相大白。"

　　确实，地震是真是假，只要有心调查很快就能水落石出。如此脆弱的诡计很难令人将其与这次的事件联系起来。不过，为了保险起见，回到家后还是赶快确认一下吧，我在本上做了记录。

　　我看向池田，只见他面露难色，陷入了沉思。池田的主张着眼于地震的真伪而非预言的虚实，其捕捉诡计的角度可谓新颖，结果却不外乎纸上谈兵。

"那么，地震一事真实与否，还望池田先生在事后亲自确认。"我为这个话题画上了句号，接着说，"大森先生呢？您刚才也表示完全不相信重赴，对那次预言有什么看法？"

"不，那个——"突然被抛来问题，大森用力挠着头说，"特别的想法倒是没有，不过我好歹也算是一介科学工作者，像时间旅行这种骗小孩儿的把戏，从我的立场出发是绝对不能相信的。"

说到底还是仅以常识为依据啊，感觉同我的立足点基本一致。

"乡原先生有何高见？"我转而面向最年长者，"那个，和预言无关也不要紧，到目前为止都没怎么见您发言。如果有什么想到的，或是觉察到的，都可以说来听听。"

乡原一时间呈思索状，不久后讷讷地说道："方才的那一位——"说着，他指向池田，"约莫着，就像他说的那样。说实话，我也觉得，所有人当中，只有自己是被骗的那个。人生可以重来，用这些个便宜话把人叫来，其实是想收个几千万，甚至是几个亿的报名费。像这样，以圈人钱财为目的的欺诈行为，我是这么寻思的。

"可是，做好了受骗的心理准备，到了这儿一瞧，聚在这的各位——我这么说也许有些冒犯，各位看着实在不像是有钱人——不像是会被贼惦记的主儿，但也不像是骗子的同伙。所以我想，那个人把我叫到这儿来，至少为的不是钱。而且听他那意思，也确实没提报名费的事，何止是没提，还给每人撂下了一百万，总共撂下了九百万。这回，我是真的看不明白了。"

"没准儿过两天打来电话，说其实有报名费……"天童坏笑着说，"不过，要是成了那样就说明一准儿是欺诈，咱们心里反倒轻松了。到时候，上赶着被宰的就只剩下死心塌地的那两位了，可惜他们俩都不像是有那个钱的。"

天童嘴里"那两位"当中的一位——高桥，正怒火中烧地瞪着天童，却也没言语什么。

"那么，我也有个提案。"

讲话的人是天童。看来，他已从池田手中接过了现场的主导权。

"要不要交换联络方式？反正电话号码已经被风间知道了，至少我个人并不介意号码和住址让你们知道。不是全体人也无所谓，和我意见一致的，方便的话交换一下吧。万一哪天突然想到了什么，也好互相转告。赞同的人……"

天童举起手。我想先看看其他人怎么出牌，环视左右，发现大家同样滴溜着眼睛，也都在观察别人的动向。那么，交出通信地址会有什么不利因素吗？我想了想，但实在想不出有什么值得一提的，便很快举了手。接着，高桥伸出手来。池田考虑片刻后也把手举了起来。见状，大森和横泽相继举起手。

"六个人……OK，也就这样了。"天童自我认同道，随后从怀中掏出名片夹，整理出八张。看来没有举手的乡原、坪井和筱崎小姐同样有份。我没有名片（Bambina 的名片倒是有，不过今天没带，就算带了也不打算发那个），于是从本子上撕下一页，裁成八等份，分别写上自己的住址和电话。高桥好像也没有名片，说想借我的纸笔一用。我忙完自己那一摊后便借给了他。

"怎么就没想着管风间先生要个联络方式呢？"高桥边写边说，"唉，反正问了他也不会给。"

经他这么一说，我忽然想到一点："对了，不如去跟餐馆的人打听——"

"打听过了，"天童马上接过话说，"说是除了风间这个姓外一无所知。预约的时候没留下联系方式。这些方面果然也是无懈可击啊！"

天童，这个人在我眼中也是无懈可击。我能够想到的他早已想到，且已付诸行动。一个不容小觑的男人。这次的游戏，今后将如何发展虽不得而知，但无论如何我都不想与他为敌。

高桥写完后，数张名片和纸片开始沿桌轮转。由此得以拨云见日的情报有以下几条——

池田，全名池田信高，身份上只写了"职业高尔夫教练"。住址一栏写着墨田区吾妻桥一丁目，以公寓名称结尾，八成是私有房产。

搔头男大森，名雅之，就职于东日暮里的日净化成生物化学研究所，职位是"主任"。

横泽老爹，单名一个洋，受雇于仓田 Finance。从公司名称判断，应该和金融有关。别看他貌不惊人，却拥有"经理部人事科长"这个响当当的头衔。

天童，名字是平凡的太郎，头衔却相当不同凡响。我记得他是位剧本作家，可名片上面赫然印着"（株）天童企划董事长"。也不知是家什么公司，给人感觉是兼作办公之用的住宅，位于新宿歌舞伎町二丁目。可疑的地段！Bambina 就在歌舞伎町一丁目，应该离得很近。不如在打工前抽时间侦察一番。

高桥原来叫高桥和彦。便签上写了自家的住址和电话。令我感到意外的是他住在港区——港南四丁目的港南公寓，十七栋205 室。

当名片、纸片被悉数分发到每个人手中，天童最后添上一句："乡原先生，坪井，还有筱崎，你们三位我们联系不到，但你们可以联络到我们，有什么事的话可以找我们当中的任何一位，比如毛利君商量。"

突然被人指名，我紧张了一瞬，但旋即回应道："啊，是呀，有什么事找我好了。"待人接物的差事我再擅长不过了。

联络方式已交换完毕。"那么今天就到这里吧。"我正要做总结性发言——

"那个——"是筱崎小姐。她指着桌上的信封，面有难色地说："这些钱，我还是带不回去，怎么办哪？"

"所以叫你——"

"毛利，你替她收着。"天童打断了高桥的话，指名说道，"总不能留在这儿，但也不能交给高桥。"

"交给我转眼就能翻三倍！"高桥"变本加利"地说。看来是个投机爱好者。

"那……就这样？"我向筱崎小姐确认一遍，随后将自己那份连同她的，两个信封一并装进了包里。

如果只是整人节目，势必不会在散出二百万巨款后放虎归山。然而，并没有打着标语牌的工作人员现身，我畅通无阻地穿过了店门。可想而知，这次的事件还远未结束。

可以想象，事件的高潮在一个月后。风间再次将我们九人召集之际，其真实目的便将水落石出。

走出餐馆后，一行人随即散了伙。但由于大多数人都以 JR 车站为目标，大家又不约而同地走到了一起。与仅有一面之交的他人同路而行难免心存芥蒂，一行人固守着彼此间的距离，不多时便相继失散于茫茫人海。回过神来，我已成孤身一人。

站在车站前，我曾不住地悄然四顾，却没再见到他们的身影。

第三章

1

　　离回龙亭聚餐已过去两天，翻转月历，转眼到了十月一日。这天午后研究班有课。既然要去学校，不如顺道去图书馆瞧瞧。于是我早早起床，九点时已到大学。

　　今年一月十三日以来发生过哪些事情，调查报纸记事便是此行的目的。虽然我对重赴云云并非确信无疑，不过，这也不失为一个回顾今年一年的好机会。

　　来到报纸阅览区，这里网罗了一月至七月间的新闻缩印版。我将它们堆在桌上，从一月开始依序翻看。

　　空气中飘散着图书馆特有的香味，想必是书籍纸张的香气。像今天这样的下雨天里，那味道显得格外浓郁。

　　眼睛累了，我正想远眺窗外稍作休息，只听背后传来搭话声。

"这不是阿圭嘛！"

原来是南信明，与我同属文艺部社团的工学系学生——如此说来，他对科幻小说好像情有独钟。

"南，你来得正好，我正有事想要问你。"

我把他拉到走廊里的自动贩卖机旁。

"我问你，科幻小说里，有写时间旅行的吧？"

"哦！"

"科幻"二字出现的瞬间，南的神情发生了变化。有着矮墩墩的体形、戴着银边眼镜、一向给人感觉唯唯诺诺的南，一旦说起科幻来立马变得自信满满："有什么问题尽管问我好了。"就像现在，我恍惚觉得他一下子站直了，变高了。

"那一类小说里……通常不是这样嘛，主人公坐上时间机器，以现在的样子回到过去，对吧？我想问的不是这种，而是自己的意识，回到过去的自己的身体里……回去以后让人生重来，像这样的，有吗？"

"有啊有啊，就和阿圭刚刚讲的一点儿不差。有本叫《Replay》①的书，肯恩·格林伍德写的，新潮文库出版。"南当即给出了答案。

好，过后读读看，一边计划着，我继续问道："这种小说，其实没有科学根据吧？"

"嗯？你指时间旅行吗？嗯……在科幻界的处境基本上是这样，但这种事也不好一概而论。"

---

① 中译《重播》或《倒带人生》。

以此为开场白，南以"论时间旅行的科学依据"为题展开了一席演说。

"比如说……阿圭，你听说过'浦岛太郎效应'吗？根据爱因斯坦相对论，一个高速运动的物体，其内部时间的流速相对缓慢。所以，好比有一艘飞船，嗖的一下从地球飞出了宇宙，然后再嗖的一下飞回来，对机组成员来说不过是几年时间，但在地球上已经过去了几十年。如果这种情况实际发生了，就可以拿来当作时间旅行的理论依据。"

唉，说了半天就是这种事啊！我叹了口气。

"所以说，宇航员可以去到未来，对吧？嗯……我想问的不是这个，那回到过去呢？结果还是不可能吧？"

见我大失所望，他似乎觉得这关系到了他身为科幻小说铁杆粉丝的尊严，连忙补充说："啊，不，那个，也有传闻说可以制造时间机器。这件事，前不久在科幻迷当中曾引起了一阵讨论。说是有位德高望重的物理学教授，那人，也不知是不是认真的，发表了一篇这方面的论文。"

我不禁想吹一声口哨。如果真有此事，那岂不是个颠覆世间常理的旷世发现！

"哦，只不过，虽说能做，但要问真能做出来吗？其实是做不出来的。所以只能当个理论上的玩意儿，听听就好了……这个先放放，阿圭，你知道虫洞吗？就是黑洞的亲戚。"

我答不知道。

"所谓虫洞，就是连接空间里不同两点的洞穴，或者说，密道。

说白了，就好像《哆啦 A 梦》里的任意门。那东西，在物理学的计算上就算存在也不足为奇，这点目前已得到了证明。

"然后呢，咱们要把任意门装进太空船。装进去，把门打开，让它——好比说与这大厅连在一起。接下来，就该让太空船嗖的一下飞出去了。在那之后，对机组成员来说的三年后，地球上的十年后，假如飞船这个时候回来了……或者干脆假设十年前有架太空船飞出去了，今天刚好回来，就在那边的操场上着陆了。咱们欢呼着跑上船去，穿过那扇一直敞着的任意门——哎呀太神奇了，是七年前的大厅，七年前的学生们都在呢！"

"给我等等，为什么会这样？"

"由于浦岛太郎效应，太空船内部只经过了三年。而由虫洞连接的两点，可以认为处在同一坐标轴上。因此，任意门背后的这个大厅，也随之进入了亚光速运动，发生了浦岛太郎效应，所以在着陆后的太空船里，门的背后同样只经过了三年。"

"可是……总觉得哪里不对劲。"

到底是哪儿呢？想着想着，头疼起来了。太令人费解了！尽管如此，我仍然觉得自己抓住了些苗头，于是发出声来，一边念叨着，一边推进思路。

"窗户外面，太空船停在那儿。钻进去，里面摆着任意门，门开着，然后走进去，便来到了七年前的这里……所谓的七年前，即是太空船出发以后的三年后，以地球时间为准的话。这时候，太空船还飞在某个遥远的地方。因为地球上过了十年它才返回，所以现阶段还飞在远处。一方面，那艘飞在远处的太空船，从一开

始就和这大厅连着；但另一方面，我们又从返回地球后的太空船来
到了这里……这不是等于说，大厅也和这艘船连在一起吗？同时
连着两个地方，明显有问题啊……有问题吧？"

我自认为好不容易抛出的矛盾点，南却将它一语驳回了。

"实在抱歉，我把虫洞比作了任意门，却忘说了一点。虫洞其
实是一方通行的。换句话说，装进太空船的那扇门只能当入口，
而大厅里放的这扇只能是出口。所以从这里是没法逆向回去太空
船的……这么讲就不矛盾了吧？"

"搞不清，太难懂了。"

脑子已达到过热临界点。南所说的原理能否成立，我仍是一
知半解，但事到如今能否全然明白已无所谓；单就现象本身而言，
我想我是理解的。

简言之，那是另一种形式的时间机器。可问题在于——即便
穿越了虫洞，回到了过去，那也是以现在的状态前往过去的世界，
而在那里，还存在着另一个过去的自己——它是这样一种形式的
回归往昔，与重赴之间存在着明显的差异。

但相同的部分固然存在。前天聚会的餐桌上，风间在就重赴
进行说明时曾这样说道——"时空的裂缝"，有个应当如此形容的
入口，进到那里面去，时间就会倒转，而这便是重赴。此外，在
那之前的电话里，我记得他还曾说过这样的话——通往过去的旅
程终归是"一方通行"的。

或许重赴也能像刚才那样，以"某洞"这类术语加以定义，
实际上是一种可以被科学阐释的现象。

此时此刻，我对风间那一席话的信任度达到了百分之三十。

2

南提到的那本叫《Replay》的小说，我迅速在第二天买回来，也读了一下。然后我想，这次或许是歪打正着了。倒不是说内容相似。风间的那些言论，不正是参考的此书嘛！

他能编造出上溯时间这种弥天大谎，而且细节编得如此完美，这本书可谓功不可没！这样想来，一切便都可以说通。不折不扣的赝作！就连用来表现上溯时间的名词也是一样，如果将"重播"（Replay）原封不动地拿来使用，恐怕会让人留意到这本原著的存在，于是姑且改成了"重赴"（Repeat）。

风间那些说辞在我心中的信用度一落千丈，瞬间跌至百分之零点三。

我想把这个发现立刻报告给池田。和他其实已通过一次电话。那天聚餐归来刚一到家，就接到了他的来电。当时他是这么说的："你这个人最让我信得过。"而我也觉得那几个人当中池田最值得信赖，于是我俩约定同舟共济，之后便结束了那次通话。

由我来打电话给他，这是头一次。我一边对照名片，一边拨号。然而，铃声响过十次依然无人接听。看来是不在。而此时是周三晚上的九点过后。虽不知高尔夫教练具体是如何工作，但从那黝黑的肤色不难想象，工作时间主要集中在白天。那么晚上应该大多待在家中吧，我如此推测，但既然不在也没有办法。

放下话筒，我顺便打量起了另外几张名片：横泽洋，身为人事科长、略微发福的中年大叔；大森雅志，从事食品化学研究的搔头男；高桥和彦，不良少年金盆洗手后的卡车司机……好不容易搞到手的联络方式，虽说心有不忍，但要我主动同以上三位联络，又实在难下决心。而那三人亦是不曾来电。

此外还有一张——天童太郎的名片，我用指尖将那名片摆弄了一阵。

这个叫天童的男人该如何评价呢？其实我一直困惑不已。他八成是个思维极其敏捷的人。如果能与其结盟，势必能为自己添尽优势。只不过，他始终给人以极难相处的印象，是否该同他联络，我有些犹豫不决。

好吧，总之先打个电话，我当即下定决心。

这个钟点他大概已经不在办公室了，想到这里，号码按起来顿感轻松。然而铃响不过两声，线路通了。

"喂，天童企划。"

那生硬的口气颇有些耳熟，不过——

"哦，那个，请问社长天童先生在吗？"我姑且问道，"我姓毛利——"

"哦，我就是。"天童出乎我意料地坦然答道，"是毛利啊，我也在想着该给你打个电话。你有和谁联系过吗？"

"呃，和池田先生有过一次，那天刚一回来有过电话——"

"别人呢？坪井或者篠崎，给你打过吗？"

"没有。"

坪井和篠崎都不曾向我们公开联络方式。至于天童，他果然在盘算着如何把握全员的动向。

"是吗？他们要打也是打到你那儿……估计过两天就有了。到时候希望你能尽全力套出他们的号码。"

等我反应过来，已被天童牵住了鼻子。尽管如此——

"好的，如果有的话。"我二话没说答应了，"乡原先生呢，无所谓吗？"

"乡原就不必强求了。其实，那老爷子的身份我已经查清了。"

"哎，真的吗？"我惊讶不已。

天童依旧操着生硬的腔调："哦，其实相当简单。老爷子不是担心被诈去几个亿吗？换句话说，他得先有几个亿。钱多到这个份儿上，也算是个人物了。顺着这条线去查，再用乡原的姓氏缩小范围，最后核对照片，立马认出了他。闹了半天，是'乡原建机'的社长。乡原建机是家专门制造动力铲和挖掘机这类建筑机械的公司，而且是行业里的领头羊。再仔细一查，还在东证二部挂了牌。所以说，他其实是个相当有名的人。"

让他这么一说，调查某人身份这件事简单得不能再简单了。然而，一个人是否有魄力将其付诸行动，结果则大为不同。天童正是因为胆识过人，才能将调查进行到底。

"核对照片？怎么核对？拿公司指南回来核对？"

"哦，倒也不是……其实那天，九月二十九日那天，我想既然风间肯露面，这样一个千载难逢的机会，说什么也得摸清他的底细，就雇了人埋伏在餐馆里。"

"啊？！"我不由得瞠目结舌。

　　"不过，重赴的事我可只字未提，毕竟那么做犯规嘛。所以就在允许范围内打擦边球，找了个熟识的侦探，让他扮成普通客人提前混进店里。任务之一就是偷拍进入特别包间的客人。所以不只乡原，所有人——毛利，也有你的照片。然后，吃饭时我去了趟卫生间，趁机跟那人说，墨镜胡须是目标，过后跟上他。结果失败了。关键时刻让他溜了。不管怎么说，风间一定有所防备。我也是，完全没料到后来他能撂下一百万，结果在要命的地方节省了，只雇了一个人。唉，该没辙还是没辙。要是当初能匀出钱去，准备得再周全点，就能探出风间的底细，重赴的事也就黑白分明了。真是没后悔药吃啊！"

　　"居然……"我不禁发出声来。居然将对策演练到如此地步。

　　"因为很不爽啊！被人强加了那种预言，既不知他为何这么做，又不知他目的何在。当然了，那天当场逼他自白也是种手段，只不过实在有失风度罢了。我是觉得，这次事件是场大手笔的智力游戏，那么凡是游戏都有规则。要说有没有那个闲工夫陪着他玩，其实没有，但是这回的游戏，值得搭上这个工夫。

　　"那么话说回来，关于风间的真实身份，很遗憾没能调查清楚。不过那侦探——他的事务所就挨着我的办公室，拜托起来很方便——他偷拍的照片让我拿去给了在新闻社供职的熟人，让他按乡原的姓氏去找，最后找到的就是刚才那家'乡原建机'，联络方式也一并到手了。接下来，只要搞到坪井和筱崎的，除风间外所有人的身份就都清楚了。这件事，说实话我是指望你的……也就是说，筱崎早晚会和你联络。"

像煞有介事的说法！如此思酌着，我问："真的？"

"嗯，很有可能。她那时就对你格外地不设防。你，还有池田都有可能。就你们俩。她当时没透露联系方式，应该是不想让其他人——比如像我这种人——知道，所以过不多久肯定会给你去电话。"

天童为何想要摸清坪井和筱崎的底牌，我想我是理解的。在他看来，这次的事件是一场游戏。游戏棋盘上妄图欺瞒的一侧站着风间，而意图将其识破的一侧站着我们（从天童的视点出发，这一侧站着天童）。以上情况现阶段已经明朗，但问题在于剩下的八枚棋子。乍看之下，这八枚棋子似乎同属我方，但其中恐怕混有对方的心腹。在极端情况下，自己以外的棋子全部为对手所用，这种可能性甚至也存在。就连正在通话的天童，真要怀疑起来，没准儿也是风间的筹码。身处对游戏目的一无所知的境地之中，我（或天童）的当务之急，便是收集与其余八人相关的情报，并以此甄别出他们究竟是敌是友。总之，目前只能由此下手。

这时，我忽然想到一点，便问："风间这人，从资产关系去查，应该也能查出些什么吧？放下那九百万的时候，他可连眼都没眨一下。"

"的确，不管是企业还是个人，此事背后肯定有个强有力的出资者，错不了。但有一点，我不认为那些钱是风间那家伙的个人资产。不管怎么说，我已经派人去打探了，但光凭这条线索恐怕抽不出风间的老底。"

原来如此。风间不过是伪装成 boss 的喽啰，而真正的大 boss 在其背后暗中操纵，这也有可能。恍然间，胜利的结局变得飘忽不定，越发远去了。

"想顺便问问，天童先生可有和谁联系过？"我问。

"没有，我这人不招人待见。脸长得凶，说话又毒。"

"没有的事。"我条件反射地回应道，但实际一如他本人所说。

"怎样都无所谓，总之我信你。不，说实话，应该是我决定要信你，这个说法比较靠谱。毕竟不把谁定作己方，事情就没法进展。现在这个状况耗到月底集合，我只能赤手空拳，半瓶子晃荡着去赴约。当然了，事情发展到那步田地，倒也是有不去的选项。但是最起码的，到时候可能会发生什么，自己会遭遇什么，应当事先设想好一切可能发生的情况。一旦真的发生了什么，在意料范围之内就是我赢。对整件事，我是这样期望的。但目前的状况是没法进行预测的，信息量压倒性不足，为了收集情报必须同某人齐心协力。事已至此，我觉得毛利你最可靠……不愿意吗？"

"哪里的话，我这边也觉得，如果天童先生肯助我一臂之力的话，那真是有如天助啊！"

作为用来对抗风间的棋子，或届时可以求助的对象，如果要从当时在场的包括自己在内的九人中挑选——池田、天童、筱崎小姐，还有我自己，大概我会选这四人。即便让他人挑选，多半也是相同结果。在这四人中，我同池田已立下盟约，如果能再与天童结盟，那真是求之不得。

"对了，你找我有什么事？有事才打电话的吧？"

被他这么一问，我这才想起原本的目的，并就刚刚读过的《Replay》进行了说明。而天童对这本书似乎一无所知。"原来如此，知道了，我也马上读一下。"他说。

读了那本小说之后，不知天童会作何判断，我很期待。

3

从周末开始下起的雨，一周以来，依然稀稀拉拉地下个不停。

我几乎每天都冒雨前往大学。不论有课没课，一有空闲便去图书馆重读今年的报纸。如果不这样做，就会被无所适从的不安感压倒。而另一方面，我又自知这种事毫无意义。

为了让身心获得统一，我决定进行如下思考——

从常识出发，重赴现象不可能发生，这是大前提。在此基础上，"如果重赴是可能的"，对此命题展开联想。

只是作为游戏，作为一种思考实验。如此一来，归根结底，花在各种思考和阅读上的工夫大概是要白搭了吧。然而难能可贵的是，那份白搭的工夫已被施加了金钱的补偿。一百万日元的索赔，就算将一整月挥霍一空也还绰绰有余。现金既然已经收下，那么为了这场游戏——这场以重赴真实存在为前提进行种种设想和各种行动的游戏——付出时间便是正当的。

而万一真的实现了重赴，在这里消耗的时间便将具有非凡的意义。难得回一趟过去，如果记不牢将要发生什么（曾经发生过什么），那和凡人又有什么两样？意义何在？不能等到那时再追悔莫及！因为时间一去不复返——或是可以反复的？

　　不管怎样，一旦将其视作游戏投入进去，一旦放下了包袱，心情确实轻松不少。

　　既然如此，应当考虑的问题便只有一个：重赴后有何打算？

　　一旦变回了过去的自己，我该以何为目的重塑人生？又应为此记住哪些事情？

　　总之，靠赌马赚钱这件事，第一次听说时就已然在我心中成了既定事项。可这种想法任谁都不会放弃吧。除此以外，就再没有什么更能活用未来记忆的场合了？仅仅赚到几个钱便是重赴的唯一收获，心里总觉得不满足。

　　在这一点上，最令我羡慕的还是坪井少年。他已找到考取大学的志向。我呢，就找不到一个比赚钱更有意义的目标吗？

　　装有百万日元的信封被我藏在书架内侧。这些钱能不能用掉我至今仍存疑惑，也因此从未碰过。但由于产生了可以临时抱佛脚的念头，十月以来我已经把在Bambina的打工调减至每周一次，但没有彻底辞退，而这正是我迷茫的表现。

　　论文几乎没有下文，朋友也暂时断了交往。说到起床后的时间分配，恐怕大多都耗费在了与重赴相关的事情上，且以模拟重赴后生活的方方面面这类非生产性的事宜为主。长此以往，即使被人责难成逃避现实，我也有口难辩了。

　　十月九日夜晚，电话响了，我的第一反应便是和重赴有关的某人。风间、池田、天童，这三个（我希望）有可能打来电话的人的面孔旋即浮现眼前。

"喂，您好。"我接起。

"请问……是毛利先生家吗？"

从听筒另一端传来年轻女性的声音。

"对，我是毛利。该不会……是筱崎小姐吧？"我想到便问。当听到"是啊"的回答时，我差点叫出声来。想不到天童的预测竟如此准确。

"这么晚了还方便说话吗？"她问得还是那么怯声怯气。

"没问题。"我特别爽快地答应下来。然而效果不佳，电话那头好一会儿没了动静。我想她是在犹豫该如何开口，便主动说道："后来你怎么样了？我和池田先生还有天童先生联系上了，也搞清了不少状况。"

"哎，真的吗？"她发出饶有兴致的语调。

之后，她说自己也同池田有过联系。我则把《Replay》这本书和天童的动向告诉了她。到手的情报应当在同伴内部共享，这是我的考虑。对筱崎小姐，我同样打算将得知的情况事无巨细地传达给她。

话虽如此，但乡原的真实身份被查出的事该不该和她说呢？我犹豫了。她同乡原一样，当时都不希望公开自己的身份。如果搬出这个背景遭人调查的例子，她对我们一定会比之前更加戒备。

我决定先说说《Replay》这本书，粗略地将故事讲上一遍。"还有这么一本书啊，那我也读读看好了。"她很快给出了顺心的反馈，让我这个推荐人很是欣喜。

到此为止，手头上的谈资已经用尽。但既然说了"搞清了不少状况"，只提供一个话题便戛然而止终归不够自然，于是——

"对了对了，我呀，最近一直在学校图书馆里读报纸的缩印版。哦，倒不是因为相信了重赴那档事——"

借此话题，我开始阐述自己将重赴视作一种思考实验的观点。

"在读刚才那本《Replay》的过程中我也曾想过，万一重播——哦，不对，重赴真的实现了，换成自己能做什么呢？思考这种问题，我认为绝不是徒劳无益的。可能因为我是文学系的学生，所以才特别地有感触。不过在我看来，小说原本就是这样一种东西，通过假想体验，或者说思考实验，促使读者们反思人的本性是什么，自己的天命是什么，等等。而我正在做的也是同一种思考，但是很遗憾，目前还没想出什么惊天动地的名堂。"

就像这样，我想到什么就说什么，说了大概有十分钟，并不时地问上一句"你觉得呢？"在密集的语言攻势下，我能感到对方的戒心正在被我一层层剥去。

"筱崎小姐有考虑过吗，如果自己回到了今年一月，想做什么？"

"嗯——，要说没考虑过那是骗人的，但是现在最让我挂心的，还是那个预言为什么能够成真，以及那个人为什么把咱们凑到一起。他不是说这个月底还会打电话来吗？所以我在想，到时候是不是可以不去啊。"

"哎？"我不禁发出惊讶的一声，"被他吊胃口吊了这么久，却在关键时刻打退堂鼓，真能办到？"

"嗯……"她声音里带着迷茫，"可是，只要铁下心来无视邀请，决定不去了，心里就变得特别轻松。至少不会比现在更糟。"

原来如此，这也不失为一种见地，我想。但这种事我是绝对干不来的。

"要是筱崎小姐不来了，我想我会有那么一点点失落吧，"我半开玩笑地把真心话放了出去，"万一遇到点什么，我可是会竭尽全力地护着你哦，虽然打不了包票让你毫发无损。"

"谢谢……"她回应我说，话音听起来有几分羞涩，"我还没有决定到底去不去呢，只是仍在考虑是不是可以不去。"

"没准儿会让机会溜走哦，说不定真能回到过去再活一遍呢？或者，说不定下次能领到一千万呢？"

听到这里，筱崎小姐突然"啊"了一声。

"你提醒我了，那些钱……怎么样了？"

"那些钱，是指筱崎小姐的一百万吗？好好收着呢，我自己那份也是，心里觉得别扭，一直没动……是不是需要用钱了？"

"怎么可能？"她当即否定说，"万一那人突然说要把钱还回去，被他抓住了小辫子就不好办了。没花掉的话倒还好。我那份，可以的话就那么放着别动吧——对不起，我好像把麻烦事都推给你了。"

"哦，这倒无所谓。"

看来那一百万便是她此次来电的目的了，我隐约感到通话临近尾声。

"那个，方便的话能告诉我联络方式吗？"我赶紧提出来，"你看啊，如果有了什么新的动向，知道了号码我这边就能及时通知你。天童先生好像正在打探风间的底细，如果有了结果，又能及时联系到筱崎小姐，你也可以尽早放心，对吧？"

她听了我的话似乎考虑起来，过了一会儿说"好吧"，把家里的电话告诉了我。

"不过，那个……我和父母住在一起，来电话时可能是他们接，请你了解。然后，这个号码希望你尽量不要告诉别人。"

"是指天童先生和池田先生吧？我明白，照办就是。"我郑重地答应了她。

放下电话，有那么片刻，我想：天童和池田似乎并不相互交换情报，各自的行动需要我在中间传话，而筱崎小姐又只同我取得联系。如果将几个人的关系画作图形，正好是个"Y"字。三条线汇聚的地方——情报战中最有利的位置，我就在那里。

离月末只剩三周了。虽然不知道将有一场怎样的巅峰对决，但我发誓要尽自己所能做好一切准备。

4

十月十三日是个星期天，这天下午，大学里举办了少林拳同好会的秋季例会，傍晚过后照惯例是酒会，结果我到家时已过十点。一进门便发现录音电话的灯闪着。我解除留守模式后，它报告说"有九条留言"，我本能地意识到事态有变，连忙按下播放键。

第一条是傍晚六点零九分打来的，无留言。

接下去的第二条是六点十四分，"我是天童，听到留言后请给我回个电话，几点都行，今晚一直在办公室"，只有这些。

　　然后第三条，"我是风间"，上来就是这句。来了！我不由得屏住呼吸。到底会说什么呢……然而，"看来是不在家，过后再来电话"，留言到此为止，"午后六时十八分"，电子合成音播报了来电时刻。没给人留下揣测其意图的余地。"哔"的一声后开始播放第四条。

　　"呃——我是池田。"风间的用意在这条留言中得以揭晓。"风间又放出新的预言了……但既然是留言电话，你应该没听到吧。还是地震的预言。详细内容我会告诉你，另外也想就此事与你商榷，所以半夜也好，什么时候也好，听到留言后请速回电。"

　　风间又预言地震了？

　　然而电话机没有预留给我发愣的工夫，下一条留言紧接着开始了。

　　六点四十分和六点四十五分打来的第五、六两条没有留下任何信息。

　　第七条仍然是池田。"呃，我是池田。就确认过的范围来说，天童先生和高桥先生也接到了同样的电话，大森先生和横泽先生因为留的是公司电话，还没有联系上。请回电话，等你。"

　　这段是七点半过后录入的。接着第八条——非常意外，是坪井少年！"那个，我是上个月在横滨与您有过一面之缘的坪井。"他一上来便规规矩矩地报了家门。礼貌的口吻与先前那双叛逆的眼神无法对应起来，我在一瞬间有些困惑。"呃，我是想拜托毛利先生，请您千万要替我保守秘密。至于秘密，自然就是上次那件事了。真的，拜托您了！然后，还是同样的请求，希望您能把它传达给其余的各位。"

以上信息由少年于晚上八点留下。随后便是最后的一条。

"我是筱崎。"听到这句话时，我些许松了一口气。事态如此变化后，能够收到她的来电着实令人欣慰。"关于今天的预言电话，我有事想跟你商量。嗯——明天早上八点左右我会再打电话，毛利先生就不用打回来了。那就这样，我会再打给你的。"

录音时刻为晚上九点五十九分。早十分钟回家也许就赶上了，我边看表边想。

至此，留言已全部播放完毕，终于，我得以将今晚发生的事情梳理一遍。

风间再次放出了预言。根据池田的留言，那预言仍是关于地震的。

风间打电话到我这里是在六点十八分。天童的电话则在那之前，换句话说，在风间联系我们的顺序上，天童要早于我，而他接到电话后又迅速打了过来。至于那三通没有留言的电话，虽不知是何人来电，但可以肯定均与此事有关。

所有人都因为新的预言这一始料未及的发展而惴惴不安，试图在彼此间取得联络。局势瞬息万变，我却在居酒屋和同好们悠哉地喝着啤酒。白天的例会可以说成迫于形势，但之后的酒会确实有不出席的选项。如果将酒会推掉直接回家，应该六点前就已经到家，今晚的骚动也就能实时参与了。

不过，今日傍晚过后有过地震吗？

电话打来是在六点多钟，比起上回错后了近一个半小时，如果将所预言的地震发生时刻想定为来电后一个半小时——大概在七点半吧。那时的我应该已经在把酒言欢了。或许正喝到第三杯。喝了酒，所以说不确切，但至少我不曾感到过晃动。

或许是这次预言落空了？

有过新的预言——这点已经清楚。但那预言准确与否——事态曾如何发展，就不得而知了。

我马上打电话给池田。铃响一声对方便接起，草草寒暄了两句。

"听说又有预言了？"我问。

"就是说啊。傍晚六点半那会儿来的电话，又对地震作了预言。和上回不一样，这次他说地震将在两周之后……呃，这月二十七号，星期日下午两点零六分，千叶震度2，东京震度1。他还说地震过后会再来电话，叫咱们那天不要出门，在家里等他电话。之后就是不要泄露秘密的那套注意事项，又讲了一遍。说是这次结果出来之前还有两个星期，时间长了容易叫人嘴松，有这个风险，如果谁要是把秘密泄露出去，不只是当事人，咱们所有人都甭想去了。"

哦，原来是这样，坪井少年致电给我的缘由这下终于明白了。

"事到如今，想不到会再次出现预言。"我说。

"说的是啊！"池田的回话声中渗着苦色，"虽然不清楚他使了什么鬼把戏，总之第一回算他干得漂亮。可他莫名其妙地还要再来第二回，这次要是搞砸了不就前功尽弃了嘛！谁承想人家预言得一点不含糊，照这样下去，地震又得如约而至了吧，可这种事——"

"叫作痴人说梦，按常理讲。"我顺着他说道。

但池田只闷声"嗯——"了一句，再没言语什么，显然是被意料之外的事态搞得有些狼狈。

如此窘相在随后通话的天童身上同样可见一斑。

"当初说中地震后，那家伙已经完全掌握了主导权，所以只管耗到月末，打电话来说现在出发，去哪里哪里集合，咱们就算持怀疑的态度，也只能对他言听计从。随便什么时间什么地点，咱们九个随叫随到，光凭这一点几乎已是敌胜我败了，是不是？第一次预言命中以后已成定局。可他为何偏要多此一举呢？万一这次失手，最初的神通力不就失效了？但是话说回来，如果预言再次命中，效力也可能随之翻倍。但既然已是胜券在握，何苦冒这么大风险去在乎倍率呢？"

我这时忽然想到一点，便和他说："天童先生，你刚才说随便什么时间地点咱们都随他召唤，对吧？那么他所选的那个时间，会不会就是这次预言中的二十七号下午两点零六分呢？为了这个预言，咱们当天都得待在家里等电话，不是吗？搞不好这就是风间的最终目的呢？"

我也不十分明白自己想说什么，只管说上一通，反而是天童，听罢沉思了一阵子。

"嗯，作为一种思维方式的转换还算有点意思，但这对风间有什么好处？例如能推测出怎样的状况？好比说……乡原公司的社长室里有个金库，为了从那里边偷钱出来，务必得让他待在家里……像这样？不对吧？如果是冲钱去的，没必要这么拐弯抹角，只需说重赴要交报名费，轻轻松松就能骗到一两亿，而且早在上次预言命中之后就能办到。话说回来，干了一桩预言地震的大买卖，结果只是为了在某日某时让九个凡人待在家里，根本不合逻辑嘛！如果目的在此，又何必搞得这么复杂，完全可以简单了事。"

"所言极是。"我也只能这么说了。

"不，我不过是在别人话里挑刺儿罢了，真要让我自己拿个主意又拿不出来，该觉得难堪的是我。"说罢，他沉默良久，等再次接上话时语调有所改变。"搞不好真的会地震，但如果真的地震了——"

天童没有继续下去，他叹了口气。

5

翌日早晨七点半过后，筱崎小姐来电话了。昨夜迟迟未睡的我这下终于睁开了眼。

"我是筱崎，早上好。昨天有在你电话里留言。"

"啊，是。"我把脖子扭得咔吧作响，催促自己清醒过来，"收到了。你来电话十分钟后我就到家了，也有考虑过要不要回个电话。"

"实在抱歉，之前也说过的，我和父母一起住。只因为昨天傍晚风间的那个电话——谁打来的？找我闺女有什么事？他们已经这样了。"

屋外传来阵阵雨声，听筒另一侧却混着别种杂音——嘈嘈杂杂，熙熙攘攘，还有发车铃声。

"你现在……在车站？"我试问。

"嗯，是啊，上班路上，我们是弹性工作制，稍微说一会儿不要紧。"

我不知"弹性"指的是什么，但那似乎与主题无关，便集中精力去听她后面的话。

"然后，风间先生昨天的那个电话——呀，你该不会……"

没接到吧？这部分被省略了，但意思已经传达到。

"可不是吗？其实，昨天大学里有个酒会，说真的，夜里十点钟才到家，所以电话没有直接接到，不过大致内容我从池田先生那儿听说了。"

"那么，你怎么看？……觉得会让他说中吗？"

对于这个直捣核心的疑问，"不知道"，我坦然答道，"这次如果没中，心里的石头就算落地了，我会想：哦，上次是巧合，现实中果然不存在什么重赴。但一想到也有可能给他说中……总之，现在除了坐等二十七号的结果，别无他法了。"

"说的也是。"她表示赞同，但同时又给人言犹未尽的感觉。是什么呢？我正想——

"在那之前，我能同毛利先生单独见面说说话吗？"

"当然OK了！我也正有此意。"我回答得毫不犹豫。

可能因为我表现得过于兴奋吧，"可不是约会哦"，被她扎了一剂预防针。

"明白。"

"那咱们赶快见一面吧，今晚怎么样？我估计六点前就能下班。"

"没问题。所以说是要一起吃晚饭喽？地方选哪里好呢？都内的话——特别是山手线沿线都不成问题。"

"山手线的话，池袋行吗？"

就这样，我们约定下午六点在池袋西武的书店前碰面。

放下电话，我因睡意犹存而重返梦乡。饱睡一觉再次醒来已到晌午。午后，我拾起了阔别已久的论文资料，直至五点一刻才出了房间。

白天降下的雨到了傍晚依然未停，天空已微微发暗。我由东西线转乘山手线，提前十分钟到了池袋。

池袋西武地下一层，走在那条墙壁歪歪扭扭的通道上，我发现筱崎小姐已先到一步等在那里，便脱离了行进中宛如竞走队列的人群，逐渐放慢脚步，拉近与她的距离。而她在此时也注意到了我，于是仰起脸来。

"让你久等了。"我说。

"没有啦。"她摇摇头，视线停留在我右肩附近，之后便不再上移。我因而不紧不慢地打量起了她的样子。

今天的筱崎小姐在白色上衣外面搭了一件紫色夹衣，下面是及膝的格子短裙，看起来像是穿了套学生制服。脸上一如上回不见化妆的痕迹，不过，那张秀气的脸蛋已经足够可爱了。总的来说，身为社会女性却兼具了高中生的清纯，这正是她的魅力所在。

"那个，咱们先往外走吧。"

"嗯，好的。"

在交换只言片语的我们俩身边，人潮连绵川流而过。

筱崎小姐虽然肯以笑容待我，态度中却依然夹杂着生硬的部分。然而两人并非在通常情况下相识，过后也只是通过两次电话的交情，想到这里，便觉得有些强人所难了。

我走在前头，乘上狭窄的直行电梯，来到地上楼层。接下来去哪儿好呢？就在我犹豫不决的时候——

"能去一家我想去的店吗？"这一带是我的地盘哦！她好像在说，随后调整了一下挎包的肩带，径自走了起来。我跟在她身后，保持着可以俯瞰到她背影的距离。如此走了一会儿，她在一幢建筑前停了脚步。别具匠心的砖红色外墙上爬满了黑色的常春藤图案。这里如何呀？她用眼神问我。沿室外楼梯上到二层似乎是家餐厅。我点头回应，正要发挥男性主导权的时候，她却已经走上楼去了。

那是家装修雅致的餐厅，灯光虽然稍许暗淡，但气氛不坏。我在窗边找到一张空桌，便在靠外的位置坐下，把背对窗户的一侧让给了她。

我的肚子早就空落落了，于是叫了牛排套餐和大碗米饭。她点了带饮料的意面套餐。下过单后，我马上打开了话匣子。

"说真的，我总觉得那预言能中。"

筱崎小姐睁大了眼睛望向我。我不带任何意义地点了一下头。

"或者说，我是盼着他能说中吧。如果这次也中了，重赴就是确有其事了。我正在重读今年的报纸，跟你说过吧？作为一种游戏。我觉得，心里还是不希望这些准备到头来成了竹篮打水一场空，希望重赴能真的实现。这样一来，咱们不就对未来了如指掌了吗？我大概就是想体验那种全能感吧。"

听了我的话，有那么一瞬，她脸上浮现出痛苦的表情。

"我的处境和毛利先生不太一样……其实，如果预言落空了，结果会变成怎样我大致想象得到，所以现在应当考虑的是被他说中的情况，在这一点上我和毛利先生一样。"

"那不一样的地方呢？"

"嗯——，心态上不如毛利先生积极吧……哪怕知道了重赴是真的，知道了回到今年一月后人生可以重来，我也做不到只去想那些开心事……毛利先生是自己一个人住吧？"

"是。"我点头。

她睫毛低垂，继续说道："我呢，你也知道的，和父母住在一起，每天还必须要去公司上班……就算回到了过去，也是天天和父母脸对着脸，明明知道会发生什么，却不得不在他们面前装糊涂。每天活着就是演戏。和公司同事也是一样，每天低头不见抬头见，还必须得一直演下去……可辛苦了。你也这么想吧？"

"不如让我来扮演驴子的耳朵好了。"

"驴子的耳朵？"

"国王的耳朵不是——哦，是我搞错了。"

"我恐怕不是在冲驴耳朵发牢骚吧！"她终于笑了，"我猜你是想说，如果秘密憋在心里觉得难受，就找你说说，对吧？"

"同伴不就是为了这种时候存在的嘛！"

该如何回应呢？她显然有些不知所措，过一会儿才笑着对我说了声"谢谢"。

"为它受了那么多委屈，要说重赴以后能干什么——赌马赚钱之类的啦，一般都会先想到这种事吧。不过说实话，我对钱不怎么执着。可能因为我是女人吧……因为迟早是要嫁人的，早晚是被老公养活着，所以钱的事也不需要自己操心。也许就是因为这些模模糊糊的想法，我才对钱那么无所谓吧。可是一旦抛开钱的事，考虑起重赴后的生活，大脑里又是一片空白……"

"哦，其实我也一样，"我开口便说，"我的意思是，我也只能想到赌马赚钱之类的，其他的应该也有吧，但目前还没什么眉目。"

下单的料理端上来了，我们暂时停止了对话。进餐过程中则始终是些无关紧要的闲谈。原来筱崎小姐要比我大上两岁。

"关于之前的话题……也许重赴可以用来救人。"当碗碟被收拾一空，只留饮料在桌上时，筱崎小姐这样说道。

救人……说到救人，脑海里首先浮现出的便是今年六月那场造成数十人死亡、下落不明的自然灾害。向她提及此事后，我说："比如说在那次事故中丧生的人，假如咱们有意相救的话，会得救吧？"

如果可行，这或许能成为一件确实有效利用了重赴者权益的，而且是可以拿来向他人炫耀的事……

"遇到这种情况的话，咱们该怎么办呢，具体地说，应该做些什么才好呢？毛利先生怎么看？"

作为思考实验，这个问题或许具有现实意义。我认真对待起来。

我和她——一个大学生和一个OL，光凭我们俩，无论如何主张某月某日在某地将发生灾害，都不会有人理睬吧。一如这次死去数十人后，终于，开始有传闻说灾难前曾有人放出预言，想必就是这种程度了。我们的预言即便在此时获得公认，也是为时已晚。

既然如此，唯有在那次灾害发生之前，确立身为预言者的功绩。就像风间那样，预言地震是个不错的选择。开始时，恐怕只有身边的人愿意倾听。但只要百分之百命中，再借助口口相传，最终一定可以获得大众媒体的垂青。随后将在全国范围内达成共识，那个人的预言是百发百中。至此已是万事俱备，我只需对那灾难做出预言，遇难者们对灾害现场便唯恐避之不及……

对于我如上的说明，筱崎小姐用力点了点头。

"我也觉得，只有这条路可走了。不过事情一旦发展到那个地步，就没法轻易收场了，一定的……到时候人们一定会穷追不舍地问，'为什么你们预言什么都那么准，你们到底是什么人？'你说咱们该怎么回答呢？要把重赴的事和盘托出吗？这样想来，就和风间先生讲的颠覆社会机制的情况联系上了。"

"为了拯救注定要死的人，必须把事情搞得无人不知。可一旦事情变得不可收拾，咱们自己的处境就危险了……必然会这样……嗯。"

　　难道就不存在一个两全其美的方法吗？既能确保自身的安全，又能救他人于危难……

　　"对了！可以把预言写成匿名信投给报社，怎么样？这样一来，咱们的身份就不至于被曝光了。开始时，估计没人把它当一回事，但只要有人看过，内容又确实命中的话，这事就会被当成新闻报道出去。然后，如果下次预言的内容能上报纸，大家读了哪怕是半信半疑，对预言中的灾害发生地点，'以防万一还是别靠近那里了'，应该会这么想吧？就结果而言，遇难者的生命得到了救助，咱们呢，依旧身份不明，不会直接涉险……"

　　如此一来，各个条件便全部达成，我对自己拿出的这个方案颇有信心。然而，筱崎小姐却是一脸不置可否的表情。

　　"有什么问题吗？"

　　"嗯……比如说，那封写着绝对会命中的预言的神秘信件，假设报社的人确实收到了它，但这能保证它被万无一失地写成报道吗？换句话说，这个消息太不一般了，负责人只能去找上头商量，而上头的人还有更上头需要商量……所以，报社里肯定会有几个人知道这件事，但是他们会怎么处理呢？轻易把消息透露出去这种事，他们真能办到吗？在这方面，我总觉得他们靠不住……比如说，如果把那封信里的内容扣下，那么最终会发生什么事件、什么事故，事前就只有自己清楚，对吧？只要提前把取材人员派去现场，独家报道就手到擒来了——那消息很可能被他们拿来干这个用……就算不把他们想得那么恶劣，绝对会命中的预言这种东西也实在太不现实了。不管报社内部多么想去认同，也不可能随随便便地把它报道出去。报社那种地方，应该是不准报道这种超自然现象的，那个，怎么说呢……是常识在作祟吧。"

被她这么一说，我也觉得事实如此。最主要的是，我对这个寄匿名信的方案——虽说发起人是我本人——其实并无过多热情。像这样当个幕后英雄对世界作出贡献——意义固然存在，但究其根本，怎么说呢……趣味性不足吧。

随着话题的展开，助人的初衷已变得无关痛痒。较之奉献，身为预言者亮相于媒体的情形（这原本是为了实现救人的手段）在不经意间已成为我心中的诉求。

如果成功回到了过去，我俨然已成为特别的存在，是与俯拾皆是的平庸之辈迥然不同的存在。既然如此……我便要以此身份博得注目。本人与你们这些凡人怎可相提并论！要将此事夸示于天下，耀武扬威一番。恰如风间所示范的那样，要展露预言的绝技，要沐浴在世人畏惧的目光之中……

总之，这就是我想要的。面对自己的浅薄，我甚至有了咬舌的冲动。

6

然而，地道正宗的预言正等着我。回到家后，我很快便接到风间的来电。

"昨天你似乎不在……莫非，已经从其他几位那里听说了？"

"不，那个——"就在想装傻充愣的那一瞬，我感到欺瞒对自己不利，便照实说了，"对，听说了。您好像又预言地震了，是吧？"

"正是。二十七日午后两点零六分，千叶的铫子和茨城县的水户，将观测到二级地震，东京的震度为1。这次是微震，不会有新闻速报，但身体能感到晃动。结果可参考翌日报纸。此外，地震发生后我会再次致电，请务必于当日留守家中。届时将就重赴的出发日期和集合地点进行通报。有疑问吗？"

"注意事项是？"

"哦，我都忘了。此次的预言至实现为止有两周时间。可以想象，有些时候会不禁想去走漏风声，因此还请你严守秘密，一如往常……这些你已有所耳闻了吧？不不不，我并不介意。我由衷地希望大家在重赴后能像同伴一样，齐心协力。诸位现在便已相处得如此融洽，这在我看来是求之不得的。那么，上次聚会后，相互之间有交换联络方式吧？"

"有啊……哦，不过也有人没给。"我若无其事地说。

"若是访客的号码，你如果需要，不如让我告诉你。"

风间提出了我根本不曾想过的要求。但转念一想，所有人家中的号码自然数他最清楚了。

"可以的话……"

事情来得过于轻巧，该不会是圈套吧？尽管如此，禁不住诱惑的我已经束手就擒——我过问了大森与横泽家里的电话，又打听了坪井与乡原的联络方式。

"虽然现在并无可能，但在重赴完成后，我也打算将自己的号码告知各位，届时若大家有意将我加为同伴的话……那么，二十七日再见。"

　　说罢，他挂断了电话。此后的一段时间里，我的目光始终停留在写下的备忘录上。

第四章

1

到上周为止，整件事看似仍是一场游戏。对手一侧站着风间，他如何能预言地震，心里又在盘算什么，去识破这些便是这场游戏赋予我们的基本任务。除了我和风间，棋盘上还设置了八位玩家。其中的池田信高、天童太郎和筱崎鲇美三人，我已取得了联系，并结成了联盟。尽管如此，仍不足以撼动风间筑起的迷之牙城。如果以这种状态耗尽时间、迎来月末，风间以压倒性的优势胜出必将成为不容置疑的事实。

然而，立于不败之地的风间却走出了"第二预言"这一步新的胜负棋。事已至此，有何必要乘胜追击？预言背后的意图无从知晓，但在卷入新的未解之谜后，游戏的局势已变得更加扑朔迷离。

在如此混沌的形势中，我该如何打破僵局？想到这里，我认为应当同尚未联络的另外五名玩家——横泽洋、大森雅志、高桥和彦、乡原社长、坪井少年这五人取得联系。

回龙亭一聚中，池田、天童、筱崎，还有我，我们四人的表现最为出众，不过，仅凭这一点便断定其余五人是无用之辈，怕是言之过早了。他们几位究竟是有着何德何能的棋子，我还没有彻底看透，不是吗？

周二夜晚，我暂且从五人当中选定了高桥，尝试打电话给他。考虑到他的职业是长途卡车司机，很有可能不在家里，但对方很快接了电话。

"喂，喂。"

"啊，那个，我是毛利，和您在回龙亭见过一次。"

"哦哦哦——找我有什么事啊？"

听他这回话，态度比想象中友好。我决定不去逆拂对方的情绪，谨慎措辞。

"前天，不是又有了第二回预言吗？所以我也——虽然一开始半信半疑，但是现在我已经不是一般地倾向于相信重赴确有其事了。"

高桥是百分之百地相信重赴，我记得他确实这样说过，便尝试以此为切入点打开话题。于是，"我就说吧"，他得意扬扬地回应了我。

"所以啊，事到如今我也觉得应该认真考虑一下重赴之后的事了。如果高桥先生肯为我指点迷津的话……"

"什么呀，原来是想套我的话，把迟了一步出手的损失捞回来呀！"

"唉，可不是嘛，正如高桥先生所言。高桥先生在重赴后有什么打算？如果能和我说说的话，我想参考一下。"

"你倒是会打如意算盘。不过，也罢。"高桥摆出一副慷慨的姿态，"可话说回来，只能回到十个月前这一点，确实有点那个。如果是回到十年之前，估计我也会在学习上多下那么一点儿功夫，倒不是说非要当什么优等生，但是最起码的，上个正经点的学校，进个差不多的公司……总之，有很多可以设想的余地。但反过来说，像是只能回到十个月前这种抠门的时间，反而让我觉得重赴这事不假，是真有这么回事……顺便问问，你，赌不赌马？"

"呃，这个嘛，只赌过一次，去府中玩过一趟……"我如实作答。我这个人，不论做什么事，只上手一次就浅尝辄止的情况非常多。"但是如果重赴能成的话，我也打算靠赌马赚一笔……高桥先生呢？"

"那还用说，我自然是指着这个赚钱呢。只不过关于赌马这件事，有好些事情还是不得不多加小心的。对了，既然今天有这个机会，这里面的名堂就让我好好指点你一下吧。买马券的时候就算我自己再怎么小心，万一遇到了像你这样的门外汉胡买一气，败露了重赴的秘密，岂不是鸡飞蛋打？好好听着啊！"

以此为开场白，高桥开始就马券的购买方式展开演说。

"所谓门外汉的思路，很可能是这样：既然事前已经知道了全部的比赛结果，那么，不管是在哪个马场，比的是哪个场次，总之买赢就对了。但实际可不是那样。不管怎么说，在贩卖处也好，兑换处也罢，咱们都要尽量保持低调。这样一来，就有了许多必须加以注意的点。好比说，知道了某场比赛会出现万马券^①，假如那是星期六的第一场比赛，如果有个人以十万、二十万一口气包买了所有可能获得名次的马匹，那么这个人一定会特别引人注意。就算不管不顾地买了，一开始超过百倍的赔率，也会瞬间跌落到八九十倍。考虑到此人买的是连环奖项，以及赔率的异常变动，外行都能看出这里面有猫儿腻，要是因为这个引起一场骚动，后果就不堪设想了。话虽然是这么说，可如果总是小打小闹的，中彩多少回也赚不到大钱……懂我的意思吗？"

"啊，是，目前还好。"我连忙答道。在回龙亭时他也曾给我这种印象，高桥果然对赌博，尤其是对赌马相当痴迷。像是"门外汉的思路"这种字眼，也只有以"行家里手"自居的人才会使用。

"那就一直听我说到最后吧。"高桥继续说道，"简单地说，要想赚大钱就要在本金上下血本，必须一次性把几十万元全部投在猜中所有名次的连环奖项上。不过要想在实现这种买法的基础上，还能做到不招人耳目和不对赔率造成较大影响，比赛项目就要受到很大限制，G-I，或者顶多到 G-II 级别，也就这样了。以上就是我的第一条结论，听明白了？"

"啊，是，能明白。"我答。G 是 Grade（级别）的缩写，级别最高的赛事称为 G-I。G-I 每年只举办约十场比赛，但由于集结了顶级的赛马而备受瞩目，贩卖的马券也与其他赛事的档次不同。

---

　　①　就结果而言，投入一百元带来万元以上回报的高赔率马券。

"但就算是G-I，好比今年的橡树和德比，独占鳌头的真命天马上阵了，赔率却只有五倍、十倍这种，效率不是一般的差，买不买的也就那么回事了。相对来说，绝对不容错过的是今年的樱花赏，这家伙居然附带了二百一十三倍的高额红利，相当于买一百元赚两万元，所以只需一口气买上一百万，两亿的红利就进账了。此外，皋月赏和安田纪念也都预备了较高的红利，要买的话就选这三个。至于其他比赛，要么不买，要么买个五万十万的只当买着玩了。"

"哦，是这样啊，受教了。"我说。

这确实是我的真实感受。对赌马没什么研究的我，也只会把前次比赛的盈利全部投入到下一场比赛中，想当然地认为如此轮番上阵，十二场比赛全部赢下来，一百日元的本金在一天之内也可轻松赚到亿元单位的大钱，殊不知自己的买法将会招致赔率下降或是遭人怀疑舞弊的可能性。

"总而言之，不要太过显眼，还有不要赢得太过。假如在马场里觉得被人盯上了，你一定要故意买输，而且必须是大输特输。多留一个心眼没坏处。听好，你要是在马场里给那些来者不善的兄弟们盯上了，抓去了，那是你咎由自取，和我可没什么关系。但如果因为这个暴露了重赴的秘密，你把同伴的名字出卖了，最后连我也一起被抓去了，那可不是闹着玩的。"

"明白了，重赴后赌马的时候，我一定谨遵高桥先生的教导。"

高桥见我自叹不如地回应了他，高兴地连声说道："是嘛，是嘛！"

与高桥的这次通话，在揭露风间真实身份这一方向上并无特别建树，不过同他建立了友好的关系算是收获之一，而在重赴当真可行的情况下，由他指导的赌马赢利法也具有极高的参考价值，可以说收获超出预期也不为过。我再次体会到，凡事都应当积极尝试。

2

和高桥的联络可以说结果令人欣慰，但同其余四人却由于状况有别，我至今仍未能拨出电话。横泽和大森不曾向我们透露家里的号码，乡原和坪井更是从最初便无意将联络方式公开。此时我如果将电话拨通，对方势必会怀疑自己的身份遭人肆意调查，并对来电有所防范——正因为这种状况在意料之中，我才迟迟无法行动。

第二次预言过后的一周，星期日的下午，认为再怎样烦恼也无济于事的我，决定尝试打电话给大森。和他在回龙亭时是邻座，多少说过两三句话，相比其他三人，这个电话要好打一些，我想。

我按下大森家的号码，铃响两声后便中断，电话很快通了，然而对方却不言不语，连个"喂"字也没有。

"喂，请问是大森先生家吗？我是毛利，咱们在横滨见过。"

"啊，是是是是。毛利先生对吧？嗯，嗯，记得。"

仅从接电话的习惯来看，每个人的性格也已是一览无余。

"呃，关于第二次预言，我想听听您的看法，就询问了您家里的电话，打扰您休息了十分抱歉，还请您谅解。"至于号码是从何处打探而来则没有明说。"我记得大森先生曾说过，绝对不相信重赴，对吧？这次的预言您怎么看？"

"哦，那个呀……应该会落空吧，嗯。"

"如果是这样的话，那个人为什么还要再次给出预言呢？"我试问，于是——

"说不定是他本人自以为能说中吧。"大森提出了一个很有趣的假说。"重赴那件事，恐怕也是他一厢情愿信以为真的吧。我曾听说，似乎有些人的大脑在记忆经历过的事情时，会产生双重记忆。在记忆当下正在发生什么的同时，上溯时间把曾经发生过的事情也一并记了下来。这样一来，所有的一切都将变得似曾相识。这种人为了说服自己接受症状，会抱有那种妄想也不足为奇。"

能够举出与记忆相关的罕见病症，大森的学识果然渊博，或者说，他不愧是一个以学者自居的人。但要问这一假说是否令我心服口服，却并非如此。

"可是实际上，他不是已经说中了地震吗？"

"所、所以说，那次是巧、巧合啦！瞎猫碰上死耗子了。再说，他当然不可能是一次就说中的，我估计他一定失败了不知多少回。但是那些失败时的记忆——那些对自己不利的记忆很快就会消失不见，只有对自己有利的说中时的记忆被保留了下来。妄想就是这样被强化的，所以他本人才会坚信自己经历过重赴，并且当真想要带伙伴同去，于是到处打电话散播预言。这、这个过程中，打给咱们的预言电话偶然命中了。而他本人自然认为这件事天经地义，当真以为自己对未来将要发生什么一清二楚。其实他什么也不知道。正因为不知道，所以才能心平气和地进行第二次预言。"

若依照大森的假说，风间特意给出第二次预言的理由便可以解释。从这层意义上讲，大森抗争得确实顽强，不过……

"可是……他给了咱们每人一百万，总共九百万就这样被他撂下了。那些钱，到底是怎么赚来的呢？"我追问。

"这、这、这个嘛……没准儿，他家是大户人家吧……"话到一半，大森含糊了。

"下个星期，如果预言真的如约而至了，您有什么打算？"我提出了最后一问。

"那种事是绝对不可能发生的。"大森斩钉截铁地说。

结束了和大森的通话，我又尝试打电话到横泽家。这边也是铃响两声便接起。

"您好，这里是横泽家。"电话里传来一个孩子的声音。

"喂，我姓毛利，你爸爸在吗？"

于是，我透过听筒听见孩子在那头喊道："是个姓森①的人来电话！"过不多时，"咚咚咚"的脚步声接近了。

"喂，是我，横泽！"换来一个慌里慌张的男人接听。

"那个，我是毛利，和您曾在横滨同席，学生的那个——"我自报家门说。

"哦，是毛利先生啊，晓得晓得。"横泽莫名其妙地自我认同道。看来是孩子传话传得不妥，让他把我和姓森的他人搞混了。

———————

① 日语中"毛利"（Mouri）与"森"（Mori）的发音相似。

"打搅您休息了十分抱歉，我觉得应当和您联系一下，就询问了您家里的号码，然后被告知要打这个电话。"我用打给大森时相同的借口说道，然后赶紧询问说："不是又有了第二次预言吗？关于这件事，我打了一圈电话，想听听大家是怎么想的。横泽先生怎么看，觉得那预言能中吗？"

"谁知道呢，这种事就算现在不想，到了下周也会真相大白吧。"

横泽显得不怎么上心，即便我再追问一句——

"那么在您看来，他为什么会再次给出预言呢？"

"为什么？应该就是为了方便咱们拿主意吧？对咱们来说不是求之不得嘛，事前有判断依据送上门来。中了的话，说明那事不假，集合了，去就是；不中的话，说明是个幌子，不去，了事。"

同他说话，总感觉说不到一个点儿上。

"万一真有重赴这回事，真能回到过去，横泽先生有何打算？"

这同样是个我想向全体人员询问的问题。特别是在拥有家庭这一点上，与我状况不同的横泽会如何考虑，我很感兴趣，可是——

"做什么好呢？"他果然答得不清不楚。"总之，可以回避工作上的失误，这是目前已经知道的。只能回到十个月以前，也干不了什么大事啊……哦，不好意思，这件事，还是留到下周有工夫的时候再谈好了。"横泽突然改变了语调。

"呃，您旁边有别人在？"

"啊，是啊。"

多半是他太太或是什么人过来查看情形。

"我明白了。突然打电话给您十分抱歉，那就这样。"

我说罢放下话筒。即使中途无人打扰，和横泽的交谈也不会有任何收获吧。重赴能否实现，此事对任何人来说都应该事关重大才对，在横泽那里却显得无关痛痒。他如果对重赴持完全怀疑的态度，事情倒还可以理解，但又似乎并非如此。他的表现着实令人摸不着头脑。我因此丧失了打电话给乡原和坪井的勇气。

从结果来看收获不大，我如此想着，仰面朝天地倒在了床上。

3

毕业论文几乎没有进展。论文方向选了战后文学，而这对我来说原本就是个无所谓的题目。只不过，不能毕业的话，我面子上就不好看，要想毕业就得完成论文——这便是世间的规矩，我会去上学，为的正是服从这套规矩。

但如果重赴可行，谈论毕业就还为时尚早。不管怎样，等时候到了，我就变回三年级了。

可话说回来，如果在此轮人生里下足功夫，下一轮人生里论文的压力便会减轻——这也不失为一种考量方式。但是眼下，我却有着远比论文更紧迫的任务。不论如何，重赴者的特权都完全依存于"未来的记忆"。记忆的多寡将直接左右下一轮人生中施展拳脚的上限。因此，要趁现在尽可能多地把信息塞进脑袋里。这就是我的当务之急。出发前余下的时间，应该尽可能多地运用在这件事上——我以此为借口逃避学习，而这借口在我的大脑中已经生效。

但在旁人眼里，我必然是一个热爱学习的学生。因为我几乎天天往大学里跑，潜心阅读资料直至图书馆闭馆。只不过我一心研究的并非论文资料，而是普通的报纸记事。纸面上汇聚了各式各样的情报，我将这些情报拼命往脑袋里装。政治、经济、国际形势、国内的各种事故事件、所有的自然灾害，此外，自然也少不了体育赛事的结果……

但问题在于，就算这些情报已被牢记且重赴获得了成功，那么此后这些信息应当被活用在哪些场合，又是否能够确实派上用场，我也一无所知。如此庞大的信息量中，真正能被利用到的部分，最终也仅限于记载着赛马结果的小到十厘米见方的报纸一角——如此这般，连我自己也觉得情有不堪。

格林伍德的小说当中，原本人生中应由他人所创造之物——歌曲也好，电影也罢，抑或是畅销的商品之类，在重新来过的人生里全部由他自己创造，书中提示了这样一种活用"未来记忆"的方法。与赌马不同，这种方法不仅为书中人物带来了财富，更让他以创作者的身份声名远扬……只不过，小说中回归过去的幅度有二十五年之久，可以说正因为这样，上述的活用方法才能得以实现。相比之下，我们被赋予的溯行幅度只有十个月。在短暂的时间里想要达到书中人物的成就，到底不是那么容易。

第二次预言已经过去十天，还有三日结果便将揭晓。这天傍晚，我时隔好久再次来到新宿——我在 Bambina 为自己排了班。

苍茫的夜色犹如一面薄纱，轻轻笼住了街市。道路两旁，霓虹灯的五光十色愈渐明亮。新宿歌舞伎町开始显露其本来的面貌。

和熟识的拉客生打过招呼，我走进大楼，六点过后打了卡。

在更衣间换好制服，我对着镜子一边梳头，一边照旧考虑起了重赴的事。如果当真回到了过去，实现了人生的重塑，在重新来过的人生里，我将再次经历今天的这一时、这一刻吧。然而那一时、那一刻的我，注定不会出现在这里吧……

今天白天在阅览报纸缩印版时，我到底还是把目光移向了载有赛马结果的报道。樱花赏连环奖项6-7的赔率为二百一十三点六倍。如果将其买入百万，便可一口气赚足两亿以上。这个数目相当于上班族一辈子的收入总和。如果把这笔钱存入银行，光吃利息也可以年入千万，本金不动，享乐终生。

明知道能靠赌马轻松赚到亿元单位的大钱，我为什么还想继续这时薪千元的兼职呢？继续在吧台后面听疲惫不堪的男人们发牢骚，继续到厕所里去疏通被呕吐物塞住的马桶……

要尽量保持现有的生活方式，风间在讲解重赴后注意事项时曾说过类似的话。可是就算辞掉了这里的兼职，恐怕也不会有什么问题吧？对我来说，不过是少了一个可以活用未来记忆的场所罢了……

"阿圭，早啊！"

"您早！"

小妈来查班了，我连忙站起来。她今天的心情看来相当不错，我松了口气。虽说是小妈，其实也只有二十四岁，与我相差不过两岁。

"你把工时减了以后，到底有没有好好用功啊？说是为了写论文，该不会是和女人搞上了吧？"

"不不，没有的事，完全没有。"我答道。

说起来，最近都没有和女人上床。想到这里，好像有种被忘却的感觉在身体深处抓挠。论文也罢，重赴也罢，或许该把这些都抛在脑后，偶尔沉溺于那个方面也是一个不错的选择……

朦胧之中浮现于脑海的，是筱崎小姐清纯偶像派一般的面容。

作为在脑内进行各式模拟演练的结果，我判断重赴后自己将无法同一般女性对等交往。要是交了个普通女友，我一定会忍不住想把秘密说出来——或许应该说，我会忍不住想在对方面前炫耀预知能力。然而，这么做是不被允许的。如此一来，我就必须得一面守住秘密，一面同她交往。尽管如此，我仍有可能因为自己了解明天，而眼前的家伙一无所知，便在对方面前摆出居高临下的姿态。

所谓对等的人际关系，只有在同为重赴者的两人之间才有可能结成吧。想必除我以外的重赴者全员，在回到过去后都将面对相同的感受。然而就这次重赴人员的名单来看，男性九人（包括风间），女性一人，同伴内部可能成立的最大情侣数仅为一组。男性一方虽然毫无选择余地，但如果对象是筱崎小姐，恐怕没人会有怨言吧。关键就在于，筱崎小姐会如何在男方九人之中做出选择。要是那样的话，目前这个阶段，我被选中的可能性应该最高，不是吗？

早晚会和筱崎小姐成为那种关系吧？这种心想事成的情节已经在我脑袋里成型。畅想未来的蓝图实在太有魅力，以至于我几乎忘记了，这些都是以重赴这一现实中不存在的现象为前提的。

不，重赴究竟是虚是实，三天之后方能定论。或许风间是真的知晓未来，否则他不会进行第二次预言。二十七日下午两点零六分，说不定当真会地震……

"阿圭，麻烦你查个酒瓶子。"

"啊，好。"

小妈提出要求后，我老老实实地听话照办。表面上，我们是主管和下属的关系。但是，如果我在此就三天后的地震预言一番且预言命中的话，她势必会向我投以畏惧的目光。如今，在夜店打工不过是我伪装的身份，真实的我秘密持有着能令任何人都大惊失色的绝技。

七点刚开店时，姑娘们算上小妈只有四人。同伴组和上晚班的姑娘们要到九点过后才会露面，而接客的高峰时段则要再往后推一个小时。

十点钟的时候，包厢已经满员，吧台也很快坐满了。我一个人忙不过来，冲小妈比画了两下，于是丽香来帮忙了。

十一点时，一队团体客人离席，坐在吧台前的三人组移动到了包厢，我终于能喘一口气。见丽香正在洗刷餐具，我便指示她说："这个我来干，丽香跟着柴姐去包厢吧。"

丽香却突然小声对我说："哎，阿圭，今天下了班，找个地方一起吃点儿东西吧？"

哎呀呀，今天吹的这是什么风啊！我就像从来不曾见过她似的，重新打量起了丽香的脸庞。

虽然在店里对外声称二十岁，丽香实际上只有十八岁。喜欢穿得暴露扎眼的她，大腿和肩头一带弥漫着些许年轻姑娘特有的香艳气息。由于私下里也打扮得和在店里时大同小异，她常被误以为是个喜好玩乐的姑娘。但是我很清楚，丽香的性格出人意料地内向。

这便是向我提出邀请的当事者本人。为了慎重起见，我半开玩笑地叮嘱她说："我想你也知道，咱们店里禁止谈恋爱。"

丽香挪开视线，嘟起嘴说："就是去吃个饭啦……"

"那，好吧，如果不用加班——咱俩都不加班的话。"我以尽量明快的语调回应她说。

"好耶！"丽香摆出了小小的胜利姿势。

她开始在这里打工是今年七月的事。和她一起工作了近四个月，虽然在小妈的请求下陆陆续续加过好几次班，但是我不记得她有提出过想要和谁单独来往。

早班的收工时间是午夜十二点，我继续工作了三十分钟后才回到更衣间。和预想的一样，除丽香外的早班组都已经回去了。

"你应该不需要加班吧？怎么……还没回去？"我明知故问。

"那个，我也不知道该怎么表达——总觉得，阿圭很快就要到遥远的地方去了……"

听了这句歪打正着又似是而非的话，我心里忽然一紧。

"喂喂，别说这种不吉利的话啊，"我笑着搪塞说，"咱们一起去加个班吧？"

离开 Bambina 后我俩进了一家酒吧，然后，顺其自然地，我把丽香领进了酒店。丽香没有反抗便附和了我，看来她同样有备而来。

丽香的身体柔软可人。穿上衣服给人感觉再瘦一点才好的身材，脱到一丝不挂后顿显匀称，缠绵在一起时肌肤的弹性亦是好到无可复加。

"我，好像喜欢上阿圭了……行吗？"首战告捷，丽香在床上泪眼汪汪地说。在她眼里，今天的事我是只想随便玩玩呢，还是说自己可以认真对待呢，丽香似乎拿捏不定。

"当然行了……能听丽香这么说我才高兴呢。"我答。

丽香听了紧紧搂住我。怡人的肉感再次传来，飘飘然的我不禁随口说出了多余的话。

"对了，下个月三号四号两天连休，到时候咱俩出去玩吧？在外面住上一晚。"

"真的？要去要去！"边说边摇晃身子的丽香在床上已经乐开了花。

实在是太得意忘形了，我在心里暗自反省。

那两天连休恐怕是不可能找上我了。

事到如今连休再找上门来，麻烦就大了。

4

以现代科技的发展水平，对地震进行精确到分钟的预报是不可能的。

这样的预报如果一而再再而三地言中，我们就不得不重新审视当代科学的分量，同时，便不能仅以科学无法解释为由去否定重赴的存在。

命运之日——十月二十七日，时间已过下午两点。

拨打一一七报时电话将时间精准至秒的闹钟，我将它牢牢盯住，大气也不敢多喘一口地守候最终审判时刻——午后两点零六分的到来。

还有十秒……五秒……

终于，秒针划过了顶点。此后的一分钟内，这次的事件将终见分晓。秒针以犹如抽搐的笔触铭刻下时间流逝的点滴。闹钟旁边，桌面上已摆好一杯盛满的水。我将整个身体化作一台传感器，只待那一时刻的来临。十五秒……二十秒……

就在秒针走过八点钟方向的第二条线——进入第四十二秒时，房间突然晃动起来。晃动比预想的更明显，即使不用全身去感受，也可以无误地捕捉到震感。杯中受张力作用凸起的水面随之左右摇摆，溢出的水珠滑落到了桌面上。

晃动仅持续了短短三秒。确认震动已经平息，我终于吐出了屏住许久的那口气。

地震如约而至了，此事已确定无疑！

风间当真经历过重赴！

地震发生后三十分钟，风间的电话同样如约而至。

"已经确认了吗？"他问。

"是。"我如实回答。

"那么，现在通知出发日期。三天后的十月三十日，周三，当天上午十点，请前往新木场站，乘京叶线。此站也是地铁有乐町线的终点。十点于新木场站前的环岛集合，我会前去迎接。若有该时刻未能到场的情况，很遗憾，将被视作自动弃权。此外，想必已无须多言，当天还请毛利先生单独前往。除了由我亲自邀请的九人，如有他人到场，由于约定已破，我将弃全员于此轮人生。"

听完注意事项，我立刻想到了天童。和上次在回龙亭时一样，这次他该不会也想安插几个侦探或是别的什么人吧？如果因此而令风间弃我们于不顾，届时一定追悔莫及。看来，我同样有必要给天童打个电话，拜托他务必在当天一人前来。

"此外——这点或许不说也无妨，距离出发还有三天，包括今天在内的三天里，各位仍需要在此世界度过，因此，请不要有任何不切实际之举，余下这三天里还请一切照旧。反正重赴可以实现，此前不论如何胡作非为，劣迹都终将化为乌有……如此考量虽然没错，只不过——在极端情况下，好比对某人怀恨在心，想要借此机会予以报复，且已付诸行动，由于被警察抓去而未能前来集合场所，事情就难办了。或者，想要穷奢极欲一把，因此欠下了超乎常理的债务，并在出发当日被讨债人一路追到了新木场——事情若是成了这样，我便只好撇下诸位，弃大家而去了。总之，切记不要以任何形式引人耳目。出发当日也请平平常常地走出家门，并留意是否有被他人尾随或跟踪。以上要求请务必做到……还有无疑问？"

被他猛地一问，我慌忙考虑起来。尽管想要询问的事情不胜枚举，一时间却联想不到任何结果。"那个，有没有什么必须要带的东西？"我只提出了这么一个愚蠢的问题。

"并无特别需要携带之物。应当说，任何物品都无法带回过去。总之，大脑里的记忆，还有前往新木场所需的车费，带好这两样足矣。"风间一本正经地回答道。

我向他最后确认一次："真的……真的能回到过去吗？"

"啊，虽然很难令你相信，但是真的。"

"那么三天后见——"留下这句话，风间挂断了电话。

必须给天童打个电话。最好也和池田先生商量一下，还有筱崎小姐。

尽管如此，我决定先等上一个小时。风间正在给全体人员拨打电话，这个过程需要一定的时间，等大家接过电话之后再作商议，这样比较妥当。

我原本计划过了四点再打电话，不过在那之前，三点多时便有一通电话打来。

是池田先生。

"是毛利君吧？风间……来过电话了？"

"啊，刚才。"

"还真的地震了。"

"是啊。"

相互确认过实际情况后，两人一度陷入了沉默。

"三十号上午十点在新木场，对吧？"

"啊。"

"你会去吧？"

"嗯，当然。"

结果，我们只是像这样互相确认了信息，之后再没有找到值得交流的话题，就结束了通话。

接着，三点半时筱崎小姐打来电话。一开始我们仍是就事实进行了确认，但由于筱崎小姐一直抱着当天可以不去的选项，随后的讨论便转向了这里。

"我还是拿不定主意。毛利君已经确定要去了吧？"

"是啊。如果筱崎小姐决定留下，咱们恐怕要因此分别了。好不容易相识一场……"说到此处我停下来。

其实我们并非真正意义上的分别……

"啊，毛利君刚才一定在想，就算我留在这里，回到过去后还是能在那边碰到另一个'筱崎小姐'，对不对？"

"是啊……被你看穿了，"我难为情地笑了，"但是那个筱崎小姐，可不是认识我的筱崎小姐啊……"

"那你就去搭讪她呗？"她有些故意戏弄我说。

于是我也不甘示弱："要是我搭讪筱崎小姐，筱崎小姐会回应我吗？还是说，筱崎小姐那个时候有男朋友？"

"恐怕要让你失望了。"她答，但是光靠这句话并不能确定她想说什么。"我不太喜欢被人搭讪，所以，就算你和我搭话，大概也会被我无视吧。"

"我是从未来回来的，我在未来可认识你哦！——要是我这么说呢？"

"你这么说……想想还挺奇怪的。过去的我和毛利君素不相识，毛利君却了解很多我的事情……对呀，如果我也回到了过去，以新人的身份进入公司的时候，对方以为是初次见面，我却对那些姑娘不管是性格还是兴趣，都单方面地一清二楚……这样想的话，这件事还是挺严肃的。"

"还是一起去吧。严肃归严肃，相应地，能实现的东西也有很多啊。总之……我是很想筱崎小姐一起来的，只有这点希望你能明白。"

我这样说，是为了能让自己表现出相当的魄力，筱崎小姐却似乎没把我的话当真。

"嗯，毛利君想说什么我清楚……"

"就算我一个人回到了过去，再次见到了筱崎小姐，我和她之间也不会有任何共同的回忆啊。一起在池袋吃饭的事，还有一起认真讨论重赴的事，这些对我来说都是宝贵的回忆，可是对方却不记得，这实在太让人伤心了。我想在过去再次遇见的，不是别的筱崎小姐，就是你呀！"我进一步叠加语言，试图将她说服。

"可是……假如我留下来，而毛利君回到了过去，那么在我看来，到时候毛利君又会变成什么样呢？我刚才突然想到的……你觉得呢？毛利君的——应该是内在的部分吧？人格的那个部分，已经回到过去了吧？换句话说，留在这边的就是灵魂被抽走后的躯壳喽……所以，难道说，会死吗？"

啊！我不禁倒吸一口冷气。自己迄今为止都不曾以这样的角度考虑问题。

到底会变成怎样呢……会是她说的那种情况吗？

只是这件事，就算去问经历过重赴的人，也不可能得到任何答案吧。

"如果事情成了那样，如果我也——也去重赴的话，在这个世界的我就会死，这样一来，我的父母就……"她的话哽住了。

"可是啊，"我边想边说，"咱们将要回去的那个地方，那里应该已经有你的父母在等你了，不是吗？而且对筱崎小姐来说，从今往后，那边，也许才是你唯一的人生啊！所以说，一旦回去了，那边的父母就是筱崎小姐真正的父母，所以……"

"嗯，我明白，也许这样想确实比较好——"

筱崎小姐虽然嘴上这样说，却依然显得有些无法接受。

"总之，三十号我会去新木场，然后在那儿等筱崎小姐。"

尽管我反复表态，她到最后也没有明确表示自己是去是留。

5

在那之后，确认时间已过四点，我给天童打了电话。由于之前听说"天童企划"的办公室兼作住宅之用，所以我很清楚，只要拨打名片上的号码就可以拨通。

"喂……哦，毛利啊……原来如此，不用担心，就算是我，因为这回的预言中了，也不得不转换一下思维方式。事到如今，再去调查那家伙的底细也无济于事了……嗯，没错，我会一个人去……不，你能把事情考虑周全总归是好的，不枉我把赌注押在你身上。那就这样。"

如此看来，是我多虑了。

相比之下，上周还断言说"这次预言绝不会中"的大森倒更令人担心。想到这里，我赶紧打电话给他。

"预、预言的诡计我已经识破了！"他不打自招地说。

我还以为他想说什么——

"你听好，刚才发生的那个，不是地震，其实是有人在地下秘密进行核试验，就在咱们日本的地下。九月那次也是一样。这帮家伙，把核试验伪装成地震报道出去，所以自然能够预言几时几分将要发生地震。"

"所以说，那个叫风间的人掌控着政府的秘密情报，并以此编造出了重赴那档子事，然后再透露给咱们……那么，他这么做到底是为了什么呢？"我问。

"为了要咱们的命！他想把咱、咱们全杀了，错不了！"他小声说。

看来是大森遁入了自己的妄想中。

"所以说，三十号您不去了吧？"

被我这么一问，大森一下子卡住了。

"去、去啊……"他说，"仅仅确立了假设就心满意足的话，我这个科学工作者的名号就要扫地了，无论如何也得看到最后。"

"来的话，请您务必一个人来。万一因为大森先生个人的原因，搞得我们所有人都被留下，我可是会恨你一辈子哦！"

我能做到的，也只有像这样给他提个醒了。

考虑到这可能是最后的机会，我决定趁状态还在，重新尝试跟乡原和坪井取得联络。

首先从乡原社长开始。我按下由风间那儿得来的号码。

"喂……哪位？"

听声音是他本人，不过还是确认一下。

"喂，您好，我姓毛利，请转接乡原先生。"

"你是说毛利？"对方谨慎地又问一遍。

"大约在一个月前，在横滨有幸与乡原先生会面。当时乡原先生坐在我右边第三个位子上。"

"哦，原来是那个毛利君啊，亏得你知道我家里的电话。"

"啊，擅自查了您家里的号码，十分抱歉。"

我诚恳地道了歉，乡原也似乎无意追究。

"那么，你找我，想必是为了先前地震的那件事吧？"

"是啊，我记得乡原先生曾表示半信半疑。"

"事到如今，我基本上算是信了，既然那个人做到了这个地步。其实，我曾在战时遭遇空袭，当时，我曾有过一段令人难以相信的经历——"以此为开场，乡原突然提起了往事。

当时还是中学生的少年乡原，那一夜在突如其来的空袭警报声中惊醒，之后随同家人、邻里前往后山的防空壕避难。在伸手不见五指的黑暗中，双手紧抱年幼的弟弟、耳边回荡着爆破声的乡原眼前，突然出现了某种幻视。那是仿佛电影画面般的景象：烧夷弹在昏暗的夜空中如暴雨般降下，其中一颗落在了自家屋顶上，另一颗砸在了自家后院里，房屋燃烧起来，庭木燃烧起来，同狗窝拴在一起的家犬正拼命逃窜……

　　第二天清晨，从防空壕里爬出来的乡原，得知自己昨夜所见的幻视并非仅仅是噩梦一场。家中宅院完全以幻视中的形态烧毁，还有那条家犬，也烧死在了幻视中同样的位置……

　　"那不是梦，也不是幻觉。我虽然身在防空壕里，外面的情形却看得十分真切……这世上，有时候就是会发生一些个，科学无法解释的事情。"

　　尽管言者有心讲述，我这个听者却无意聆听。乡原少年时代是否体验过神秘现象，在我看来无关紧要。此事与重赴之间原本就不存在任何关联，不是吗？但有一点，乡原现在的年纪和他经历过战争的事实，这些都确实击中了我们的盲点。我们不曾体验过那种极限的状态，因此忽视了身边就有人曾有过那种经历的事实。

　　当我询问乡原打算如何活用重赴者的优势时，他笑了，笑得有些无奈。

　　"对我来说，十个月的时间实在太短了。活到我这个岁数，十个月以前和现在，几乎没什么分别。我想着，和孙子们一起去迪士尼乐园玩玩。这个事嘛，用不着回到过去也能办到。不过呢，既然是像红包一样领到手的时间，像这样挥霍一把也不觉得心疼。"

　　乡原过于沉稳的言辞实在令我有些无言以对。

　　"非常感谢您的指点。"最终，我向他道过谢后挂断了电话。

　　片刻之后，我开始打电话给坪井。按下两周前由风间那里得知的号码，呼叫音响过三声后对方接起。

　　"您好，这里是坪井家。"

电话中传来一个年轻女性的声音，我在一瞬之间没了语言。

"呃，我姓毛利，麻烦请坪井君来听电话。"

"那个，要君刚刚出去买东西了，不在家。"

"要君"指的就是坪井少年吧，可是能像这样称呼他的你，又是哪位呢？我在心里不免一阵疑惑。

"呃，不好意思……请问你是？"

"哦，我是他学校里的朋友，今天正巧来找他玩。现在小要去买东西了，我负责看家。我想他再过一会儿就该回来了，您是毛利先生对吧？您看……怎么办好呢？"

我看你不应该随随便便接别人家里的电话。这种情况下原本应当过后再打一遍，不过我认准了对方大大咧咧的性格，决定把对话进行下去。坪井少年是个怎样的人，借此机会正好向他的女性朋友打听清楚。

"呃，你说是他学校里的朋友，'学校'指的是预备校？"

"嗯，是啊，我姓神谷。"

"这么说，神谷小姐是坪井君的女朋友了？"

"没有啦，我们不是那种关系。"

"可是现在，你不就待在他的房间里吗？"

"但我和小要只是普通朋友，我的男朋友另有其人啦。"

原来如此。他有个并非女友的异性朋友，那姑娘来家里找他玩——如此看来，坪井也是个相当好与人交往的性格。然而，从前些天他给人留下的印象来看，坪井更像是一个与周围格格不入的存在。

神谷还在一个人说个不停。

"今天我只不过是——小要他最近都没有来上学哦。我也不知道他是怎么了，所以今天过来看看他。结果这家伙说起胡话来了，说什么已经用不着学习了，自己一定能考上东大。"

哎，这么说是不是有点不妙啊……这样岂不等于泄露了天机——

"依我看，他八成是给什么人骗了，以为可以靠走后门上大学。私立大学也就算了，国立大学里哪儿有这种事啊……呀！莫非毛利先生就是这层关系的……"

给她这么一问，我吓得心里直打哆嗦。万万没有料到话锋会就此转向自己，我顿时慌了手脚。

"不，不是……那么，我再打来好了……如果他本人回来了，还请转告他毛利来过电话，虽然也没什么要紧事。那就这样。"

"拜拜。"

放下话筒时，我出了一身冷汗。

6

出发前一天，二十九号夜晚。

再有一天、只剩半天了——同余下的时间成反比，我的兴致正在与"刻"俱增。待到晚上十点左右，我开始坐立不安，于是打电话给池田。池田沉着至极的声音出现在电话里。

"事已至此，着急上火也没用了，明天按指示去新木场站，只能这样了。踏踏实实的吧，毛利君。"

然而，池田冷静的话语仍不足以给我兴奋的热度降温。

"终于要盼到明天了！"

简直就和远足前夜的小学生没有两样。而能同我分享这份激动的，也只有身为同伴的他们了。打完电话，时间已到十一点。心里想着明天千万不能睡过，我早早钻了被窝，却久久无法入睡，结果整夜没有合眼，就这样迎来了当天的早晨。

我看时间已到七点便爬起来，拉开窗帘确认外面的天气，是个阴天。

还剩三个小时。

无事可做的我把今早报纸的边边角角翻来覆去读了数遍，至此依然感觉不到食欲，便将两片吐司面包就着速溶咖啡冲进了胃袋。最终，我还是迫不及待地早早出了家门。

从落合站乘上东西线，再在饭田桥站换乘有乐町线，上午九点十五分到达了新木场站。走下列车后的新木场是一片尚待开发的街区，站前的几栋高层建筑突兀地矗立在过于空旷的土地上。我的视线穿过楼宇的间隙一直延伸向远方——这在都内是不常见到的景色，头顶上的天空竟然如此开阔。可惜今天天公不作美，只有漫天浓浓灰色的阴云沉沉地低垂着。这附近似乎设有直升机的停机场，直升机特有的飞行音时而重叠在一起，回响在云的穹顶。

来到站前广场，这里已有两位先客，是高桥和坪井。原为不良少年的卡车小哥和以东大入学考试为目标的预备生，两人之间拉开了微妙的距离。见我来了，高桥明显松了口气。

"哟！终于等到这一天了。"高桥和我搭话说。

坪井似乎也有话想对我说，但当着高桥的面不好开口，我便把他领到了稍远的地方。八成是周日那件事，我心想。果不其然，少年以别别扭扭的口吻说："我没把秘密泄露出去，虽然神谷她自以为是地说了好多有的没的。"

"知道，在风间那儿我也不会说什么。"我直爽地说。

纵观京叶线和有乐町线这两条线路，每隔几分钟便有一辆列车进站、出站，然而上下车的乘客并不算多。环岛那一端设有公交车站，几个看似上班族的男人在那里等车，除此以外，这一带几乎不见人影。

"那次的降位处罚，我也觉得有点儿小题大做了，不过考虑到从 R8 来的重赴者们，有可能在春季竞马中不按规矩出牌，结果给中央的那帮家伙们发觉了，所以才像那样故意让马落第。可是这么一来，武丰①就成了同谋，不过嘛，这种可能性也不是没有。"

就在听高桥高谈阔论秋季天皇赏的时候，似乎又有新的列车进站，我看见池田从车站里走出来。接着，天童、横泽、大森这三人相继出现。此时还不到九点半。

天童和横泽是穿西装来的。天童和上回一样，黑色的上衣和裤子，黑色的领带，搭配近两米的身高和锐利的目光，俨然是一个杀手。横泽这边呢，除了公文包，还提着像是装了便当的布口袋，让人联想起被家人目送着上班去的身影。我想起了电话里孩子的声音。你爹地今天没去公司上班哦，正在这么个地方准备出发去

---

①　武丰，日本中央竞马会的著名骑手。

时间旅行呢！我在心里试着和那孩子对话。

大森正冲着池田展开一轮激烈的辩论，其内容不外乎前些天我在电话里听过的假说。

大约又过了十五分钟，第八个人亮出了身影，是筱崎小姐！就在她的身影映入眼帘的瞬间，"你终于肯来了"的情意在我内心深处变得滚烫。她来到我身边，在我耳旁悄声说："毛利君，要是有个万一，你可要护着我啊。"

"包在我身上，不管是恋人还是驴子的耳朵，要我演什么都乐意！"我点了一下头，悄声回应她说。

而最后的一人——乡原，也于时限内出现在众人面前。就这样，不论年龄、性别，还是职业都迥然不同的九人集结在了一起。站在那儿不知聊着什么的九个人，在旁人眼中究竟是怎样的团体呢？我真想把此情此景编成一道机智问答，考一考路过的行人。正确答案是：参加时间旅行团的一行……这样的答案又怎么可能有人答对呢？

"毛利君的心情不错嘛！"

被筱崎小姐一说，我才发觉自己正用鼻子哼着歌，而那首被我反复哼唱的，正是原田真二的《时间旅行》的副歌部分。

想不到自己在别人看来竟是如此欢快。要说我心情激动，那是不争的事实。其实不只是我，好比高桥就时不时地往地上吐一口唾沫，大森则连续不断地搔挠着头发。

我们当中最沉着冷静的那个，可能就是横泽了。我观察到他正和池田谈论着什么，便竖直了耳朵。原来是在探讨高尔夫球挥杆的问题。

这时，池田突然发出大声盖过了横泽的话："是那个吧？"

只见一辆迷你巴士正朝我们驶来。巴士正面印有"西洋航空"的公司名称，以及似乎是该公司标识的图案。而在那上面驾驶的人——是风间！

巴士在我们面前横向停住，驾驶席一侧车门开启，风间绕过车头出现在我们眼前。他先将我们扫视一遍："各位早上好，看来是到齐了。"他说道。随后他瞪大眼睛将周围环视一圈，确认道："也没有任何不速之客。"

我们听着，浑身上下处处动弹不得。

"那么，现在开始向预定地点移动。时间上还有富余。有几件事必须进行事前说明，但不能在马路上公然谈论，总之先请上车。"

风间拉开巴士侧面的滑动门，并挥手催促我们上车。这时，我注意到他那件夹克背后同样印了航空公司的名称和标识。

车内驾驶席的后方设有三排座椅，分别可供三人、两人、三人乘坐。当车厢里坐满八个人后，风间由外侧将车门关闭，并将余下的坪井少年请上了副驾驶的位置，随后自己钻进驾驶席。至此，全体十人终于在车内齐聚一堂。

"好，准备出发。"

引擎发动后，迷你巴士沿站前环岛，经由几乎没有车辆通行的主路南下，不多时便改变方向朝东驶去。道路两旁是蓄木池，越过栅栏可以看见并排漂浮在水面上的圆木。而在巴士行进的前方，有直升机正悬浮在空中。

"在天上啊……"

我听见天童在邻座小声念道。

7

巴士开到了一片水泥地面铺得十分平整的广阔空间。十几架直升机正在那里各自休整着羽翼。按照风间的说法，这里是名为"东京直升机场"的设施。都内竟然存在着这样一片场地，我直到今天才有所了解。

将迷你巴士停在这里的停车场后，风间转过半个身子面向后排座席，开始向我们进行出发前的最后一番说明。

"那么，诸位今天能够顺利地集合在一起，我感到由衷地欣慰。首先要说明一点，目的地在空中。'时空的裂缝'将在空中张开，我们将其称为'黑色极光'。"

"黑色极光……"我下意识地将这几个字复述一遍。

"实际上，那裂缝看起来就像一片极光，摇摆不定地飘浮于空中，只不过颜色漆黑。它的出现时刻为十一点三十七分。"

十一点三十七分，还有一个半小时……我深吸一口气。

"在那之前，我将在此向诸位传达最后的注意事项及联络事宜。首先一点……回到过去以后，请诸位尽快与我取得联络。我会说出号码，请各位务必记牢……写成便笺是带不回过去的。"

他轻笑一声，说出了自己的号码，随后又补充了一个方便记忆的谐音读法。那谐音实在有些牵强附会，我不禁笑了出来，不过这反而加深了它在我记忆里的印象。我在心里又将那谐音默念一遍。

"然后第二点……现在是白天，但回去以后是深夜。而在那时每个人身体的姿势，恐怕也是各不相同，躺着、坐着、走着，或者正在驾驶，都有可能。换言之，各位将突然回到正处于这种状态的身体里……如果要具体形容那一瞬间的感觉，便是眼前突然一黑，然后，伴随着坠落感，意识回到了当时的身体里。请各位一定要多加小心，千万不要在这一过程中受伤。当时——一月十三日二十三时十三分零七秒，自己的身体是怎样一个姿势，又处在一个什么样的状况下，如果有人还记得，就可以在意识上有所准备。"

一月十三日，周日晚上十一点过后，我到底在哪儿，做些什么呢？大概，正在房间里睡觉吧……

"接着，第三点……在刚刚经历过重赴后，想必大家一定会为了接下来要做什么，或是应该做什么而伤脑筋。此外，对于想要靠赌马和股票赚钱的人，我认为有必要就购买马券和股票的方式方法进行一些指导。为此，我在考虑回到过去后，先把大家召集起来，我这边还有很多的事情要和各位讲一讲。当然了，这也要视重赴后的状况而定，不过，我希望全体人员尽量都要参加。时间嘛，回到过去后的第三天，正好是'成人日'，放假，我想就定在那天午后，预约电话还没有打——"讲到这里，风间露出些许笑容，"从R8到R9，即上一轮的重赴过后，我把几位访客聚集到了一个地方，我想R10这次还在同样的地方。具体的时间地点，等重赴后各位打来电话时再作说明。"

在此之后的注意事项，都是此前已经知晓的种种内容的重复，所谓"尽量保持原有的生活方式"，所谓"不要将秘密泄露于他人"。

"这是最后的机会了，还有什么疑问？"

听他这样一说，虽然觉得还有许多事情想要了解，却又无法将焦点特定在具体的问题上，我看一眼表，时间已经所剩不多。

还有一个小时——到了这个节骨眼上，也不知是因为什么，我反而觉得眼前的现实，还有重赴这件事本身，莫名其妙地没了实感。

见无人提问，风间说："那么，虽然时间有点儿早，差不多就出发吧。"

在风间的催促下，我们下了车，随后被带进了一座看似管制塔的建筑中，待在好像候机室一样的场所里。风间则独自一人朝户外走去。那里并排建着几座仓库，从其中写着"西洋航空"的一座仓库里，一架直升机由牵引车拖曳出来——风间和几位工作人员监督了这一过程。

候机室里除了我们，还有几个像是职员的人，在这种状况下想要小声谈论重赴并非易事。我们只好透过墙壁上巨大的玻璃窗，默不作声地观看直升机按部就班地做离陆准备。

钟表的指针即将指向十一点时，备受瞩目的那架直升机终于旋转起了桨叶。机身风挡玻璃的另一侧，风间头戴耳机坐在操纵席上。片刻之后，直升机前的工作人员向这边跑来。在房门打开的瞬间，直升机卷起的噪声迎面向我们袭来。

"请吧，请登机！"

在工作人员的引领下，我们朝向停泊在二十米开外的直升机一路小跑。不管怎样，我从未想过自己会在今天、以这种方式乘上直升机……

红白相间的光滑的流线型机身，正将它的左舷展现在我们面前。上方是回旋的桨叶，下面是起落架——仔细一瞧并非普通机型的"剃刀"，而是被换成了车轮。机身上并排开着三扇舱门。最年长的乡原被领去了最靠前的那一扇，坐在了风间的左边，那里似乎也是操纵席。靠后的两扇，分别可允许四人通过。负责领队的工作人员把我们相应分配在了前后两边。

我坐进了前排最靠右的位子。随后天童、池田和坪井少年相继坐了进来。工作人员也探进半个身子，麻利地把座椅的安全带系在了我们身上，然后他退回去，从机身外侧"啪嗒"一声关上了舱门。后排也是同样的流程：一行人乘上来，全员系好安全带，舱门闭合。

当十个人全部坐稳后，我终于明白过来，这架直升机的标准载客量刚好为十人，所以访客的数量才被限定在了九人。

我曾经历过各种各样的体验，但坐直升飞机这还是头一次。有种喘不上来气的感觉。我憋得难受，做起了深呼吸。舱门虽然已经关闭，头顶上的噪声却没有减弱，仔细去听，那噪声由"嘤嘤"的高频音和桨叶撕裂空气的"嗡嗡"声混合而成。前者似乎是引擎旋转的声音。

舱内的视野意想不到地开阔。我前面是操纵席，风间坐在那里。和操纵席比起来，我们的座椅似乎还要高上一截。正前方风挡玻璃的对面，地勤人员正在用手给出某种指示。

"好，出发。"

风间的声音经由扬声器如此通告说。通过线路与顶棚连接的耳机上附有麦克风，风间似乎就是借由那麦克风与机内乘客对话的。

就在我意识到桨叶划破空气的声音开始些许变调时，机体轻轻摇晃起来。感受着不稳定的晃动，我们逐渐离地面远去。此时，直升机已悬浮在空中。

不一会儿，机体突然开始向左倾斜，并在不断盘旋中改变了航线。保持着前倾的姿势，直升机持续攀升着高度。流淌于眼底的地表，不知从何时起变成了水面——我们已来到了海上。海水的平面在我们下方同样显得遥不可及。

海面上，几艘船只在身后留下了航行的轨迹，片片波涛宛如绸缎上的褶皱一般纤细渺小。由于机体前倾的缘故，海平面停留在了比视平面还要靠上的位置，眼前的景象着实令我有些头晕难受。

不论前后、左右，还是上下，机体可能向任意方向摇摆，没有比这更不安稳的事了！

"嗯，当前高度为七百英尺，相当于二百三十米左右……左手边应该可以看到海岸线，那里是房总半岛。"

风间插入了一段像是观光飞行的播报。然而，起飞前未被给足时间调整心态，回过神来已像这样飞在空中，我可没有任何观光的心情。

如此继续飞行了约十分钟后——

"呃，当前时刻为十一时二十分，已经到达预定坐标，随后的十七分钟里，本机将进入悬浮待机状态。"

机体这次先向后倾斜，然后慢慢恢复了水平。我胸口一阵恶心，心头一片怒火。这个样子还要持续十七分钟……

"哎，毛利，能听见我说话吗？"

左邻的天童在我耳边小声说道。不，或许他只是发出了通常的音量，但由于螺旋桨产生的噪声，那声音刚刚可以够到我耳边。

一旦张口出声，我便要吐出来了，只好点头回应他。

"别出声，仔细听我说。你要把这周围的风景一一记牢。这里的风景——房总半岛的海岸线上能看见什么，还有那边的三浦半岛——那个是三浦半岛吧？那里看起来是怎样的大小，自己目前处在多高的位置——把这些都清清楚楚地烙在你的视网膜上。"

我不知天童做出如此指示的意图何在，只管照他说的，放眼去看这眼前的光景。可是话说回来，目光所及之处皆是一望无际的海面，如果说有什么东西值得一看，恐怕也只剩下天童列举出的那些了。

机体一边反复着微动，一边停留在空中的同一地点。那感觉好像在被吊车之类的东西悬挂着。不，要是那样的话反倒可以叫人安心，但实际上却没有被绳索或者任何别的什么吊挂着，只凭头顶上几片旋转的桨叶，悬浮在空无一物的半空之中。

在那之后，时间的流逝变得异常缓慢，保持悬停状态的直升机在经历了仿佛永恒的十七分钟后，终于再次有广播插入。

"呃，差不多是时候了，大约三十秒后就能看见。"

于是，那东西开始在天空之中缓缓出现。

一切皆如风间所言。

黑色极光。

骤然张开裂缝的异空间如黑色的缎带。缎带如波浪涌动一般轻轻摆动，变幻着自身的形态，且越变越大。

这是……我不由自主地睁大眼睛。

完全异样的两种空间排列在那里。

"请做好上溯时间的最终准备。即将进入极光……五……四……三……二……一……"

机体突然晃动起来，等我缓过神来，黑色缎带已遮住我的全部视野。然后——

第五章

1

眼前一黑的同时，只觉得身体坠落下去。好似失重，但只有一瞬。

双脚首先触到地面，双腿却无法支撑起身体。地面产生了倾斜，重力的方向发生了变化。有什么东西在耳边呼啸。在不明所以的情况下，膝盖受到了打击，接着面部遭受了重击，胳膊和腹部也都受到了碰撞。

路面冰冷的触感贴上了脸颊。

从二百多米的高空坠落下来，怕是会就此丧命吧，我瞬间想到。然而下方本该是一片海洋，我又怎会落在了路面上，身上的伤势又似乎不重。

"这是怎么了，圭介君，你没事吧？"

一个熟悉的女性的声音，带着笑容，以饱含关切的口吻说道。是由子的声音。我仰起脸，看看眼前，于是对状况渐渐有了把握——自己应该是脸朝下，摔倒在了路面上。

如今视线所到之处满是熟悉的街景——常磐公寓的红砖、Sunkus 便利店的看板、冬枯的银杏和停放在路边的自行车——这里是落合站前的那条路。因为趴在路面上，车辆驶过时嗖嗖的声音在耳旁显得格外巨大。盏盏街灯矗立在道路两旁，川流车辆的灯光浸入了夜色——没错，天黑着。

"啊——"

呼出的气息白而混浊，在夜幕下依然清晰可见。整个城市都笼罩在严冬凛冽的空气下——换句话说，我回来了。回到了冬日的夜晚，回到了一月。

我用双手撑住地面，直起上身后就势站起来。手不要紧，脚也是好的，都能正常活动。

我转过身去，由子正担心地望着我。山羊绒混纺的黑色外衣，领口的黑色围巾，脚上的茶色长靴，还有盖住耳朵的绿色毛线帽子——她这身打扮看着很是眼熟。

原来是那个时候……包括前因后果在内，我终于对此情此景有了全面的把握。

今天下午，由子穿着这身衣服来公寓找我。此时，她外套底下穿的什么，我同样可以回想起大概。一件能够浮现出身体曲线的，非常贴身的白色羊绒毛衣，以及一条焦糖色的紧身迷你裙。几小时前——或许该说十个月前——我曾替她脱掉了那身衣服，过后又眼看着她把那些衣服穿了回去。我们看了电视台播出的电影，后来她说差不多该回去了，我便和她一起出了门——为了把她送到车站。而现在，我俩正走在半路上……

记忆一下子苏醒了，就连已经忘记的细节部分也都顺藤摸瓜似的想了起来。刚才和她观看的应该是一部名为《上班女郎》的影片。我们边看电影边吃从便利店买来的关东煮，还喝了两罐啤酒——所以现在我的脸颊才会发烫，酒劲儿还没有完全退去……

就像在为复苏的记忆做担保一样，我感到口中残留着些许关东煮汤汁的味道。在以记忆为基准的实感中，除了好几个小时前的那几片吐司面包外，我应该不曾有任何进食，然而现实中我的肚子满满的，嘴里还残留着关东煮的味道。记忆与体感无法对应，这实在是一种奇妙的感觉。

但是相应地，直到刚刚还缠绕着我的晕机的不适感，如今已经烟消云散。

"我说，圭介君怎么有点愣愣的……真的不要紧吗？你那张脸不是刚刚和地面进行了亲密接触吗……"由子担心地说。

我这才意识到脸上许多地方都有痛楚在跳动。我伸手去摸额头、鼻子，还有人中——看来没流鼻血。

"嗯，好像没什么大事。"

我低头去看身上的衣服——出门时穿上的 MA-1 飞行夹克和李维斯的牛仔裤，摔倒时与地面接触的部分蹭得又白又脏，我连忙将灰尘弹落，同时留意起了周围人的目光。尽管已过深夜十一点，大街上仍能看到零星人影。那当中一定有人目睹了我突然摔倒的经过……

"就算磕到的地方不要紧，跌倒那个样子也不对劲啊，好像走着走着突然失去了意识一样……"由子还是不放心。

听了她的话，我的表情顿时缓和了。原来如此，在别人眼中是这样……

"就是绊到了而已……好啦，没什么大不了的，走吧。"

因为想尽快一个人回到公寓里，我先一步走起来。由子依然是一副放心不下的样子，为了不落在我身后，她紧赶慢赶地走在我旁边，嘴上嘀咕着："真的不要紧吗？"

把她送到车站后，我和往常一样——应该说和过去一样，在检票口前同她道了别。

"那就这样，回去时小心一点啊。"

"嗯，拜拜喽，今天玩得挺开心的。可是圭介君……真的不要紧吗？"

"看也知道没事吧？"

"可是呀，圭介君那一跤摔得实在是太难看了……我哪儿还笑得出来，担心死我了。"

这次，我没有开口回应她，而是张开双臂，冲她笑了笑。由子也笑了。

"看来是一点儿事都没有了，那我刚才还不如笑话你呢。"

"你笑得出来才怪呢。好了，那我回去喽，回头……再见吧。"

"嗯，拜拜。"

我们互相挥手道别，之后由子的身影便消失在了检票口的另一端。

　　回头再见……吗？当只剩下我一人时，心塞的感觉瞬间占据了我。眼下一切还都美好。由子不会提出无理取闹的要求，也不会把她最真实的一面挂在嘴上，还在装作小鸟依人呢。

　　然而，如今的我对她的本性已经心知肚明，便不想再同她"重新来过"了。分手时令人不忍直视的针锋相对，那段不堪回首的记忆至今仍残留在心底。这次的人生里，一定要由我，来甩了你。以其人之道，还治其人之身。

　　但今天是不可能了。两个人刚才还卿卿我我地腻在一起呢，态度突然一下子冰冻三尺，会很不自然吧……

　　重赴后的当时，和由子正在交往的事，我又怎么可能忘记，都好好地陈列在记忆里。但是归根结底，那些往事不过是记忆罢了，是早晚会尘埃落定的东西——会这样想，是我对事态有些掉以轻心了。

　　不过，这种事怎样都无所谓了。

　　重赴是不争的事实！我回到了今年的一月！

　　在考虑那些多余的东西之前，应当先沉浸在这份感慨之中。

　　没错，我成功实现了重赴。今后会发生什么，现阶段无人知晓的事，我已经知道。走在这附近的人，站在便利店里的人，他们当中没有谁有可能知道的事情，我却知道得一清二楚……

　　对自己的立场有了明确的认识，身体也自然而然地热了起来。是啊……我在这个世界上也算是个狠角色了。

　　我深吸一口气。清冷的空气贯膛而入，我感到身体在瞬间获得了净化。把气呼出，呼气在黑夜中化作一股白烟。

对了，还有电话要打。

从风间那儿听来的号码——那组生搬硬套的谐音，我尝试在心中默念一遍……没问题，还记得。

是啊，我还有同伴在……身为重赴者的自我认同感令全身变得炙热。我按捺住想要呐喊的冲动，缓步走了起来。

白昼成了黑夜，深秋成了严冬。然而这座城市的样貌，却和我今早离开家时没有太大变化。

不……不对。拐角处的大村画材店——那家旧店铺，不是因为改建在几个月前就被拆毁了吗？

十个月，一个说长不长、说短不短的溯行幅度。尽管如此，能在街角找到一处——哪怕是仅有的一处——回到了过去的明显证据，我在心里已是相当满足。

2

回到公寓里，自己曾在时间中溯行的实感，更是随处可以找到。

玄关里，刚刚脱下的那双"蹬上就走"的旅游鞋旁，这半年来一直被我死啃、十月时已经破破烂烂、雪藏进了鞋柜的翻绒山羊皮靴，眼下还跟新的一样。

厨房的控水池里，曾在清洗时接二连三地被我打碎、十月那会儿仅剩下最后一只的玻璃杯，如今一套四个完好地摆在那儿。但与此同时，和由子一起买下的那对红酒杯却消失在了橱柜里。

也对，那是二月旅行时买回来的……

我不禁想去冰箱里一探究竟。拉开门，不出所料，里面的状态和今早（十月三十号早晨）的情形显然不同。

我又走进了公寓尽头里的那间洋室①，于是发现了更为明显的变化。那里本该存在的东西没了踪影，本不存在的东西冒了出来。

毛毯摊在床上；墙上的挂历是一月份的；书柜上还有些空当；垃圾桶里的垃圾快溢出来了；可能是心理作用吧，壁纸的色泽好像也鲜艳了几分……

方才和由子吃剩下的残渣、盛关东煮的容器和空易拉罐，就那样散乱在被炉的桌面上。

没错，这里的确是我的公寓。乍一看没什么两样，但在仔细观察下，许多细节部分又都呈现出了微妙的差别。这些随处可见的细微变化，煽起了我难以言表的奇妙感受。

哦，对了，还有电话——

就在我想起电话的瞬间，电话仿佛算准了时机似的鸣响起来。那是更换录音电话前的老旧机型发出的令人怀念的呼叫音。

"喂，您好。"

"是毛利君吗？"是池田的声音。

"哎呀，还真的回来了！"

"就是说啊，真的是……这应该不是梦吧。"

我们首先分享了彼此的感慨。

---

① 与"和室"相对应。"和室"是日本风格的（建筑物），"洋室"就是欧美风格的（建筑物）。

"后天，毛利君也会去吧？"

"嗯……我还没给风间打电话呢，刚才在外面。我正走路，结果栽了个大跟头。事情就是这样，才刚刚赶回家。"

我瞟了一眼柜上的钟，时间已过十一点半。既然抵达时刻是十一点十三分，回到这个世界便已有二十分钟，我计算着。

"这样啊，那得先给他打个电话了。"

"是，不好意思。"我说完便要挂断电话——

"哦，你等等，"池田说，"我得把我的电话告诉你，十月那会儿已经变了，我是四月份搬的家。所以说，现在还没搬，住千叶。"

原来如此，也会有这种情况发生。我照他说的记下号码，最后说一句"晚安"便挂断了电话。不久前还是白天，这样寒暄是会有些别扭，但既然夜正深着，没办法。

我没有放下话筒，而是按一下挂机键让电话重启，然后输入了从风间那儿听来的拗口的号码。然而，对方正在通话中。一定是某位同伴正在作回归汇报。

我隔了一段时间重新拨号，这回电话很快通了。

"不好意思，刚才正赶上在外面。"我就汇报迟了的理由做出解释。

"在外面……不要紧吧？"

风间的声音听起来有些不安。

"啊，我应该是正在走路，等意识恢复过来，已经摔倒了，好在没什么大碍。"

"原来如此。那么，怎么样？实际回到了过去，毛利君现在的真实感想如何啊？"

"呃，该怎么说呢？说实话，还没涌出什么实感……"

已经回到了过去，这件事不难理解。但是不管怎么看，我这个人本身并没有变化，还是过去的我，栖身之所也和原先一样——仍然是那套寒酸的公寓。从这层意义上讲，重赴后无法涌现出实感也是理所当然的。

重赴者唯一的武器，记忆。那记忆如果变得稀薄，那么一切都没有意义了。

我连忙确认起自己的记忆。今天是一月十三日……大学入学统考的第二天，大相扑初场所的首日，这一时期的新闻头条是伊拉克局势问题，十五日将是联合国定下的最终答复期限……

没问题，还都清楚记得。

"那么，方才在停车场提到的，后天，不知毛利君是否方便……"

"没问题。"

我被风间告知了后天的计划：下午一点在涩谷站八公像前集合，之后到卡拉 OK 包间（歌自然不唱），大家一起就重赴后的计划畅所欲言。

"那么，从今往后也请多多关照。"

"不不，我这边才是，请多多关照。"

结束了向风间的汇报，我终于吐出一口大气来。

3

超能力——例如念动力，假使获得了这种能力，我现在一定正迫不及待地尝试令物体悬浮在空中吧。

然而，从重赴中获得的优势却仅限于未来的记忆。换句话说，那是一种类似于预知能力的东西，一种无法拿来一试身手的东西。

能力无处施展，这种情绪在心中焦灼着……走投无路，我只好坐到床上去，少安毋躁。拿起遥控器打开电视机，里面正在播放体育新闻。是大相扑初场所首日的比赛结果：首战，四横纲均以白星告捷。

可谓"如你所说，如我所忆"。而今天的日期也确实是一月十三日。就在刚刚，我通过媒体确认了此事。

如此看来，我是当真回到过去了。可即便如此，这份怅然若失的感觉，又该作何解释呢？

我一面让电视机开着，一面发呆。就这样过了些时候，电话响了。

"喂，您好。"我接起。

"是我。"如此通报的人是天童。

"刚才给你打过电话，没人接，也没转成录音电话。"

"哦，直到刚才我都在外面。至于留言电话，现在，一月这个时候还没有装。"

没错，应当尽早买一部带留言功能的话机回来换上，我想。

"可是话说回来……当真回来了。"

"是啊。"

才说不过几句，对话便没了下文。和池田那时一样。不过这次，我想起来自己有事要问天童。

"对了，天童先生，刚才，那个，在直升机上的时候——"

由于时间上存在断层，我有些迷惑，不知该如何组织语言才好。从我个人的感受出发，乘坐直升机仍然是不到一小时前的事情。

"当时天童先生，在空中悬停的时候，要我记住眼下的位置，对吧？那是——"

当时直升机里十分嘈杂，外加自己身体不适，因此不曾询问他的真实意图。之后随着重赴的实现，这些细枝末节也就被我抛到了脑后……

"哦，那个呀……所以说你有记清楚吗？和陆地的位置关系啦，高度啦。"

"嗯，大概其吧。"

"是吗……这些东西能不能派上用场，就要看今后事态如何发展了。"

又来了。他这个人脑子里在想些什么，实在让人捉摸不透。

"你说派上用场……那是，派上什么用场？"我试问。

"我这个人和大多数人不一样，比较接近于一般所谓的欲念很深的那类人吧。总之，哪怕是人生重启，只有一回的话也是无法让我满足的。所以，如果重赴当真存在，那就不要仅限一次，而是像风间那样，一直不断地重赴下去……关于这件事，后天，我想试着跟风间谈谈。那么，就算他肯点头，万一哪天他遭遇不测，丧了命……怎么办？"

风间如果死了——这又是一个超乎我想象的假设。

"重赴者并非不死之躯，出了意外同样一命呜呼……所以，万一驾驶员翘了辫子，再想要进入下一轮——R11 的话，谁又能把咱们运到那指定地点？就算直升机可以交给雇来的驾驶员操纵，到时候咱们自己也得清楚往哪里飞啊。"

"那时在直升机上，你都考虑到这个地步了……"

"差不多吧……其实在当时，我对重赴这件事是半信半疑的。不过嘛，凡是能考虑到的事情都应当考虑周全，我是这么认为的，所以才拜托你那么做。只靠我自己的话——再怎么样那也是在空中，虽说只是记住方位，我还是有些不得要领，信心不足……唉，当时那个位置，既然记住了不容易，那就再努把力，争取别忘记了。还不知道今后会怎么样呢。"

放下话筒，我不禁叹一口气。天童已经往后设想了好几步棋。

将重赴一再重复，永远地重赴下去。

这其中的意义就连我也明白，风间为何会连续十次、一而再再而三地重复着重赴。总归一句话，那正是不老不死的具体表现。

只要今年可以周而复始，肉体就不会老去；只要避免在事故中身亡，生命就不会死去。永生——古往今来众多权力者梦寐以求的不老不死，将借由重赴的重复而轻易成真。

不仅是风间，就目前的情形来看，天童对此事同样志在必得。原来如此。死这件事，无论时代如何变迁，都是人们心中恐惧的根源。如果有办法令人免于一死，不论谁都将趋之若鹜吧。

可是我，对此事却不怎么向往。只要还滞留在重赴的循环里，我就永远都只能是一介大学生，永远都成不了社会人，就像《海螺小姐》里的鳕夫永远都当不了小学生那样。这种事，怎样看也还是扭曲的。

也许，随着年龄的进一步增长，终有一天我也会打心底里祈求不老不死吧。

说到将重赴进行下去，对我来说，或许可以不止于一次，而是多次地往复于时间……在尝试过不同的重赴模式后找出最优方案——今后再不可能得出比这次更好的结果了，从此跳出循环，步入余生。如果抓到了机会，即使希望不大也应该去探一探风间的想法——这种程度的企图我也是有的，只不过……

我看了一眼表，时间已到深夜零时。来到这个世界——R10的世界，已经有快一个小时了。我盯着电话，考虑接下去该如何行动。

可能的话也想和其余六人取得联络，同他们分享重赴后的感慨，不过后天（日期已经变更，准确地说是明天）便能在涩谷和大家再会，于是又觉得到时再说也无妨。况且和池田等三人已交换了感想，我的需求在大体上已得到了满足。

尽管如此，我仍想和筱崎小姐在刚刚重赴后的现在恢复联系。可是眼下这个钟点，已经不好再给和父母同住的女生打电话了。只能坐等对方打来。

最终放弃拨打电话的我，拿着便笺纸回到了被炉前的常驻座位。我想把池田告知的号码记在他名片的背面，但很快发觉那张名片在这个世界里还不存在于这间公寓。

对了，所有人的联络方式。

池田的新号码在这儿，风间的号码靠谐音记着，还有天童的号码……没问题，也记得。那么筱崎小姐的电话是……

我把开着不看的电视关掉，把被炉的桌面上收拾干净，又从书架里翻出一摞大学笔记，如此创造出一个适合书写的环境。之后，我开始奋笔疾书。每个人的电话号码、重赴前拼命背下的"未来记忆"，要趁印象尚且鲜明，把这些全部誊写到本子上。

之后的三十分钟里，我一直写个不停。重赴伙伴全员的电话号码被我完整地记录了下来。报纸记事的部分，我在本子上为每天预留出一页的篇幅，干劲十足地写起来。然而，能够记起的每日新闻量多则寥寥几行，少则无料可写。在这一结果面前，我自己都觉得情有不堪。费了那么大功夫潜心阅读报纸，带回来的记忆却只有这种程度而已……

而在书写记忆的过程中，我的睡意变得越来越浓。当下是凌晨一点多，可是按理来说，我的实际感受本该延续到十月三十日的正午过后。如今渴望睡眠的，到底是昨晚（十月二十九号）整夜未眠的我的意识呢，还是一月十三号经历了一整天的我的身体呢？在无从分辨的情况下，意识渐渐远去了，眼皮沉重地垂下来。

结果，最终也没能盼到筱崎小姐的消息……

在打了一个大大的哈欠后，我把自动铅笔往本上一丢，躺在了床上。就这样，在一瞬之间坠入了沉眠。

4

猛地睁开眼，天已经亮了。窗帘的间隙里透着微明，我看一眼柜上的钟，七点过五分。

屋里很冷。但清醒过后，我迅速掀开被褥，一跃而起。兴奋的心情令我无法安稳地躺在床上。我站在窗边拉开窗帘，用力推开落地窗，走去阳台。

焕然一新的清晨，我想。从今天起，我，将不再是过去的我。

深吸一口气，清晨的空气冷却了胸腔。把气吐出，苍白的浊气在转眼间消失殆尽。我打了个寒战——果然很冷，迅速回到屋里关上窗，打开被炉的开关，一面把脚伸进去，一面想事情。

好，今天是一月十四日……接下去怎么办？

今天是工作日，大学里肯定有课。然而被前后两个假期夹在中间，想必在前一轮人生的这一天里，我也自主连休了吧？三年级的下半学期……修的是哪几门课来着……

哎，管它呢。今天是值得祝福的重赴首日，就给自己放个假吧。

可是那几个没有合上的本子还平摊在桌面上……"未来记忆"还远未完成。就这样，一大清早我便复写起了前次人生的报纸记事，专注于昨夜工程的后续。

写了一会儿，电话响了。

"喂，您好。"

柜上的钟才刚过八点，会是谁呢？

"啊，喂，是毛利先生家吗？"

听声音是筱崎小姐。从那声音里仿佛能看到她不安的样子，大概是对自己记住的号码没信心吧。

"我是毛利，是筱崎小姐吧？"

听了我的话，她显然松了口气。

"太好了！万一毛利君说'筱崎小姐？哎，谁啊？'，那可怎么办哪！"

换位思考一下，如果是我听了刚才的话，恐怕也会深受打击吧。

"一起回来了呢……"她感慨颇深地说。

电话背景里充斥着杂音，似乎又是从车站打来的。于是我问："今天也要去上班吗？"

"就算回来了我也还是职员啊，没办法随随便便请假的。毛利君不是也有大学要上吗？"

"今天自主停课了。"

"我也想请假啊。可是又一想，去了公司才能找回感觉，要不然我连现在做的是什么工作都不清楚！"她说着说着扑哧笑了，"估计到了公司里我也是胡言乱语的，不过今天夹在两个休息日中间，肯定会有人请假吧，所以我想，是不是应该趁人少的时候把回归职场的事解决了。"

"原来是这样。"我答道。

谈话间隔了一瞬，我赶紧将下个话题抖出。

"回到这边的时候，筱崎小姐在做什么呢？"

"当时我正在房间里，躺在床上听音乐呢。所以——毛利君有做过从高处掉下来的梦吗？啊！掉下去了！就在这么想的下个瞬间，睡在床上的身体好像从后背被吸走了似的，然后猛地清醒过来，出了一身冷汗……就和那种感觉一模一样！而且因为当时正在听随身听，两只耳朵上都戴着耳塞，音乐轰地响起来，吓人极了。

我连想都没想就把耳塞拽了下来。呜哇，我的天哪！——就是这种感觉，心脏怦怦直跳，喘不上气来。"

"能明白，能明白。"

想到她当时乱作一团的样子，我露出了微笑。

"毛利君不要紧吗？"她反问我说。

"这个嘛，我当时正在外面走路……应该说，当时的自己正在做什么，这种事在回来的那一瞬不可能知道吧？意识恢复了以后，体重突然向前倾，我也不明白是什么状况，直到'咣'的一下磕到头了，脸朝下摔倒在便道上了，这才回过神来。然后和我走在一起的那个人——"

哎呀，糟了！我心想。那么晚了和谁一起走呢——她要是这么问就不妙了。但是话说到一半突然停下又不自然，我姑且继续说了下去。

"按那个人说的，在那之前我都走得好好的，然后突然像失去了意识一样，一头栽倒了。在别人看来就是那样，连一点儿下意识的回避动作都没有。"

我一口气把话说完，于是筱崎小姐担心地问："真的吗？不要紧吧？"

"嗯，完全没受伤……那个，时间，不要紧吗？"

"哦，我们是弹性——呀，对了，现在还不是呢！抱歉，还是有点要紧的。"

我感觉她要挂电话，连忙最后问她一声："明天你去吗？"

"嗯，去的。没时间了，抱歉，明天再见吧。"

"路上小心。"

放下电话，我舒了口气。这下可以确定了，筱崎小姐也平安无事地完成了重赴。

待心情平静下来，我重新启动了"记忆搬运工程"。然而，这工作远比我事前想象的要困难。昨晚在书写的过程中我也曾想过，记忆这东西，实在靠不住。花了那么久阅览报纸，能和日期一一对应的——能在实际运用中回想起来的记事，只是极少的一部分。

或许问题出在记忆的方法上吧，事到如今，我不禁这样去想。打个比方，这就好像把已经读过书本的内容大致复述出来。在对整体脉络的把握上，我也是有信心的。其实在重赴之前，我便像阅读小说一样，把这十个月间的报纸看了一遍。所以大致内容我都清楚，印象较为深刻的细节也能说出。但如果问我七月二十六日的头版头条是什么，如果想以这种形式将记忆提取出来，就不那么容易了。这就好比问我一本小说第三十四页写了什么，我是答不出的。

但要说视觉记忆的碎片，仍有大量残存在我大脑里。那些占据了整个版面的照片，我能想起很多很多。有的描绘出了某日首脑会谈时的情景，有的记录了某日体育节开幕式的场面。此外，还有和照片一同刊登出的大字号标题，我也能一股脑儿地回忆起来。可要问这些分别是哪一天的新闻，关键的部分却想不起来。就像无法确定位置的拼图碎块一样，这些记忆碎片四散在我的脑海里。

但有些时候，部分拼图碎片并非完全呈游离状态。相邻的碎片——横跨数日的记事，会被视作一个系列记忆下来。只不过如果以拼图来比喻的话，这些碎片便是无一与边框相连，只能作为尚未归位的集合体摆在一旁，目前还无法记入笔记。这一连串记事当中但凡有哪个的日期明朗了，接连数日的空页便可一气填满。

所谓"拼图外框"，即是日期清晰的记忆——重大的事件事故，还有每月一日的早报头版。前者的具体内容包括日期在内，自然都清清楚楚地背了下来。至于后者，是在之前世界里阅览缩印版时，每一册翻开扉页后率先映入眼帘的一页——即作为视觉信息，记忆得最为扎实的一页。

此外，与个人记忆相关联的部分也能够记住日期。特别是以非日常情景的记忆居多。例如，在暑假归省期间的经历便是如此，在老家看过的电视新闻画面，就有可能突然浮现眼前：边吃晚饭边看到的电视画面，以及母亲唠唠叨叨的评论声。个人的记忆就是会以这种形式死灰复燃。

顺理成章地，和参与重赴有关的记忆也都连同日期一并记住了。比如第一次接到风间电话是在九月一日，那次地震发生在下午五点四十五分，三宅岛震度4，东京震度1。回龙亭那次聚餐是在九月二十九日，两天以前的二十七日有台风过境，二十八日在焚风现象的影响下，天气酷热难耐……

以这些微小的记忆断片为线索，我一点点填埋着笔记本上的空白。

之前被由子提出分手是在三月的……哪天来着？大吵一架是在什么时候？最后一次给她打电话又是在……

"你不就是个蠢货嘛！"

那个将厌恶表露得无以复加的声音。那是在春假里的……临要去打工前的……没错，是个周四,二十八日，三月二十八日星期四。

我翻开本子，想查一查翌日二十九日的早报上曾登载过哪些内容。本上写了三行，属于记忆较为完整的一类——改革派集聚莫斯科、原发事故的原因调查结果、高中生棒球春季预选赛无安打无上垒纪录达成。

注视着上述文字的行列，我依然无法在这些报道与打给由子的那通电话之间找到任何记忆上的联系。如此想来，分手前后的那段日子，由于被由子抛弃而深受打击，我曾一度消沉得连看电视的心情都没有……

但既然打算在此次人生里主动和由子说拜拜，那些不快的回忆应该是不会重演了。问题在于提出分手的时机。从昨晚火热的状态来看，现阶段提分手太奇怪了。但如果自问要不要为了表面上的自然，把目前的关系再维系一两个月，老实说，不要。对由子的本性如今已十分厌恶，何况还有筱崎小姐的事。

在过去将女人甩掉的经验自己并不是没有，但两人之间如此悬殊的温差却是前所未有的。

就没有什么能和女人干干脆脆一刀两断的办法吗……

5

一月十五日的下午，涩谷八公像前广场上聚集了大量人群。大概是有成人仪式刚刚结束，身穿华服的年轻男女随处可见，这与平日显然有别。

我一出站便发现了天童。他那身高，站在人群当中便突出来一个脑袋。我以那身高为标的，朝坐落有电话亭的一角走去，于是发现那里已经聚集了包括天童在内的四位同伴——池田先生、横泽先生、天童，还有筱崎小姐。其他同伴也将随后赶到吧。我留意了下时间，距离约定的下午一点还有十五分钟。

和他们几个直接见面后，顺利再会的感慨涌现出来，我情不自禁地笑了。不只是我，就连面相凶煞的天童，表情也柔和了少许。

"哟，来啦。"

"好久不见……这话该怎么说呢？"

找不到恰当的寒暄辞令，我也只能如此表达了。我们以同样方式集合在新木场站前（在感觉上）不过是前天的事，然而现实中，那时与此刻之间却相隔了十个月之久，且是在与通常相逆的时间轴上。

天童照旧是一身黑色西装，只不过在隆冬的现在多披了一件长外套（而那件令他一黑到底的外套给人一种不出所料的感觉）。相比之下，池田先生和横泽先生穿得就随便多了。筱崎小姐在外面套了件领口嵌绒的驼色大衣。她身上某个地方给我的感觉与之前的印象不符，仔细一看——

"哦，发型……"

重赴前齐肩的长发如今更是垂到了胸口。

"冬天把头发留长了。我留长头发好看吗？"

"好看！"我小声回答。

她开心地笑了。脸颊上泛起的微红应该是天气寒冷所致，但这并不妨碍为她的可爱增添一分姿色。再次领略到筱崎小姐可人的一面，我本想继续和她小声说说话——

"毛利君，"池田先生从一旁插进来，"怎么样？回来以后有没有做什么不同以往的事啊？"

"还没有，昨天一直待在家里……池田先生呢？"

"我昨天去了趟教练场，但是搞不清课程安排，费了番功夫。十个月前的工作计划，我哪里还记得？"说着，他耸了耸肩。

"嗯，我也一样，也不记得十个月前讲义的内容，而且马上就要期末考试了，有点担心能不能拿到学分……反正都是回到过去，真不如选四月一日这种无牵无挂的日子……哎？是……坪井君？"

我感觉身边有人，把目光转过去，发现不知从何时起坪井君已站在那里。短款羽绒服的下面竟然穿着高中制服。这身出人意料的打扮，外加 R9 时标志性的金发如今只是普通的黑发，我没能立刻认出是他。少年没有回话，他的双手始终插在兜里，只有脑袋微微颤动一下（那动作就算意会成天冷缩脖子也未尝不可），姑且算是做出了回应。发型等外在的部分有了变化，冷淡的性格却和 R9 时一样。

尽管如此，池田先生仍然以一句"欢迎回来"笑容满面地迎接了他。

"坪井君也来了，那么目前还没到的人是……"

"高桥先生、乡原先生、大森先生，还有风间先生。"我回应池田说。

高桥在回龙亭和新木场那两次都到得最早，今天如果到现在还没有出现，怕是有可能不来了吧。或许因为运输工作无法脱身，要么就是去中山竞马场赚点零花钱，解燃眉之急了……

真正令我担心的反倒是大森。直到临上飞机前，搔头男都坚信现代科学比重赴更有说服力。如今重赴已然成了现实，他又会作何感想呢？如果能坦率地为回到过去而高兴就好了，可我总觉得，由于信仰崩溃而遭受精神打击的可能性在他身上反而更大。

我把心里的顾虑说了出来，于是池田先生半开玩笑地说："到现在还不信呢，他认定自己是在直升机上被人药倒了，然后一觉睡了两个半月——所以现在是明年一月。"

"不至于吧！"我不由得笑了，"看一眼电视不就立马清楚了。"

"里面播出的全是一年前录好的东西，而且只播给他一家。"

"谁会干这种事呢？"我问。

"所以才是阴谋嘛！"池田说着说着，自己也笑了。

此后又过了一会儿，风间现身了。他看起来和重赴前没什么两样，墨镜胡须果然就是他的"注册商标"了。

我们自动站成了一横排，与他成相对之势。

"各位好，在这个世界里和大家是初次见面，还请多多关照。"

风间说罢施了一礼。与其他人出现时不同，我们都不由自主地鞠躬行礼。不管怎么说，他都是选中我们并把我们带来这里的恩人。

"呃，今天过一会儿，应该还有大森会到……咱们再稍等片刻。换句话说，非常遗憾，高桥先生和乡原先生将缺席本次聚会。"

就在风间就上述情况进行说明时，约定的午后一点已经过了。

等到了一点十分，我提议"要不要打个电话"，风间说"再等五分钟"。风间的话音刚落，"哦，来了"，天童说道。

大森刚一露面，便跑到风间身边要求握手。

"您好！呃不，是我前来给您赔不是了！风间先生，您是我的恩人哪！上辈子我有眼不识泰山怀疑了您，实在对不住！"大森像放连环炮一样唠叨一通，一边说着还不停地点头哈腰。不过话说回来，"上辈子"这个说法用得真是恰如其分，但是给不知情的人听了，怕是会令对方想入非非。

风间似乎也有相同的顾虑："大森先生，拜托你不要说得那么大声。"说着，他做出了对周围有所顾忌的表情。

"啊，实、实在抱歉！"如此赔罪的大森又无数次低下了头。

我和池田先生四目相视，交换了无声的微笑。

"那咱们走吧。"

于是，在风间的引领下，一行人穿过了涩谷大行人十字路。

风间预约的卡拉 OK 包间位于涩谷中央街一带。包间里容纳十人绰绰有余，虽有背景音乐流淌，但不影响交谈。入口右手边的细长隔间里，风间、坪井少年、天童还有池田先生坐了靠里的沙发，横泽、大森、筱崎小姐和我坐了靠外的一侧。

脱下外套坐定以后，我见眼前摆着菜单便翻到饮品一页，然后把菜单平放在桌上，方便所有人看到。

"要不要先叫点饮料？然后，大家一起碰个杯吧？"

我边说边环视全员的表情，然而视线始终被风间吸引。一排整齐的笑脸当中，唯有他的脸绷着。随后我发现不只是我，所有人都在注视着他。

　　这时风间开口了："在此，我不得不先向各位传达一个令人惋惜的消息。"他的声音前所未有地沉重。"本该成为咱们同伴的高桥先生，非常遗憾地……不幸身亡了。"

　　突如其来的打击！

　　我组织不出任何语言，心境宛如在毫无防备下被泼了一盆冷水。

　　"由于在重赴后未能接到他的来电，昨日我曾数次尝试通过电话与他取得联系。昨夜电话终于接通，然而出现的并非他本人而是公司一方，我也因此得知了他的讣告……高桥先生死于交通事故。事故发生于十三日晚十一时十三分，即是刚刚完成重赴的时刻。"

　　"啊——！"我不禁发出了感叹声，因为瞬间理解了发生在高桥身上的遭遇。继我之后，又有几人给出了同样反应。此时，我的小臂上已经起满了鸡皮疙瘩。

　　"据说从重赴归来的时候，高桥先生正在班上，正在开卡车。当时不但车速很高，而且不巧赶上左转弯路段，高桥先生的卡车冲过了中央隔离带，与对向车道上行驶的卡车正面冲撞……是当场死亡。"

　　我回想起了自己的重赴体验。一瞬的失明、坠落感、骤然回生的重力……如果自己当时也在开车，又会落得个怎样的下场？仿佛对抗重力一般下意识蹬出的双脚，如果没有踏在地上，而是踩中了踏板……一辆以时速数十公里疾驰的汽车，哪怕是一瞬的操作失误也可能夺去驾驶者的性命。

想想就觉得可怕。高桥先生临死前也曾体验过这种恐惧吧？或者，他还来不及反应过来就已经一命呜呼了。在对恐惧和痛苦毫无知觉的情况下，重赴之际的那一场黑幕成了永恒……

如果为他着想的话，倒宁愿事情是这样。

此时，我突然对一事有了疑问，便问风间："类似这样的事，以前有过吗？"

"是指到 R9 为止吗？"

"是啊，携同访客进行重赴，这是第三回了吧？"

"嗯……老实说，确实有过类似的情况，所以我多少有些放心不下……"

难道就不能做到防患于未然吗？可是不论怎么想，这种事都是无从防范的。由电话任意选中的成员当中，是否有人在回归时刻正处于驾驶状态，这在事前又该如何调查？

"那乡原先生呢？！"这时筱崎小姐发出了近乎歇斯底里的声音。

听到这句话时，想必我脸上一定没有一丝血色吧。不过——

"没事。"风间当即答道，并用双手示意"请不要激动"。

由于刚刚设想过最坏的结果，关于乡原的报告令我感到无比欣慰。一口大气被吐了出来。

"为高桥祈求冥福吧。"

我看向如此发言的天童，他已双手合十，双眼闭合。

我也跟着做起来。当视野封闭后，眼睑内侧浮现出了高桥的身影。与此同时，在电话里和他的对话开始在耳畔回响。

"原来是想套我的话，把迟了一步出手的损失捞回来呀！"

"如果是回到十年之前，估计我也会在学习上多下那么一点儿功夫，倒不是说非要当什么优等生，但是最起码的，上个正经点的学校，进个差不多的公司……"

看似小混混的打扮和说话腔调给人留下的表面印象，高桥骨子里的东西带给我意想不到的亲切感，加之年龄相仿，或许在这个世界重逢后，我俩原本可以走得更近。

然而，死了就一了百了了。重赴者的优势不复存在了，一切的一切都荡然无存了。

除了说他运气不好，还能说什么呢……

会在周日夜里开车的人，原本就不多。就算是在开车，也不见得一定会出事故。就算出了事故，也不见得一定会死。

重赴本来是一件为重赴者带来恩惠的好事。所以像高桥这样，不但招致了恶果，甚至造成了致死事故的情况，恐怕是绝无仅有了。发生概率小到数万人里也只有一人的程度。

是他的运气太差了。

反过来说，在不明不白和不知不觉中便顺利通过了重赴的唯一难关，我的运气可谓着实不错。

在对高桥不幸的感叹中，我意识到了自己的幸运。

既然冒着生命危险回来了，这其中的回报不论以何种形式，我都要这个世界向我如数奉还。

6

"还是叫一点饮料吧。"

　　如此提议的池田，还有默默同意的其他所有人，说不定也都和我是同样的心情吧。

　　我把每个人的需求记录下来，用对讲机下了单。五分钟后，服务员端着饮料走进来，看到我们不唱不聊而是静悄悄地围桌而坐的样子，脸上浮现出诧异的神情。

　　拿到饮料后也不见有人碰杯，大家都不约而同地把杯子往嘴边上送。这大概是我们所能表达出的，对已故的高桥唯一的悼念之意了。

　　"既然发生了出乎意料的重大事故，就有必要首先把此事汇报给大家。那么接下来，就轮到今天把各位召集到一起的正题了。"

　　坐在离房门最远端的风间如此切入了话题。

　　"首先必须强调一点，重赴者的秘密，绝不要泄露给外人。这件事到目前为止已经再三地、反复地向各位做过解释。不过说句老实话，在重赴前那个阶段，我觉得各位并没有那么严肃地予以对待。本来嘛，对重赴不以为然的人就占了大半。但是现在状况不同了，所以还请各位认认真真地听我把话讲完。

　　"重赴者所持有的'未来记忆'，有着用金钱无法衡量的价值。绝非在赌马上赚个千八百万这种程度而已。股价的变动，新产品的研发，乃至政治家丑闻的揭露，若是以此角度去考虑，未来记忆对于特定人群具有何其巨大的价值，我想在座的各位也都可以想象吧。那么，此类情报正是各位所拥有的东西，若是传到了一部分人的耳朵里，围绕着未来记忆，世界范围内的各种势力必将开始在暗中展开行动。政界人士及其敌对势力、经济巨头这些自不必说，真正令人畏惧的，恐怕是与其勾结在一起的右翼组织以及暴力集团。或许某些宗教团体也有可能前来搅局。但是总归一句话，这些'魑魅魍魉'都将开始以诸位为目标在暗中攒动。而这其中不乏有人偏执地认为，与其让各位落入敌手，不如斩草除根，以绝后患。

"抑或，与这些势力都毫无瓜葛的，当真无名无分的一般市民，也有可能盯上诸位的性命。觉得不公——换言之便是嫉妒，这种心态以排除嫉妒对象的形式外化出来，其中的可能性同样值得我们深思……

"当然了，为了能让大家遵守注意事项，将恐惧植入各位心中自然是最为行之有效的办法，因此才有了我前面的那一番话。只不过，万一秘密当真泄露出去了，以上述事态收尾的可能性只高不低，这一点还请各位铭记于心。"

风间在此处停顿一下，环视了我们的表情，似乎是在等待自己的语言在各位听者心中充分渗透。

"此外还有一点必须要考虑，那就是各位的心理护理问题。我曾有过两次招收访客共同重赴的经验，这当中确实会有人在重赴现象面前遭受打击，或者说，在重赴当真实现了的事实面前遭受打击，以至于其人生方向在重赴后产生了极大转变。那人是位老师，在高中教授物理。他在重赴以前曾对我的话不屑一顾，却因为重赴的实现而对自己先前信仰的学问迅速失去了信心。借用他的说法，那感觉就好像脚底下名为世界的那一块砖被撤走了一样。自那以后，他无法再登上讲台，并最终辞去了工作。不过对于经历了重赴的事，他表示并不后悔，甚至感到受益匪浅……访客当中就是会出现这样的状况。

"那么，世界这块底砖被撤走了的丧失感——或者说崩坏感，这种感觉但凡经过重赴之人或多或少都有体会。在座的各位是否也正被这种感觉所困呢？其实这个问题嘛——自己将在重启后的人生中受益良多的积极心态，以及在重赴现象面前怅然若失、止步不前的状态，当这两种心态针锋相对时，若是积极那一方胜出了，问题便能够迎刃而解。但若并非如此，而是在茫然与踌躇中耗尽了重赴的期限，情况若是这样，就有必要由谁在背后推上一把了。所以，今天也是出于这个原因——为了让动弹不得的人向前迈出最初的一步，我才预备了这个集会的场所……刚刚提到的状况，各位当中有谁有吗？大森先生呢？"

被点到名的大森先生"嘶啦嘶啦"地挠着头发，神经兮兮地眨着眼说："是问我、我吗？确、确实，刚回来那会儿是有一点儿找不着北，不过现在我已经清楚自己该干什么了，精神可以说前所未有地振奋，没问题的。"

风间对这个回答似乎颇有感触，在频频点头后说："那么，到目前为止的这两点注意事项，我就当大家是没问题了……好吧？那么接下来，我们身为重赴者可以办到的事情有哪些，或者说怎样做才能将这次的重新来过的人生导向成功呢？我想就这个话题深入谈一谈。话说回来，坪井君，在这一轮的人生里该做些什么，目标已经定下了……是不是？"

风间把话题甩给了坐在右边的坪井，于是少年非常坦率地回答说"是"。

"对他来说，将重赴者的优势活用于考学，这已成为既定目标……想必在 R9 时就已为此做好了精心的准备吧？"

"啊，是，已经胜券在握了。"

坪井的语言十分直白，但不知为何他的头低着，回答得很是腼腆。可能是患有红脸恐惧症之类的病症吧。

"其余的各位又如何呢？"

"我的话……果然还是先赚钱吧。"对于风间的提问，池田这样说道，"打算靠赌马赚一笔。"

"打算赚多少？"

"嗯……你问多少，当然是越多越好。不过，一二十亿的资产和身份不符，放在身边也只会成为累赘，现实点的话，总之先赚个一两亿吧。"

"还有哪位想靠赌马赚钱？"

在风间的询问下，我慌忙举起右手，然而左顾右盼一番，发现举起手的再无他人。

这一状况似乎出乎了风间的预料。

"想不到大家都是一些无欲无求的人哪，实在令我有点儿惊讶。那么接下来的这些话，就只当是对池田先生还有毛利君讲的好了——"

说着，他开始向我俩说明重赴者在利用赌马赚钱时应注意的几点事项。这里面的大部分内容在重赴前我已从高桥那里听过了，因此反而觉得过来人风间的说明相对繁杂了些。实际看来，应该不需要做到如高桥说得那般谨慎。

　　"若想了解某月某日某场比赛的结果，打电话给我便是。"风间以这句话结束了说明。"除此以外，还有疑问吗？"

　　"那个，这个世界里总共有多少位重赴者呢？"大森惶惶恐恐地问道。

　　"怎么回事？这个世界里说到重赴者，就只有我们十人而已啊。"风间以不可思议的表情答道。

　　"不，那个，是这么回事。这个世界虽说叫作R10，但实际上是对R9的重塑。正因为存在着R9的世界，才出现了以它为基础的R10。这样想来，在R9的起始时刻，从R8归来的重赴者们应该是存在的吧？进一步讲，在R8的起始时刻也同样存在着从R7归来的重赴者们。如果是这样的话，除了咱们十个，这个世界里还存在着其他曾有过重赴经验的人也就不足为奇了……"

　　就算大森如此做出了解释，我仍然不得要领。

　　"如果从平行世界的角度去解释，这样考虑是没什么问题。"发言的人是天童，看来他明白大森的意思。"倘若把R10看成是R9的一个分支，那么就相当于把咱们并入了R9的起始时刻。但实际情况……不是这样？"

　　天童最后那一问指向了风间，于是风间点了点头，说："这个世界里的重赴者只有咱们。被我从R8带到R9的访客们原本会在重赴后立刻打来电话，但这次并没有。不知我这样说是否能对问题构成解释？"

　　"谢了，这样一来我就明白了。大森你也想想看，那帮家伙的目的是从 R8 去到 R9，但风间不是说了嘛，现在是 R10。否则咱们前天给风间打电话时，他没准儿会说：不对，其实现在是 R8。你不觉得会有这种可能吗？"

我对论点依然是一知半解，倒是最初提出疑问的大森，一副心领神会的样子说自己清楚了。算了，就这样吧，我决定不再追问。

见大森的问题告一段落，我便举手提问。就是那个"蓄谋已久"的问题。

"嗯，有件事想请教一下……我们还有没有可能去到 R11 呢？"

风间在一瞬间露出了不置可否的态度，但他很快义正词严地说："若是这件事的话，十分抱歉。"

大森下意识地抓挠起头发，右边的筱崎小姐像是要避开他似的把身体靠了过来。

这时，风间开始说明理由了。

"正如各位所知，我会反复地进行重赴，那是我身为重赴这一现象发现者的特权，像这样每次携同九名访客，那毕竟是我的好意所致，是我在拿自己拾得的幸运同大家分享，还望各位予以理解。那么既然要分享，我便希望这份幸运能够传递到更多人手中，然而一口气带领大部队前往，恐怕会增加泄露秘密的风险，何况在此之前还有直升机准乘人数的问题，因此才将每回携同的访客数量定在了九名。这当中如有人接二连三地进行重赴，预留给其他访客的席位便会相应减少，就结果而言，参与重赴的总人数亦会随之减少。"

风间给出的解释令我无言以对，于是大森接替了我的位置继续说道："那个，如果可以的话，能不能允许我个人参与后面的重赴？"说着，他用力挠了挠头，"不是，那个，我这绝不是为了一己私利，不、不是为了自己。我正在研究的生物技术，如果完成了一定可以拯救很多人。粮食危机一旦解决了，大批的非洲儿童就不至于被饿死。可是以目前的进度还需要多久才能完成研究，十年或者二十年都是个未知数，请想想吧，在这段时间里还将有多少孩子因饥饿而死。但如果我能不断地重赴，时间就会一直停留在今年，只要在今年内完成研究，研究的实用性便会大幅提前，这样一来，明年以后注定要死去的孩子们便将以亿人为单位获救。"

"啊！"我心中有个声音在呐喊，那是被大森的一席话感动了的自己。他所提出的重赴活用法并非局限于个人层面，而是有可能造福全人类。对于一直苦思冥想该如何应用重赴的我来说，再没有比这更完美的答案了。

然而，风间却无情地摇了摇头。"十分抱歉，此事不容例外。"

"什——"大森话没说完就僵住了，脸上掠过一丝绝望的神情。

"请这样设想一下，"风间镇定自若地说，"假如大森先生在经历不断的重赴后，于R30完成了研究，并从此脱出了重赴的轮回。在R30的世界里，自此以后粮食问题得以解决，大量儿童得到救助。可是在那之前的那些世界又如何呢？R29呢？抑或是R31呢？孩子们会获救的仅限于R30的世界而已，而能够在这种理想世界中悠然自得的，也仅限于自此退出的大森先生而已。当然了，那个世界里同样存在着天童先生和池田先生，他们同样可以体验到那个理想的世界，但那并非在座的天童先生和池田先生，并非你们二位。各位均被留在了这个 R10 的世界，这里可没有什么获救的孩子。只有 R30 的世界得以改善，然后，大森先生留在了那里。这不过是大森先生的自我满足罢了，不是吗？并非为了全人类……我无法因为这种个人的理由而削减下一轮的访客人数。"

"不、不是的。"大森激烈地挠着头发，话却不再继续。

在倾听风间解释的过程中，我有些搞不清楚何为正确了。

大森的想法乍看之下是利他的，是值得钦佩的。可是在无奈留下的我们的眼中，R30 是另一个世界，一个等同于空想的世界。即使空想世界的孩子们获救了，如果在 R10 这个我们现实存在的世界里无人获救，那也是毫无意义……

"尽管如此，大森先生若能得益于此次重赴，将该项研究在这个世界提早完成十个月，即便仅仅是这样，对于今日在座的各位来说——对于同样留在 R10 的各位来说，那也是一件意义深远的事情，我相信会是这样。"风间最后以这种形式激励了大森。

这时，我猛然领悟到一个道理。

应风间邀请来到这个世界的我们这九个访客（不，由于高桥的脱队已成八人），正因为有着都将留在这里的大前提，相互之间才有了同伴意识。如果这当中有谁被允许单独前往 R11，那家伙对我来说便不再是同伴，什么都不是了。独自一人受到优遇，十个月后弃我们而去的人，怎么可能还当他是同伴呢？

把心中尚未缴械的大森晾在一旁，对谈在那之后仍在继续。筱崎小姐和横泽先生两人，就仍未找到重赴后人生目标的现状进行了汇报。

7

"可是，为什么会发生这种现象呢？"天童发言说。以风间为中心的谈话氛围已经淡去，会话进入了杂谈模式。

"其实，我上大学那会儿就是专攻物理的，那个老师的心情我是非常非常地理解，所以，在这里我特别想正式地问问大家……你们呀，对于为什么会发生这种事，就一点儿也不觉得奇怪吗？"

转瞬之间，尴尬的气氛在会场中弥漫。

见众人不言不语，我只好代表大家发言说："奇怪肯定是会觉得奇怪，但既然已经像这样在现实中实现了重赴，也只好先接受现实了，不是吗？虽然搞不明白其中的原理，可是话说回来了，就连电视机为什么能够成像这种事，我不是这方面的专家，也说不出个所以然啊。"

"那就这样了？"天童一脸失望的表情。就在这时——

"我、我持有不同观点。"突然发言的，是刚才被驳回继续重赴的请求后始终保持沉默的大森。

"重赴前我就一直在思考，是否存在着某个理论，能够从科学的角度解释这个问题呢？后来回到这边以后，我姑且以自己的理解为基础，确立了一个'假说'。但是我觉得，就算在这儿讲这种东西也不会有谁能明白吧，所以心想还是算了。不过天童先生，也许你能理解我的理论……愿意听我说说吗？"

"如果有的话，请务必说来听听。"

于是，大森打开脚边形似公文包的提包，从中取出机器放在桌上——是一台笔记本电脑。

"没问题吧？"并非在征求某人的意见，大森随手拔掉了卡拉OK 的电源，把电脑接了上去。

伴随着独特的音效，电脑启动了。大森和横泽交换位置后弓着背坐在沙发上，把机器横放在桌面上，让液晶屏冲着我们。虽然配备了最新型的彩色液晶，但如果观看角度稍有变化画面就会模糊难辨，这便是当下液晶显示的瓶颈。

"能看见吗？"大森问。

说实话，从我坐的位置几乎看不到画面。于是我站起身，把脑袋晃了又晃，好歹找到一个角度可以看见。画面上大大敞开的窗口里，漆黑背景中分散显示出了三角形、圆形、四边形等总共五个符号，每个符号分别由不同的颜色表示。

"这、这些叫作人工生命，我称它们为 AL……顺便问一下，大家知道什么是 AI 吗？"

"人工智能呗。"天童代表其他所有人当即答道。

"没错。所谓人工智能，即是在研究如何将人类的思维程序化这一过程中诞生的产物。而人工生命则与智能无关，它是将生物的动物本能，以及动物的形态，转化为程序后得到的结果。那么大家现在看到的这些，就是在我的研究所里被试做出来的东西，每个符号都代表一个生命体……目前它们正处于停止状态。这里用来表示时间。"

大森用指头戳了戳窗口下方的一角，时间显示为（00000）。

"那么，让它们稍微活动一下。"

　　大森边说边"嗒嗒嗒嗒"地敲打键盘。由于电脑冲着我们，键盘敲打起来有些困难，大森输入的英文字母和数字在另一个窗口中唰唰地显示出来。最后，他"砰"地按下一个键，说："喏，动了。"

　　就像他说的，颜色各不相同的五个符号，每当时间显示数字增加一点，便像定格动画一样一帧一帧地活动起来。与此同时，在另一个被打开的小窗口里，由英文字母和数字构成的行列正以肉眼无法识别的速度显示出来，又瞬间向上滚走了。

　　"在这里暂停一下。"

　　大森说着敲下一个键，于是各个符号停止了运动，表示时间的数字也在（00017）处停止了记数。

　　"这些人工生命依照本能行动。话虽如此，但实际上，所谓的本能是由程序编写，由算法构成的。而这台电脑上显示的颜色，也是由 RGB——也就是红、绿、蓝这三原色混合而成。比如说，这个红色的圆圈，其 RGB 的值可以用［1？0？0］这个矩阵表示；这个四边形是蓝色，按照 RGB 的顺序来说就是［0？0？1］。那么，当一个被赋予 0 值的图形符号，遇到了在相同部位上值为 1 的另一个符号，便会接近它，并试图与其发生接触。好比这对圆形和四边形，它们都看准了对方所拥有的 1 这个数字凑过去。关键在于，最终是由哪一方的行为触发了两者的接触。如果最后是红色圆圈的行动令两者接触，便形成了红色主动接触、蓝色被动接触的局面。然后，主动进行接触的红色一方，将夺走对方蓝色的 1，变成［1？0？1］——也就是品红色。另一方面，蓝色会被对手强加一个 0，变成［0？0？0］。一旦成了全零，就相当于在这个世界已死，会被从画面中消去。反过来，如果是蓝色四边形在最后一步令两者接触，蓝方就会变成品红色，而红方死去。这边这个三角形的家伙是白色，所以是［1?1?1］，它目前还不需要去追逐任何别的图形，为了不被其他对手碰到，正在一味地逃窜中。"

那又怎样呢……我琢磨不透大森的意图，只能等他把话题进行下去。大森继续"嗒嗒"地敲击键盘，于是又打开了一个新窗口。

"这是红色圆圈的日志文件，这家伙以谁为目标，又采取过哪些行动，这些全都按照时间顺序被写在这个文件里。换句话说，这就是红色圆圈迄今为止的生平记录……那么现在，我要将一切还原至初始状态。"

说着，他又敲打起来，于是窗口里的符号全部重新出现在了初始位置，表示时间的计数器也归位到了（00000）。

"接下去，重新来过。"

大森按下键盘，五个符号生物又开始一帧一帧地活动起来。不一会儿，当计数器的数字再次显示为（00017）时，大森再次敲击键盘令程序暂停。

"大家请看，结果与上次完全相同。当然了，出现这种情况是因为我动了手脚……程序中原本含有随机函数，使每次运行时产生不同的结果。这么做是为了保持观测人员的新鲜感，但那随机处理功能被我取消了。其结果，五个生命体处在了被绝对论世界观所支配的状态。

"不过，这种事怎样都无所谓啦，呃，回到刚才的话题，假如我现在将暂停状态解除，这帮家伙还会继续依照各自的本能活动下去。那么大家不妨思考一下，假如这个时候这帮家伙已经有了类似于自我的意识……可即便如此，它们也不可能自发地领悟到世界曾有过一时的停止。因为整件事都发生在它们的程序以外——它们的世界以外。在它们看来，时间在其暂停前后只可能是连续的，是匀速流动的。但是在咱们看来，时间是静止过的，而且从我的角度来说，这帮家伙之后会发生什么已经看过很多遍了，可以说知道得一清二楚……这就是所谓的决定论。

"简言之，对于它们来说，眼下是世界诞生后的 17 秒，而所谓的眼下也只可能具有眼下的意义。时间的流动是一方通行的，未来是不得而知的。但在咱们看来，它们的眼下却不仅仅是眼下。同样的状态我已经观察过很多次，它们眼里未知的未来我也已经知道。"

大森再次敲击起键盘，向程序下达了某个指示。这一过程持续了较长时间，而当指示输入完毕后，窗口内的配置恢复了初始状态，时间也回到了（00000）。然后，符号生命们再次开始活动起来。

当时间计数器又一次显示为（00017），大森又一次叫了暂停。此时，我诧异了一瞬。虽然和上次一样，时间停在了（00017），然而这次，红色圆圈和蓝色四边形却停在了不同的位置上。

"这次我对程序的趣味性稍做了调整。"

说着，大森冲我们指了指其中的一个窗口。那是显示日志文件的窗口。由数字和英文字母构成的文字序列，它们所表达的含义我仍然搞不清楚，不过每行头几位数字所对应的意义，通过大森刚才的说明我已经了解了。

"这里是红色圆圈的日志文件。在它们的世界里，虽然时间在重启后只经过了 17 秒，但是大家可以看到，只有这个红色的家伙，它的时间显示为 34 秒……这是因为刚刚在重启程序时，在对各个日志文件进行初始化处理时，我调取了它截至前一次暂停为止的日志内容，并使它在重启后沿原有状态继续活动。所以对于这个红色的家伙来说，虽然继承了上一次 17 秒的活动时间，周围的配置却在一瞬间回到了初始状态。惊讶之余，红色圆圈的行为模式较之从前发生了变化。不只是红色圆圈，蓝色方块的行动在其影响下也产生了变化，于是便形成了目前的这种不同于以往的局面。

"那么至于程序世界里的时间变化，就像计数器显示的，目前只经过了 17 秒。只有这个红色的家伙，一如日志所示，它坚信自己在该世界里已经经历了 34 秒。其实这与发生在咱们身上的情况大同小异。换句话说，这个红色的圆圈，在程序的世界里，刚刚体验过的不正是重赴这种现象吗？"

"你的意思是说，咱们和这……人工生命，一样？"天童问道。

于是大森用力地点了点头，说："没错。虽说是程序的世界，却也有其相应的法则，这帮家伙都只能遵从每秒移动一格的规则行动。这就是程序，就像咱们不能瞬间移动一样，它们也有着不能每秒移动多格的规矩要遵守。而且就像我刚才解释过的，在这个程序里，对于它们当中的每一个来说，时间都在以相同的方式流淌。与此同样的，咱们对于时间也拥有相同的感觉。所以说……咱们与它们，岂不是一模一样？

"可在咱们看来，这帮家伙不过是单纯的程序罢了。然而，在更上位的存在的眼中，咱们也很可能只是一堆单调的程序而已……那么既然可能性存在，以这种方式去考虑事物也就毫无问题可言了。"

"这！可是……话说回来，这个圆圈和方块怎么也称不上是生物吧？"尽管组织不出巧妙的语言，我姑且以此进行了反驳。再次将视线移向液晶屏中以原色描绘出的各个符号。就算被大森定论成了与这帮家伙是同一路数，也不可能轻易接受吧。"说到底，这些是程序，不是吗？是 0 和 1 的排列组合，不是吗？"我试问。

"不，真要说的话，咱们也是由基本粒子的排列组合构成的。"回答我的人是天童。"人体是细胞的集合，细胞是分子的集合，分子又是原子的集合。而那原子，说到底也是由质子、电子和中子这三种基础粒子构成的……总归一句话，说人类是由 0 和 1 构成的也不为过。"

"呃，可是，这再怎么样也不是一回事吧。0 和 1 什么的，是没有实体的数字，或者说，是概念，不是吗？但原子和电子这些，是看得见摸得着的东西，所以——"

"当真如此吗？"天童以更加沉稳的语调说道，"那些你认为是看得见摸得着的东西，也许全部都是信息呢？眼睛看到了什么——那不过是你的大脑收到了一条信息，你被告知自己的眼睛正在看着什么。就算你的手抓住了什么，你很肯定那东西就在那里，那也不过是由你手上的神经传导回来的信息罢了。刚才大森不是打开了那个圆圈的日志，也给咱们看过了吗？那里面也记录了其他图形在当下的位置，换句话说，那个圆圈是能够'看见'其他图形的。对于那个圆圈来说，方块啦，三角啦，这些别的形状，是看得见的，离近了也是摸得着的。圆圈以这种方式领会的'看见了'和'摸到了'这些信息，与你通过五官获取的来自于这个世界的种种情报，要说这之间究竟有何不同……没有，一样。"

"就、就、就是这么回事。"大森一副英雄所见略同的样子，不住地点头。

然而，我对他俩极力想要表达的东西，却是完全不能理解。自己不过是计算机上如同幻影般的存在——就算他们用尽了千方百计来说服我，至少我们自己拥有的确实的存在感，是他们无论如何都无法否定的。

见我一副不以为然的样子，大森继续说道："我们所在的世界是被物理法则支配着，没错吧？那么，把物理法则说成是程序应该也没什么问题。世界是由并不复杂的程序运作的，这对理科人来说是理所当然的。好比距今约两百年前，在那个电脑连概念都还没有的时代里，就已经有一个叫作拉普拉斯的人，提出了类似的观点。"

"只不过，咱们其实和画面里的那些符号大同小异——难道说看透了这一点，咱们就能改变什么吗？实际上什么也改变不了。通常来说，只能得出一个'原来还可以从这种角度去考虑问题'的结论，就到此为止了。不过现在有了重赴现象，这使得咱们可以更容易地去接受上面这种结论，而接受这个结论本身并没有什么坏处，但要说有什么好处，其实也没有。我们两个只是想把这件事给大家讲明白罢了。"

"这世上就是有一些人，不这样考虑问题就浑身不自在，而对于这些人来说，给出讲解就好像例行公事一样必不可少。"

到此为止，我依然不太能理解这两位的观点，不过有一点——即便无法理解也问题不大，对这点我倒是理解得十分透彻。

"顺带说一下，虽然和你讲的不是一回事，我也在考虑一个问题。"对大森说罢，天童进而提出了另一个话题。"我记得，筱崎小姐在之前的世界里曾说过类似这样的话：如果把预言看作偶然命中，那么就无所谓违反物理法则，然而上溯时间这件事明显违反了物理法则，所以不足为信。但是来到这边以后，我仔细想了想，其实咱们并没有违反物理法则。一月十三日午后十一点十三分……几秒来着？"

"七秒。"风间答。

天童点一下头："十一点十三分零七秒……在那前后，咱们并没有进行瞬间移动吧？在十三分零六秒和零八秒，咱们都待在相同的地方，手里拿的东西也没有突然消失或出现。就算有拉普拉斯的恶魔始终监视着这个世界，它也不可能在那一瞬之间观测到任何物理上的不自然之举。只有咱们自己觉得，意识在那一瞬的前后失去了时间性的衔接。换句话说，异变只发生在咱们大脑的内部。但话说回来，就连你们和我的体验是否相同这种事，我也没法说得清楚，所以准确地说，在我看来，异变只发生在了我的大脑里。

"可是，即便如此，脑内瞬间多出了十个月的记忆，如果在那一瞬间对脑内进行分子级别的观测，应该能够观察到违反物理法则的分子突增现象——也许这也算是一种见解。不过，那些记忆或许在事前就已经以回路的形式被安插在了大脑里，而在十一点十三分零七秒发生的，不过是将大脑与那回路连接起来。连接在一瞬之间完成，这也没有什么不合理的。

"所以我想要表达的是，简言之，我在那一瞬间做了十个月的梦，如果从这个角度考虑，整件事其实并没有违反物理法则。在沉睡中感觉时间流淌了十个月，醒来后却发现那不过是转瞬即逝的梦境，这种故事经常听说吧？"

"黄粱一梦。"我不禁脱口而出。我想起了中国古代故事中与之非常相似的一篇。

"做梦省事吧？"天童坏笑一下，但很快又严肃地说，"当然了，我并不觉得 R9 的人生只是单纯的睡梦一场，所以，这个地方还请各位不要误会。R9 对我来说是实实在在经历过的世界，这是不争的事实。然而，如果想摒除物理学上的矛盾，将那十个月的经历解释成自己做过的一场预知梦也未尝不可。从理论出发，这个假设我同样无法予以否认，仅此而已。"

"这、这么一来，结果还不是和我一样，这种事深究也罢，不作考虑也罢，从根本上讲，都不会对事实造成任何影响嘛。"大森插进来一句。

"一点儿不错，"天童笑了笑，"所以对于我们俩刚才说的这些，大家大可不必认真，就当是我们唱了一段经，就当那些话是耳边风好了。只不过对于我俩来说，唱经是必不可少的一道流程罢了。"

结果，不等我搞清这些"经文"有何神益，它们已经自行画上了句号。想必其余五人也和我有相同感受。只有大森，一副欣喜的模样不住地点头。对大森来说，今天在这里，在同伴内部找到了天童这个意气相投的对象，一定具有非凡的意义。

　　至于我自己呢，哪怕只是见到了其他重赴者精神饱满的样子，今天的聚会也算是颇有收获了。

　　唯一令人感到遗憾的，便是听闻了高桥的讣告。要不是多了这桩惨事，今日一聚本该以完美收场的……

第六章

1

重赴者的特权在于"未来的记忆"。

我特别留心记下来的，主要是那些刊载在报纸版面上的社会性事件。然而出乎我意料的是，一些日常生活中的琐事也完好地保留在了记忆里。重赴后不过几日，我便对此有了切实的体会。例如下面的这件，来到 R10 后第一次去大学时发生的事。

头一堂《现代思想》的讲义内容的确带给我一种听过一次、似曾相识的感觉。不过同一堂课听两遍这种事，对于挂过科、没有拿到学分的学生来说，是再普通不过的经历了，所以到此为止，我还不曾沉浸在重赴者独有的感慨中。然而下课后，当我走在教学楼大厅时——

"哎，毛利！等等，等等。"

　　我被人叫住了，是和我同系的樱井良一，他正和见城和纪在吸烟区抽着烟。两人面带意味深长的微笑看向这边。就在我认出他俩的瞬间，一股强烈的既视感油然而生：此情此景之前确实经历过……

　　"嗯？怎么了？"我边说边向他们走去。

　　"这个周日，你有空吗？"樱井问，问得一如记忆所示。没错，他接下去会说——去迪士尼乐园吗？

　　"去迪士尼乐园吗？我们正商量这事。"

　　"就只有男的？"我姑且遵循记忆反问了他。不仅如此，我还知道他会怎样作答。

　　"白痴，可能吗？阿玉会带两个校外的朋友来，所以我们正在凑人数。"

　　明明知道会有姑娘来，我在当时却拒绝了他，为什么呢？应该不是为了照顾由子的心情，恐怕是因为有约在先……对了，我想起来了。

　　"可惜了，我去不了，周日和人约好去看演唱会，票都买好了。"

　　票应该在由子手里。两张票一万日元，浪费了实在心疼，我像条件反射一样回绝了樱井的邀请。可是冷静下来仔细一想，演唱会已经看过，再说是和由子一起，如此一来就更没有去的必要了。可又转念一想，突然改口的做法似乎不合常理，于是作罢。

　　"那就没办法了，"樱井将烟按灭在烟灰缸里，"要是毛利在的话，姑娘们咬起钩来一定积极得多。"

　　"你们拿我当鱼饵啊！"我一边苦笑一边在心里想，大概在

R9 时我也曾说过相同的话。当时的记忆在脑子里若隐若现。

从刚才开始的既视感到了现在仍在继续。这种好似挠痒的微妙感觉若在平常早已消退，这次却格外持久。起初那种好似神经麻痹过后的感觉，逐渐变化成了某种独特的恍惚感。

那感觉与性的快感非常相似。只不过，如果不去重赴 R9 的经历，那种感觉便无从体会。因此至少要到前世中的场所，否则相同的经历无从谈起。虽然深知自己早晚要靠赌马大赚一笔，从此不再为钱发愁，我决定眼下还和 R9 时一样，继续去 Bambina 做那每周三回的兼职。

一月十七日周四，重赴后的第四天，我在 R10 头一次去 Bambina 报了到。就在那天晚上，我运用重赴的优势，在店里左右逢源，表现得十分机敏。我不清楚记忆是以怎样的机制在运作，但不可思议的是，一旦进入了情境，前一轮人生的记忆便会赫然在大脑中复苏，鲜明得令人难以置信。就好比下面的这种情况——

那晚第一位到店的客人是佐藤先生，他每个星期来店里喝两次酒，算是位老主顾。也正因为如此，我拥有相当多的关于他的记忆，哪怕只算今年这一年，我同他也至少见过三十回面了。至于这当中哪些属于今天的记忆，就算我梳理不清也不足为奇，尽管如此，今天的记忆（片段）已然在脑海内重现了。

"欢迎光临，今天来得真早！"

"啊，平常去的那家店竟然休息了。"说着，佐藤先生坐到了吧台席位的正中央。

佐藤先生通常过了九点才来，刚开张就露面的情况很少。这似乎成了唤醒我记忆的契机。

"最近您有打柏青哥吗？"我一边递湿巾给他，一边若无其事地问。

"今天就去了哦，听说二町目有家叫幸乐的店新开业，一大早就去了。"

果然和我想得一样。R9 时是佐藤先生主动和我提起的此事。

"怎么样，赢了没有？"我一边回忆他好像赢了十三屉，一边问。

"哦，堆到第十三屉的时候我想，就饶了它吧！"佐藤回答说。

"那我能不能沾一点光啊！"正要坐到佐藤先生旁边的雪，连腰还没弯下去呢，已经开始见缝插针地讨要了。

"好啊，雪妹妹应该是喜欢喝啤酒吧？"

"嗯，人家好想喝 YEBISU 哦！"

"没问题！毛利君，给她一杯 YEBISU ！"

其实，从雪出现在吧台的那一刻起，我便知道要上 YEBISU 给她，无奈手上正给佐藤先生备着下酒菜，没能展露在她开口前就将啤酒倒好的绝技。

不过，也有接下来的这种状况发生——

十点过后，老顾客松永先生到店后坐到吧台。他点了一份芝士脆片，至此记忆还未苏醒，而就在我将碟子端到他面前的瞬间，大脑里浮现出一个景象——松永先生碰倒了玻璃杯，水洒进碟子里，脆皮泡了汤。明明是他自己的问题，松永先生却在那里念叨着：怎么搞的，才吃了一片……

我想起来了，那确实是发生在今晚的事。

刚吃过一片芝士脆片的松永先生和邻座另一位老主顾太田先生，正热烈讨论着足球的话题。

"没想到济科肯来日本执教——"

松永先生在讲话时有胡乱大幅度挥动手臂的毛病，杯子便是如此打翻的。成功"预知未来"的我迅速拿起他的杯，仅仅几秒钟后，松永先生的手臂飞过了刚刚杯子所在的方位。我擦去杯上的水滴，为了以防万一，又将杯垫挪到离他稍远的位置，再把杯归位。结果，松永先生这天没有碰倒水杯，他将脆片全部吃光后尽兴而归。

我觉得这件事自己干得很漂亮，但同时又干得不为人知，以至于无人喝彩……

2

打烊时老板来了。身为 Bambina 的经营者，他却不常来店里，而这很快唤醒了我的记忆。对了，今天打烊后我被"邀请"和老板他们打了通宵的麻将……

而现实中一如记忆所示，把店门撞上后，老板、小妈、雪还有我，我们四个来到了附近的一家棋牌室。就连被领到的桌位也和记忆中相同，在窗边。迅速定下牌桌后，阵营也定下了——四人的位置关系恐怕也与 R9 时无异。很快，第一局开始了。我模糊记得自己在这天两次得了第一，此外几局也小有斩获，总共赢了约有一万日元。换句话说，只要打法和前世一样，今天必然能够赚到一万日元，在此基础上，如果能灵活运用重赴者的特权，避免不必要的点炮，结果一定可以赚得更多。

　　一个能将重赴者特权发挥得淋漓尽致的绝好时机，我想。但无奈对局已经开始了，记忆却沉睡不醒。每摸一张牌，我都努力去回想自己在前世打出的是哪张，然而却想不起来。于是只好沿用一直以来的战术风格，例行换牌。

　　"碰！"

　　老板打出的白板让小妈鸣牌了。我瞟一眼牌池里的牌，一水的条子。这时我终于想起来了。没错，是混一色小三元。她和了，我点的炮。她手里应该是发财的暗杠，独等一张红中凑麻将，当时我摸到一张已断两张的红中，撇了……

　　记忆复苏的瞬间，我摸到一张红中。前世里将这张牌摸切后，小妈和了跳满（一万两千点）……我拆了麻将对儿的八万，把已断两张的红中默默留下。只能舍胜求稳了。

　　结果那局是老板自摸和了。

　　"哦，自摸了。平和、自摸、宝牌、一翻，一千七百点。"

　　点数分配完毕，牌池中的牌落入牌桌中央的空洞。这时我恍然觉得不对。等等，这局的洗牌方式将直接影响下一局的码牌方式，不是吗？

　　结论是明摆着的，想和前世打得一样已经不可能了。由于小妈没和而老板迟些才和，桌上的牌局已经改变。上回成堆未摸的牌，如今已有部分经由人手丢入了牌池中。小妈没和的牌按在手里，反倒是老板代她明了牌。到此为止已和上回有了差异，那些牌不论怎样掉落都不再可能砌成同样的长城。

下一桌牌升上来时，一度放弃的我忽然意识到了自己的失误。

哦，对了，自动牌桌是两组牌交替使用。如今升上来的牌是我们就座时不经意落下去的。那时还和前世一样，我没有刻意去在乎什么，完完全全按感觉行事。所以眼前的长城应该也与前世砌得一样吧。至少在这局 R9 时的记忆还能派上用场……

我刚想明白——

"阿圭，你坐庄，掷骰子。"

被小妈提醒后连忙伸手去按掷骰子按钮——手指僵住了。

坏了，R9 时是小妈连庄，现在要是换我掷骰子，不论掷出几点都与上回毫不相干。这桌牌俨然已和 R9 分道扬镳了……

"愣什么呢？快点儿！"

在小妈的催促下，我无奈地掷出骰子。结果到早上六点为止，我们打了四轮半庄，我的成绩分别为第三、末尾、第二、末尾。原本预期一万日元的进账，到头来却赔了八千。

走出棋牌室后，我同要去吃饭的三人道了别，独自朝车站走去。一路上，我始终在思考，思考风间在 R9 时讲过的"混沌理论"。

就是那么回事。效仿 R9 采取完全相同的行动是不可能的。让一百几十张牌完全按照 R9 的模式运作，根本不可能。就算其他三人能够办到，我这个重赴者也办不到。讽刺的是，正因为经历了重赴才无法做到。而结果一旦开始变化，由此产生的混乱俨然已是纠正无望，此时的重赴者已沦落为与常人无异的存在。

莫非这能力无法拿来赌博？但就赌马来说，每次又都出现与前世相同的结果，如果按风间的说法。这当中究竟有什么不同？恐怕在赌马的过程中，我们重赴者是处于旁观者的立场，便是在这里存在的巨大差异。但是今天在麻将桌上，我却直接影响了其中的胜负。所以，虽然同是玩麻将，只要我不在桌上——没错，那间棋牌室里在别桌搓麻的客人们，他们都打得和前世一样。

　　不，不对……很有可能……并非如此。我必须得把"二次影响"也考虑在内。

　　我们那一桌在最初的半庄里已出现了同 R9 时截然不同的发展。老板曾举起他那只粗壮的手无故憨笑一声，就在发出那声憨笑时，今晚的状况已与前世迥然有别。还有小妈"唉，怎么搞的"那一声叹息。这些杂音保不齐会以哪种形式对别桌造成影响。杂音传到其他客人耳朵里，在无意识间左右了他们的行为——好比某人正要按下掷骰子按钮，而这时老板的傻笑声响彻店内，结果那人不知不觉地把按钮多按了零点几秒。又好比在推牌进机器的时候，某人听到了小妈哀叹，受其影响手上的动作比 R9 时粗犷了几分……而紊乱一旦发生，那些桌的输赢便会就此呈现出与 R9 完全不同的局面。说不定又有谁会突然傻笑，而后那笑声又会对邻桌造成影响……

　　于是我进行了更进一步的思考。既然存在着二次影响，那么第三次、第四次影响的存在便顺理成章，不是吗……

　　假设那间棋牌室里有位客人，在 R9 时——原本的历史里——输得一塌糊涂，这回却大赚特赚。那么赚来的那笔钱，他会怎么花呢？想必会买一些 R9 时本不会买的东西……

或者假设那人就是小妈。记忆中她在前世的今天输了好几千日元，这回却赢了小一万。于是，她用那些钱买了在 R9 时没买的东西，比如说，今天下午在某家女装店里买了件绝无仅有的衣裳。结果，原本在 R9 时购得那件衣裳的人这回就没有买（没买到）那件，取而代之，她买了别的什么东西，比如一双高跟鞋。穿着那双高跟鞋，她（在我想象中是位 OL）正走下通往车站的台阶。忽然间，鞋跟"咔嚓"一下折成两截，她跌下楼梯摔断了腿。为了疗伤，她向公司请了一周的假。休养期间她的工作只好由同事们代劳。四位社员因此不得不加班加点。当中一人被迫临时取消了约会安排。结果恋人出轨了……

如此想来，到底会有多少人的命运因我今天在麻将桌上的表现而变得一团糟呢？想想就觉得后怕。

当然了，我并非在为他人的命运患得患失。这些因果绕来绕去，说不准哪天就会落回自己头上。那个被恋人临时爽约的女人，为了寻找出轨对象徘徊在夜晚的大街小巷，没准儿转眼就出现在了 Bambina。或者小妈在女装店和店员吵了起来，那店员当晚心烦意乱地走在回家路上，搞不好一把火点燃了不知谁家的房子。这些状况并未出现在 R9 时的新闻报道里，并未发生在我所熟悉的未来，尽管如此，保不齐哪天就会接二连三地冒出来。这个世界已同我所熟知的 R9 有了微妙差异也说不定。这种情况对我这个重赴者而言就意味着重大危机。

如果未来无法按照自己的记忆展开……

我想到了刚到 R9 时风间给出的建议：

"要尽量保持原有的生活轨迹。极端情况下，即使在事前得知身边的人将遭遇事故——不，正因为那是身边的人，才更有必要袖手旁观，看他遭难。希望各位能够了解也有这种选项存在。或者，若无论如何都要搭救此人，便要做好自己身为重赴者的优势将就此尽失的觉悟。"

风间口中几近冷酷无情的"歪理邪说"——那当中蕴含的真实感受，我想我终于也有所体会了。

3

如果同周围人的关系有了较大变动，身为重赴者的优势便有可能付诸东流。尽管如此，我却丝毫不想再和由子像 R9 时那样继续交往下去。

一如坪井少年以其四月份以后的记忆为代价，运用重赴者的能力考取大学，我在速战速决同由子分手后，也很有可能断送自己重赴者的人生。可我觉得即便如此也在所不惜。如果能将由子漂亮地甩掉（可能的话还要和筱崎小姐交往），扼杀日常级别的特权也是在所难免的。之后只要能靠赌马一获千金，我对这重新来过的人生就基本上还算满意。

周三晚上由子打来电话，我姑且向她传达了因时间不便无法赴约周日演唱会的消息。"抱歉，周六日，我不得不回老家一趟。听说父亲要动什么手术，紧急住院了。"我扯谎道。

"那就没办法了。嗯，演唱会看还有谁愿意同去，再找别人好了。"

"嗯，过后再给你电话。"嘴上这么说，我却没有再打电话的意思。

她的邀请从今往后一律回绝，我是这么打算的。如此一来，她也不得不承认两人的关系在不断降温。等水到渠成后，最终由我提出分手，尽可能就在本月内。

就这样，等到空出安排的周日上午，我瞅准了据说位于新宿的一家赛马场的马券贩卖处。

走出车站东口朝与往常相反的方向行进，目标建筑一如风间所说矗立在四丁目的交叉口旁。建筑外观色调单一、风格洒脱，一眼望去不知是何设施，好在墙上写着"WINS"字样令人一目了然。我入场时中山的第一场比赛已经结束，监视器中正映出第二场赛事的赔率表。

今天的目标暂定为将手头的现金增值。记忆中R9第四场将爆出赔率二百的大冷门，而其他场次的结果也于昨日同风间电话确认过了。以此为基础，我在事前制订了如下计划：（1）第二场以小额胜出筹集赌资；（2）第三场故意买输；（3）在可购得万马券的第四场大获全胜；（4）掠得大量钱款后迅速离场。成败在中午前便可见分晓。

赛马场内比想象中的宽广，人影相对而言不如想象中多。我上到顶上四层，发现全场来客也不足百人。客人果然以中年往上的男性为主，像我这种青年并不多见。当中也有人穿着脏兮兮松垮垮的夹克，还在脖子上绕着毛巾，俨然一副从幽默短剧《赌博狂人》中走出来的打扮。将来如果有必要再来这里，自己也得穿出在人堆里不显眼的穷酸相才行，我想。

确认过监视器画面中的赔率后，我站在贩卖窗口前。相隔不远的地方站着身穿制服的警备员，我感到一阵莫名的心悸。

"第二场，连胜复式，2-5、3-5、6-8，各一千元。"

考虑到连环奖项只下一注中标时太过惹人注目，我决定每场比赛都分买三注。这是将高桥的建议自我总结后得出的买法。最后那一注 6-8 是而后用来狙击万马券的号码。我特意将这组冷门号码夹杂在第二场的三注当中，算是为一决胜负时（今天的第四场）的大获全胜留下了伏笔。

付过三千日元后，我领到一张名片大小的纸片。这张纸片在不到二十分钟后便将拥有两万日元的价值。

迅速离开卖场附近并挑选人影尽量稀少的场所站定，我检验起了比赛的结果。尽管对胜负已成竹在胸，透过监视器观看赛马奔腾时，我仍心跳不已。

赛后直奔兑换处，到场人数算我在内不过十几位。返回原先的位置时，监视器画面中已映出了下场比赛的赔率。将购买赔率锁定在二十倍、五十倍及百倍以上，我再次走向贩卖窗口。这次因为知道只赔不赚，奇怪的心悸倒是没犯。

"第三场，连胜复式，4-5、5-8、7-8，各三千元。"

我正向售马券窗口的女售票员说明要买哪些，忽然感觉背后有人。转过身去，发现一个五十来岁的大叔紧跟在我身后，于是受了相当的惊吓。左右两边的窗口均无人排队，他站在那里显然是为了窃取我的买法。我同他视线交会，男人慌里慌张地走了。

　　他见我刚刚去了兑换处，心想：走运的家伙，也照他的买法赌一回试试——事情很可能是这样。这次故意买输是买对了，我想。假如我疏于防范，上一场和这次都只买一注连胜复式且结果都买中的话，说不定我会瞬间成为场内注目的焦点，最终导致关键的第四场无法出手。这种场合下果然怎样警惕都是不为过的。

　　第三场比赛就像从风间那儿听来的，是 2-4 中彩，原本价值九千日元却在一瞬之间化为废纸的马券被我轻描淡写地扔进了废纸篓。我期待着有谁能够欣赏我难能可贵的演技，但似乎谁也未能正眼瞧我一眼。虽说这样再好不过了，我却有些欲求不满。

　　随后，今天的重头戏——第四场比赛——的赔率出现在监视器上，与此同时，我在心里泄出了"哎？"的一声。我清楚记得 R9 时复式连胜 1-8 每票分红 20420 日元，可在屏幕上映出的赔率表中 1-8 的赔率却成了 218.4 倍（相当于 21840 日元的红利）。这当中的差异究竟从何而来呢？我感到了一瞬的不安，但很快便想到了其中的缘由。

　　没错，R9 的世界里同样存在着从 R8 来的重赴者们，他们当中也一定有人和我一样，想在今天这个日子在第四场赚上一笔。恐怕是那人买得稍微大了些，导致赔率比原先有所下降。换句话说，我在 R9 时记下的 204.2 倍这个赔率并非其原本的数值。今天屏幕上显示出的 218.4 这个数字才是原版历史上（即是不存在重赴者的世界，R0）应有的赔率。

　　我在窗口申请购买 1-2、1-4、1-8 这三注时，"哦，1-8 请给我来四千元"，嘴上一不小心跑了火车，等我有所察觉时话已脱口而出。幸好这次身边无人偷听，我才得以顺利购入了四千日元的 1-8。

由于是第三次了，透过监视器观战比赛时，我已没有了先前的兴奋之情。赛后，"确"字在屏幕上闪烁了些时间，但不过多时结果便得以确定。1-8 的赔率最终确定在了 212.0 倍，比当初查看时略有下降。开始时，我以为这个结果便是由我购买的那四千日元所致，但是转念一想，除我以外的重赴者们——比如池田或风间——在某处把一定数目的金额同我一样投给了 1-8 也说不定。

不管怎样，四千日元翻了二百一十二倍，总计八十四万八千日元的钱款只需兑现便将到手。如果是平常，摆出胜利的姿势再正常不过了，现在我却极力不去把喜悦表露出来，垂着脑袋"唉——唉——"地发出叹息，就输掉了这场比赛的假象表演了一番。直到刚才，我本打算在第四场爆出冷门后迅速兑现再速速离场，但现在又觉得应该小心行事。

我在场子里等了大约半个小时，等到午间场内人数明显减少时，终于拿着第四场的中彩马券去兑现了。万元纸钞八十四张及千元纸钞八张，当总计九十二张的纸捆摆在我面前时，心里到底还是兴奋不已。我一面环视四周，一面将钱迅速塞进夹克衫的内兜。在这节骨眼上给人盯上最麻烦了。

离开马场时已经过了大半个中午。虽说是周日，街上却人潮涌动。我顺着人潮走了一会儿，看见一家麦当劳便走进去，点了份吉士汉堡套餐后上到二楼，在窗边找到一桌空位坐下，心里这才有了着落。

怀里传来八十四万余元钞票捆子的触感。普通工薪阶层要花几个月才能赚到的数目，我只需两个小时便已到手。这就是重赴者的能耐。

我环视店内。一个上班族模样的男人，一群年轻姑娘，一对高中生年纪的情侣，一些拉家带口的客人。他们个个嚼着汉堡，喝着饮料，边吃边聊。他们谁也不晓得明天将发生什么，谁也不清楚下个月又将发生什么。尽管如此，他们却笑得如此欢乐，每个人脸上都带着无忧无虑的笑容。小市民这个字眼就是为了他们而存在的。而我在 R9 时也曾是他们当中的一员。

但今非昔比了。

从窗口向外望去，能俯瞰到移动中的大批人群。那光景仿佛行进中的工蚁集团。

我将味道不同以往的汉堡、薯条用咖啡迅速冲进胃袋，抬腿走出了店门。一想到自己正混杂在方才居高临下观察的人群当中，心中唯我独尊的意识就变得愈加强烈，优越感变得愈加膨胀了。

看到街角的一所电话亭后，我停住脚步。既然到了新宿，不如顺便试着（虽不抱希望）和天童取得联络。可能的话，希望能和同为重赴者的他交流一下当前的感受。

呼叫音响过四声后便中断，然而听筒中传来的却是留言电话的语音。心里想着就这么挂掉算了，我姑且留下一条信息。

"呃，那个，我是毛利。因为到了新宿附近，心想万一天童先生在呢，就心血来潮打了电话。"天童的住宅兼作办公之用，留言或许会被其他人听到，想到这里，我一边小心措辞，一边讲话。"其实也没什么要紧事——"我正说着，对面的话筒忽然被"咔嚓"一声提了起来。

"哦，是我。"

他本人出现了。

"哦，你在哪。"

"嗯……你说你人在新宿？具体在哪儿？"

"MYCITY① 靠南的一角。"

"是嘛。你来我这里倒是不成问题……不过今天恰巧能观摩到有趣的场面，我正想着有空了就去看看，你来吗？"

尽管天童没提要看什么，我还是当场答应了。

随后天童指定了碰面地点，是个颇为奇怪的地方——从靖国大道进入明治大道后眼前的那座过街天桥上。

"从野村证券那个拐角拐过去后正对面的那座天桥，应该很好找。就在那上面，下午两点集合。"

时间绰绰有余，我提前三十分钟来到了指定的天桥。在天桥上踱了两个来回后，我选定通道中央弯成"く"字的一角，将两只胳膊肘挂在栏杆上，愣愣地望着桥下道路的交叉口打发时间。既然天童的办公室位于歌舞伎町二丁目，他应该会由明治大道的另一侧走来，我想。

头顶上是一片蓝色的晴空，日照虽然充分，气温却依然很低，我站在天桥上不时会因为刮来的阵阵寒风而瑟瑟发抖。桥下虽设

---

① 现新宿 LUMINEEST 站前建筑的前身。

有信号灯和人行横道，但每隔三两分钟便有一人从桥上通过。每当有行人通过，我便看向那行人，确定来者不是天童后再挪开视线。这一过程大约反复了十次。

眼看快到两点时，天童终于从天桥的左手边出现了。他今天果然也穿着黑色的大衣和黑色的西装。我正要上前迎他，被他伸出的一只手制止了。

"哟，你看起来相当冷啊，一直等在这里？"

"是啊，早到了三十分钟。"

我原以为同他会合后会继续朝天桥的反方向行进，天童却停下了脚步。

"就在这儿说吧。与其随随便便找一家店，在这儿反而能放心地谈论秘密。"

原来如此。来自桥下车道的噪声无时无刻不在桥上回响，除非距离相当之近，否则无法旁听到我们讲话。而放眼望去，天桥的桥面上又一览无余。在这儿讲话的确无须担心给人听去。

我首先将今天上午赌马赚钱的事报告给了天童。每场比赛各买三注的事，还有故意买输其中一场的事，总之把自己下了功夫的部分都讲给了他。

"八十万啊……大概就如你所言吧。"天童的双眼凝视空中，"但要想再添一个零，比如说一场比赛想赚八百万——到购买马券这一步为止都还像你说的，可等到中了奖兑现的时候，要想做到不让任何人起疑，恐怕要花费相当多的心思吧。"

"是啊。"这一点我无法不予以认同。以百万元为单位时已是如此麻烦，上升到千万元级别后更会难上加难。至于我认准了的樱花赏亿元大奖，不难想象，换钱时会遇到的麻烦将不在一个数量级上。"不过也可以一万一万地买，买几十票，再一万一万地兑换，这样一来每次兑现的风险就会下降许多。不过问题在于需要兑现几十次，太费工夫——"

"等一下。"天童打断了我的话，目光落在手表上，"差不多是时候了。"

"什么时候？"

"下面的交叉路口，很快将发生一起交通事故。"

"事故……你说？"

"记得应该在两点十分左右。虽说也可以到下面去离近一点看，但离得太近殃及自己就不好玩了，或者被警察当成目击者抓去问话也是件麻烦事，所以决定在这里观望……这回算是名副其实的隔岸观火了。"

原来是这么回事。我终于明白了他叫我来这儿的目的。

其实我原本就暗自渴望能在某种机缘巧合下亲临事故、事件的发生现场。所以在听闻了重赴一事后——尽管也觉得此事不足以信，在现场实时观看事故发生的想法俨然已在大脑中成形。譬如昨晚，银座一家百货商场罕见地发生了一起清洁缆车坠落事故，而我也确实记得此事，如果不是有了打工的安排，已经去过银座看了热闹也说不定……

我正思量着，天童突然说："哦，是那辆摩托车吧。"当我循着他的视线认出那辆车时，当事者的命运已经有了定数。

我们所在天桥的正下方是形如"卜"字的道路交会点，那辆装配有整流罩的赛车样式的摩托车正以高速自上而下驶向"卜"字交叉口，似乎打算直行通过，却在临近路口时才察觉到对向车道一辆右转弯车辆的存在，于是将车体大幅度向左侧倾斜欲回避冲撞，可惜为时已晚——

随着"咚"的一声巨响，下一瞬间摩托车的骑手已飞舞在空中。骑手的躯体犹如陀螺一般在空中横向回旋，这令我瞬间联想到了俯卧式跳高的姿势。那躯体撞在对向车辆的顶棚上高高弹起，其上升的作用力意外强大，我甚至怀疑他会就此飞过我们所在的天桥上方。

随后，只听到骑手撞击地面发出"咚"的声响，但由于所处角度的关系这一场面我们未能看到。

事故果真发生在了我们脚下！

"哎，再这么待下去可不妙，被警察揪住前走为上策。"

眼见如此说罢、快步离去的天童，我这才回过神来，连忙追上去。

"天童先生，"快步走着，我跟他搭话说，"刚才的事故，天童先生之前在报道里看见过吧？那个骑摩托车的人……还有救吗？"

"没救了，"天童步子也不停地答道，"应该是死了，至少死在R9 了。"

下天桥时我腿上的力气好像被抽走了似的，使我的膝盖骨"嘎啦嘎啦"地打着哆嗦，勉勉强强跟在天童后头下了台阶。然后，我们迅速离开了现场。

或许是错觉吧，那骑手划过天空的时候，似乎有那么一瞬，我从他全包围的头盔中看到了男人的面孔。

我仿佛和那男人有过片刻的眼神的交流。

重赴者再怎么仰仗特权了解了未来，也不该出于兴趣地去观赏什么事故，我打心底里这样想。

4

"过往"的生活进入第二周后，我对这样的日子已大体习惯，也逐渐能从"现在"而非"过去"的视点来感受当下。对目前正在修的课程有了把握，对各种人际关系在大脑里也已大致整理完毕。对美奈和泉美仍来 Bambina 上班的状况已不觉得奇怪，反过来，对阿绿和丽香的尚未入职亦能够欣然接受。

只不过，如果问一切是否皆按 R9 的轨迹运转，却又并非那样。就好比我自己，过来这边后常被人说"变了个人"。究其原因可能有二：

一个原因是说话时的反应变迟钝了。说起和朋友间的谈话，对方嘴上是玩笑也好新闻也罢，都是我曾听过一遍的，要我像 R9 时那样发自内心地去笑、去惊讶，确实做不到。这种心境怕是挂在脸上了。

不单是反应变迟钝了，话量本身也少了。身为重赴者，生怕自己说漏了嘴，警戒之余总在思酌，这件事现在的自己适合知道吗？又适合说出来吗？总在做自我检讨。结果和人交谈时，嘴皮子就变得不利落了。

　　我被人说"变了个人"的另一个原因，恐怕是心中暗暗增长的"特权意识"表现出来了。我可是重赴者，与你们这些凡人怎可相提并论！总带着一种居高临下的姿态。对人际关系淡漠了与此不无关系，这我也承认。

　　有意识地回避酒席，或许也是我被人说成不善交际的原因之一。我对自己的这张嘴基本上是信得过的，唯独喝醉时不尽如此。如果要我设想一下自己酩酊大醉时的情景，我觉得，一个喋喋不休地预言着"未来记忆"的自己也是有可能的。因此，我决定在这个世界里尽可能地避开酒席，就算参加了，也要时刻提醒自己绝不可以醉到丧失理智。

　　当然了，关于由子的事这回和 R9 时也大为不同。和她无论如何都想尽快分手。

　　隔周周一的傍晚，她来电话了。

　　"哎？换电话了？"她开口便问，想必是那头听到的呼叫音与以往有别。上周日外出时新买了一部留言电话，当天便已更换完毕。

　　"啊，是啊，你瞧，现在这个状况，说不定什么时候我父母那边会打电话过来。"为了与先前的谎言保持情节上的统一，我又编造了新的谎言。

　　"你父亲的状况那么糟吗？"

　　"啊，嗯，也没到那个地步。"

　　我说完，对话中断。我对电话里的沉默向来特别地不适应，于是差点憋不住说出话来，不过还是强忍住了。沉默虽然越积越重，却能为将来的分手酝酿出恰当的时机。随后，几个话题也均夭折在我手里，事已至此，就算是她也能察觉到这当中的不对劲吧。

"我怎么觉得圭介君……是不是累了？"由子直截了当地问。

"没有啊，没那回事。"

"好吧，我会再打电话的。"

周一那通电话就这么结束在了尴尬的气氛中，和计划的一样。周二我出门打工前，由子又来电话了，我仍以同样的方式应对。然后周三晚上，由子再次不厌其烦地打来电话。

"圭介君，怎么样，好点了吗？"她热情地问。

"你指什么？"我继续将冷漠的态度贯彻到底。一瞬的间隔后——

"我说圭介君，"由子的声调降了八度，"马子钓到了就散养，你是这种男人？"

"不是那么回事。"

"那是怎么回事啊，为什么十天了都放着人家不管？现在去你那儿讨点关怀，行吗？"

"啊？现在啊……"不情愿的语调顷刻冒了出来。

"那到底什么时候行啊？"由子的声音充满焦躁，"周六日不行，平时晚上也不行，咱们是在交往吧？难道是我记错了？还是我从一开始就会错意了？"

如果想让这件事平稳了结，这里自然应当接上一句"不是那么回事"。可话到嘴边我犹豫了。

"把话说清楚，圭介君就没有一点想要和我交往的意思吗？"

由子借机再次质问道，话语中却仍含有"不是那么回事吧"的意味。她仍然对两个人的关系抱有信心。这令我对她产生了些许怜悯之情。今天就要一个结果太心急了，还是应当再有一个循序渐进的过程——我甚至这样想。

然而，提出分手只有趁现在。我心一横把话说了出来。

"实话实说，我是想——分手。"

"唉，为什么呀？这是为什么呀？！"

是啊，你会觉得不近情理也是理所当然的。上一次在地铁检票口前道别时，咱们还是热恋中的情侣呢。究竟怎么说才能让她接受呢？想来想去，还是觉得应当把自己现在的心情如实告诉她。

"其实，我有了别的想要交往的人……"

"这算什么呀……真有了？"

"嗯，一点儿不开玩笑。"

由子听了一时间说不出话来，隔了一会儿——

"谁啊？那女的。"她问。

"说了你也不知道，不是你认识的人。"

"她就那么好？我跟她差得就那么远？她好得让你连一点儿余地都不留给我？"

我想了想，"嗯"了一声。如果不这么说，她是不可能认命的。却没想到她咬住不放。

"那你倒是说说看……至少得告诉我，我是哪里不行，是哪里不如她了……这总不妨告诉我吧？连个像样的理由都没有就想甩我，那我岂不是连个改正的机会都没有了？要是圭介君能好好跟我说'是你不好'，那我也会说'今后一定改'的，能想象吧？就这种小事你就跟我直说了吧，有什么呢？就算真要甩我，我好歹也是个人，不是个物件啊！"

由子的口吻不知从何时起变得具有攻击性了。R9 时和她分手前，我曾被那语调数落得体无完肤，想起这些后，我不容分说地被推进了厌恶的心境。

"那……怎么说好呢，首先第一点，就是无理取闹吧。"

"啊？等等。我，迄今为止，有说过什么无理取闹的话吗？对圭介君。"

给她这么一问，我答不上来了。由子向我百般任性的记忆我确实拥有许多，但要问那些具体是什么情况——不，在此之前，那些无理取闹究竟发生在一月这个时点的之前还是之后，就连这个我也无法清楚地回忆起来。

"不，所以说，那是……那不是实际上有没有过无理取闹的问题。也就是说，你现在虽然把本性藏起来了，装得很乖，但终究随着交往的深入还是会现出原形的。比如，半夜三更我都已经睡了，你却突如其来一个电话，叫我马上过去，你就是会提出这种无理的要求。"

"我才不会呢！"

"你会的！"

"慢着，就因为这种干都没干过的事被要求分手，我，完全不能接受！"

"所以我不是说了嘛，就算现在没干，你，终归还是那种女人。我可是知道得一清二楚。"

"那，圭介君看上的那个女的就不会无理搅三分了？！"

"没错！"

"谁啊？！"

"不是说过了嘛，说了你也不认识！"

"够了！知道了！"

仿佛将怒气劈头盖脸砸过来一样甩出最后的一句，由子陡然挂断了电话。我也被她弄得心里火烧火燎，一把将话筒拽在了台座上。

我一边做着平复心情的深呼吸，一边在心中默念：笨女人，明明是你甩的我。

看一眼表，晚上十点已过几分。这个钟点还不要紧吧……

我将一度撂下的话筒再次提起。号码虽然已被我记牢，将其拨出却是头一次。心里头到底有些紧张。

铃响三次后对方接起。"您好，我是筱崎。"

"鲇美小姐？"今天我大胆地喊出了她的名字，"我是毛利啊。"

"哦，找鲇美？请稍等一下。"接电话的女人说着，将电话切换成转接模式。

我在心里"哎？"了一下，这时转接音已中断。

"喂，您好。"声音听起来和刚才的一模一样。

"筱崎小姐？我是毛利。"

"啊，您好。"

"那个，刚才接电话的是？"

"是我妈妈。你该不会把她误认成我了吧？"

搞砸了……心虚的汗水从额头上渗了出来，连我自己都感觉得到。

筱崎小姐在电话那头咻咻地笑了。"我们常被人说声音很像，真的有那么像吗？"

我咂了一下嘴，说："今后会注意的。"

"你应该没说什么不该说的话吧？"

对待关键问题时，筱崎小姐的语调十分严肃。如果我在认错人的情况下对她母亲说了"重赴如何如何"，恐怕会令事态陷入不可挽回的境地。

"哦，那倒没有。我只是说'喂喂，鲇美小姐，我是毛利啊'。"

"那我估计妈妈过后也一定会问，毛利先生是什么人啊？"

"你怎么答？"

"就跟她说，是现在正在交往的人呗！"说完她咯咯地笑了。

我也笑了，然后接着她的话说："那咱们也得先正式开始交往才行啊！这个星期天，你有空吗？"

"你的意思是，想约我？"她的话语中流露出困惑之色，"在那之前有件事想问你，毛利君现在不是有交往对象吗？"

她果然还记得。

"正确地说，是有过，但利落地分手了。"

"真的？"

"嗯。R9 时被她甩得可惨了，和她之间上演了再恶心不过的修罗场。已然成了那样，回到一月后还要和她交往？我觉得事到如今再也没有那个心情了。"我照实说了。

于是，筱崎小姐似乎犹豫起来。隔了片刻，她说："那，这个星期天，有什么打算？我有空。"

"和上次一样行吗？在池袋碰面。几点能出来？"

最终说定中午十二点在上回的池袋西武 LIBRO 前碰面。

于是就在那个星期天，我们约会了。在 Sunshine City 的餐厅吃了午饭，在购物中心里只看不买地转了一圈，还在水族馆里手牵着手。这段时间里两个人聊了很多，不过待在公共场所里，我们都谨慎地不去触碰有关重赴和未来记忆的话题。

走出水族馆时，我在她耳边轻声说："要不要找个能两个人独处，又方便说话的地方歇一歇？"

她神情认真地看着我的眼睛，不一会儿终于缓缓点了头。

我当即带她去王子酒店开了双人套房。在电梯大厅等候的筱崎小姐担心地问："来这种豪华的地方真的不要紧吗？"但她随后对我"赌马赚到了不要紧"的解释表示出了认同。

我们来到套房时只有下午三点。窗外池袋的街景一览无余。

我和筱崎小姐在那里第一次结合了。躺倒在 kingsize 床上的她的裸体，简直就是一件艺术品。激情过后，我俩在床上相拥着，对过往和未来畅所欲言。

实现重赴后的两周里，我和由子分了手，和筱崎小姐已像这样联系在了一起，也达成了靠赌马一获千金的目标。一切看似都一帆风顺。

尽管如此，我却仍然觉得少了什么，总觉得还有更大的目标正等着重赴者们去完成。

5

自打重赴以来，我一日不落地仔细阅读报纸。

在R9时虽已读过报纸，但仅限于头版和社会版面，而且是在粗略扫过标题后只挑出感兴趣的报道来读，此外便是按需阅览电视预告一栏，仅此而已。而如今我精读了纸面上的每个角落，将其内容与重赴前录入大脑的缩印版的记忆相对照。

而最初令我感到疑惑的，是在阅读一月二十九日的晚报时，发现社会版上登载了一篇陌生的报道。

西浦田接连不明失火疑为纵火

二十九日约凌晨四时，大田区西浦田三丁目的住宅街道接连发生三起火灾。失火现场在半径二百米的区域内，三起事故均危害较小且已被扑灭。警方疑为连续性纵火，现已展开调查。

虽然在其他重大事件的影响下所占版面极小，但由于附带了标记有三个问号的现场周边缩略图，如果在R9时读过多少会留下印象。

报纸上登载了重赴前不曾见过的新闻。

现实中发生了重赴前不曾有过的事件？

然而，我并未对此事予以重视。因为我知道报纸会根据版面数量调整文章内容，所以首先考虑到的，是自己在 R9 时通读的缩印版与眼下这份报纸在版数上有所不同的可能性。

只因为这种理由便放过了那篇报道，这让我在一周后后悔不已。

一周后——二月五日的晚报上登出了以下报道。

西浦田某住宅完全烧毁   一家三口死伤惨重

五日约凌晨四点，大田区西浦田的住宅街道发生火灾，火情约三十分钟后被扑灭，家住西浦田五丁目的职员横泽洋先生的住宅被完全烧毁，并从废墟中发现了横泽洋先生（45）及其长女真夏（8）两人的遗体。横泽之妻由香里女士逃离现场时手脚负轻伤。起火原因仍在调查中，但由于事故发生在家人都已入睡的深夜，警方疑为纵火，现已展开调查。

一周前一月二十九日西浦田曾连续发生三起原因不明的纵火事件。由于该起事故与本次事故的现场距离较近，警方已就其关联性展开调查，并将加强该地区的巡逻工作。

一开始只是觉得"哎，又来了？"又登出了全无印象的报道……

随后，记忆开始在大脑中一点点发酵。大约过了十秒，我终于反应过来。这是……是那个横泽先生！

这次除了现场周边缩略图外，还在标题下方附上了两张照片。是已故父女的面部特写。照片虽颗粒感颇重，却足以让我认出死去的"横泽洋先生"正是我所熟悉的那位横泽先生。可是……这究竟是怎么一回事呢？我已是混乱至极。

原本历史上未曾发生的纵火事件发生在了 R10。虽然不知道是什么人放的火，但至少可以肯定，那个人没有把火放在 R9，却放在 R10 这里了。

而横泽先生死了……

一股无法名状的恐惧席卷了我的身体。

总之先打电话给风间，但果然没有人接。其实前天白天我外出时曾有留言录入，风间表示此后的一个星期将去关岛旅游。就像那条留言说的，眼下他应该身在海外吧。于是我继续打电话给池田，但不巧的是他似乎同样不在，线路没有接通。我看一眼表，时间刚过下午五点。筱崎小姐恐怕还在班上。

结果，我决定把电话打给天童。这次线路很快通了，不过——

"您好，这里是天童企划。"电话中出现一名女子的声音。如此说来，他那住宅当了办公室，电话也是公用的来着，我才想到。

"呃，那个，我是毛利，请转接天童先生。"

"请稍等。"女子说罢，像是话筒倒手的杂音从对面传来，天童直接出现在了同一部电话里。

"是我，怎么了？"

"横泽先生被烧死了，上报纸了，据说是有人放火。"

随后我大致讲了一遍报道的内容，天童听罢似乎也受了打击。

"明白了，过会儿我打给你。"

我考虑到他旁边有人，不方便讲话，但还是说："可我一会儿要去——"一会儿要去打工。话到一半我停了口，心里嘀咕，这哪里还是能优哉游哉去打工的状况。可如果不去便是给小妈她们添了麻烦，非到万不得已不想临时翘班。

不，眼下不正是"万不得已"的状况吗？我想到可暂且将出勤时间延后两小时，便对天童说："我八点过后要出门。"

"那我尽早打过去。"天童说罢挂断了电话。

接着我拨通了Bambina的号码，并让接电话的泉美捎口信说"我今天晚点到，拜托了"。

天童打回电话时已过六点。

"不好意思，比预计的迟了。我这边也想针对这次的事件搜集一些情报，忙活了一阵子。那么……你怎么看？"

等电话这段时间里，我进行了一定程度的推理。为何R9时不曾发生的事情这回发生了？说起同上回有别的地方，唯有重赴者的存在。必定是受到十位重赴者中某位的影响，才有了这次的事件。那么究竟是谁造成的影响呢？死于火灾的当事人横泽先生最可疑。当然，就可能性而言，我在前些天输了牌局的事拐着弯儿地诱发了凶手的纵火行为，这未必不能考虑。然而，正是这场火烧死了同为重赴者的横泽先生，这未免太过巧合了。

同样地，也许横泽先生的行为间接地刺激到了凶手，继而引发了无视对象的连续纵火事件，结果横泽家房子阴差阳错地起了火——这种可能性同样可以考虑，但在我看来还是太过巧合了。

纵火犯是瞅准了横泽先生放的火。这么想才合情合理。凶手的目标从一开始就只有横泽一家。上周以文火收场的三起事故不过是其混淆视听的障眼法。如此地精雕细琢，可见这是一宗蓄谋已久的犯罪，而并非什么一时兴起的行径。凶手在前一周就已经对横泽家的失火立了项。

那么，横泽先生到底做了什么才招致房子遭人点火呢？

能够想到的可能性有很多。比如，他犯忌对他人披露了预言；或是为了排除将来的麻烦，提前采取了某些行动；抑或同十月份时关系破裂的某人提前翻了脸。

但不论是哪种情况，凶手都只可能是横泽先生身边的某人。要么是同事，要么是邻居，要么是家人。这当中最可能察觉到他身上异常变化的，就是他的妻子。何况这次只有他妻子一人从火场逃生。

我将上述推理说给了天童，于是——

"嗯，他那老婆要说可疑也确实可疑，可孩子也一起死了吧？老公先不说，她会让孩子也跟着送命？"天童疑惑地说。

这时，我想到重赴的旅伴当中已有高桥死于事故在先。

"可是，这已经是第二个人了吧？"

天童听了用鼻子出一口气，说："来的时候可是正好十个人哪！"

他的"正好十个人"是何用意呢？我想了想，明白过来。虽不曾读过，但那应该是著名推理小说中的情节。书名应该叫作《无人生还》。

真不吉利！

"不过，要说眼下咱们能采取什么行动……应该是没有吧。起火是今天早上四点的事，已经过了十四个小时……按理说，早就上了早间新闻，其他人怎么都没反应呢？真是的！"如此抱怨一通后，天童继续说道，"虽然有些事想跟横泽那个死里逃生的老婆打听，但万一出师不利、打草惊蛇就得不偿失了……总之，现在以不变应万变才是上策。"

日后，在同池田先生与筱崎小姐通电话时，果然也得出了相同结论。我们决定暂时不做任何行动，静观事态发展。

6

"昨天有电话找阿圭来着。"当周四我上工后，小妈开口第一句便如此说道。"是个姓久保的女人，她说想让你回个电话。"小妈说着，将记了号码的字条递给我。

"女人？"

我歪歪脑袋。久保这姓叫人摸不清头绪，但我决定先打个电话，于是借店里的话机拨了号。

"喂，我是久保。"

传来一个年轻女性的声音。而我对那声音却毫无印象。

"呃，那个，我是毛利，昨天似乎收到了您的来电——"

"毛利君吧，我是久保，由子的朋友。"

"哦……"

我想起来了。初次同由子见面时和她一块儿的女伴里面，确实有个姓久保的。也就是说去年十月她曾来过店里一次，可在我看来那却恍惚是一年多以前的事了，记忆已经变得模糊不清。

久保咄咄逼人地说起来了："我说你这个人，是不是过分了？由子可低落了！我好说歹说才让她把事情说出来，真是把我给听傻了！你这人，再怎么样……就算要分手，也不能只打一个电话就算了事了吧！这么做也太拿人不当人了！"

那声音尖锐得只消听上一耳朵就被刺得鼓膜生疼，震得头盖骨嗡嗡作响。我将话筒从耳边拿开十厘米左右听着，不自觉地瞅了一眼小妈，她笑得冷冷的，那表情就像在说，又和不着调儿的女人纠缠不清了吧。我只得做出苦笑的表情。

不过，久保说的也有道理。我是想打个电话就了事的，但若站在由子的立场上考虑，我这么做让她接受不了也有可能。想到这里，便看准了刺耳噪声中断的一瞬赶紧插话进去。

"知道了，在这一点上确实是我做得不对。我会跟她正式见上一面，然后把话说清楚。"

"就是说，你仍然想分手了？"

"嗯。"再往后就不是第三者能够插嘴的事了……我在心里暗自说道。

但不管怎么说，由于久保这个好事女人的介入，我还得和由子再见一面。

时间定在了二月九日，周六的中午。应该会比晚上更加理性地对话吧！提出如此观点并要求在白天见面的人，是我。

我来到对方指定的岸根公园时，她们已经先到一步。在一堆拉家带口的游人和情侣当中，两个穿着时髦的年轻姑娘显得很抢眼。

"你们来啦。"我刻意和颜悦色地朝她俩走去。

那个姓久保的女人，我原以为见了面就能认出她来，但依然想不起任何细节。至于由子——想不到她瘦了。一想到这都是因为自己，到底有些心痛。

我觉得不好轻言肆口，一时间默默地望着由子。她意外地露出微笑，对身边的久保说："美雪，谢谢你……不要紧了。"

"不要紧了……由子？"

"就让我们俩单独谈吧……求你了。"

久保不得已点了点头。之后，我和由子漫无目的地走起来。沉闷的空气飘荡在我们周围，天空却晴朗得像是故意在唱反调，阳光穿过常青树的枝叶，在由子的外衣上投下网格状的阴影。

"我是开车来的……去兜一圈吗？"由子吞吞吐吐地说。

我摇摇头。

"真的已经……无法挽回了吗？"

"抱歉。"

一群飞鸟从头顶掠过。我继续说道："心思已经远了，还能怎么样呢？明知道对方讨厌自己还勉强待在一起，不可能开心吧？"

"原来是讨厌我了……为什么呢？"

那话听起来并非在向我寻求答案，更像是在自言自语。离别的原因来自我在另一个世界的经历，由子不可能理解。

后来，我们都不再讲话，就这么绕着公园走了一圈。回到原点时，久保正无所事事地站在那儿，见我们回来了便跑过来，无言地用目光询问谈话的结果。事到如今已经没有什么非说不可了。

由子同样没有回应久保，而是看向了我。"那，圭介君……多保重吧。"

"啊……"

漠视了久保的存在，我只冲由子轻轻挥了挥手，之后便离开了那座公园。这次平稳的分手方式与 R9 时形成了鲜明的对比，我感到自己此时的心境宛如今天的天气一样爽朗。

原本打算早点结束的话就去一趟府中，不过在乘轻轨时我改变了主意，在京滨东北线的浦田站中途下了车。我想亲眼看看横泽家的失火现场。

地址虽然模糊记得，我还是向沿途的便利店店员打听了"四天前着火的那个地方"，于是被告知了大致的方位和距离。步行约三十分钟后再次寻路，之后由商家林立的繁华大道斜向拐入小巷。小巷两侧是由水泥块筑成的院墙，院墙沿小巷伸展直至拐角处，那儿有个停车场，再往里走便是事发现场。

原先房屋的区域周围拉着虎皮纹路的绳子，蓝色塑料布覆盖了部分地面，尽管如此，现场的状况仍然可见一斑。

和邻居家接壤的墙壁从火灾中残存下来，屋顶只剩下一个大致的形状，其余部分则被烧得一干二净。此处的整顿工作似乎已告一段落，炭化后的粗柱子和家具残骸均被拉到院子里头堆在一起。混凝土的地基从脚下裸露出来，烧剩的柱子间隙里支棱着排水管道。眼前的这一切皆已被熏得焦黑。

一想到横泽先生和女儿的遗体曾在这片废墟中翻滚，心中便不免隐隐作痛。在 R9 往横泽家打电话时出现的那个稚嫩的声音开始在脑海内复苏——那个当我自报家门说"是毛利"后将话传成"是个姓森的人来电话"的少女的声音。据报纸上说，横泽先生的女儿还只有八岁。横泽先生或许是因为成了重赴者才遭人嫉恨，可是这个年仅八岁的小姑娘又何罪之有呢？

　　伫立在现场，我心中头一次产生了对凶手的憎恶。与此同时，对横泽太太的怀疑渐渐稀薄了。一位母亲将自己的亲生骨肉活活烧死，当真有这种事吗……可若不是她，又会是谁呢？是谁想要以火烧置横泽先生于死地呢……

　　就在整理思绪的时候，我蓦地感到周围有人，回过身去，只见小巷深处一位老婆婆正推着购物车朝这边走来。老婆婆脸上一副见了陌生年轻人感到可疑的神情，于是我主动上前同她搭话。

　　"请问您是住在这附近吗？那个，我就住在三丁目那所小学旁边，是个大学生……"

　　我随口编了个最合乎情理的谎话搪塞她。"三丁目"和"小学"这两个关键词，是我从上周报纸上的现场缩略图中信手拈来的。

　　"上星期是我家隔壁被烧，这次轮到这里了，所以想来现场看看……您有没有留意到什么不寻常的情况？"

　　"我啥也不晓得，只晓得这世上越来越不太平了。"

　　"您说得太对了！"

　　我随后就横泽家在邻里间的风评展开了一番询问，可惜老婆婆家住得稍远了些，没套到什么有用的情报。作为一个临时抱佛脚的记者，做到这种程度我已经尽全力了。不得不说，没令她起疑实属万幸。我向老婆婆道了一声谢后，便离开了现场。

　　那天晚上，我在Bambina排了班。想着厨房需要打扫，我比平时早了一小时到店，却发现有人比我还早，卷门已被掀开了半人高。

我喊了一声"早啊"便穿过店门，见包厢里正坐着两个女人。

"哎，阿圭？今天早得不像话了！"

同我搭话的人是小妈，旁边是个未曾谋面的姑娘。

"正好，我来介绍一下。这孩子是从今天起要在这里工作的鲇美小姐。"

我听后霎时间瞠目结舌。我迅速调整了表情，做起自我介绍："哦，我是毛利，毛利圭介，大学四年级……还没上，是三年级，一般在店里守吧台，每周二四六出勤，请多关照！"

"我是鲇美，也请您多多关照！"

"可人吧？"小妈自卖自夸地说，"才十九岁，大学一年级，说是头一次做陪酒这行买卖。"

确实是个楚楚动人的姑娘，笑起来特别好看，性格看着也开朗，完全是我中意的类型。眼前突然冒出来这么一个姑娘，难免令我有些慌张。再有，就是"鲇美"这个和筱崎小姐一模一样的名字，令我不是一般地不知所措。

然而，让我在一瞬间目瞪口呆的原因却不止这些。

一个我不认识的姑娘要来店里上班，这件事原本可不曾有过。

本不曾有过的状况正在成为现实。

R9的现实与当下的现实正在分道扬镳。这个姑娘会在这个时期被雇佣进来，恐怕就是两者相行渐远的结果。而其中的原因自然在我。

说起来，我在这小一个月的时间里——和 R9 时不同——在各种场合下插嘴了小妈的工作，不论是在采买的问题上，还是在调度姑娘的问题上。

好比说上上周，山口电器的佐佐木先生一行来店里的时候——在 R9 的那天里，雪因为被他们摸了一把而愤愤不平，她的态度进而又惹火了佐佐木等人，结果闹得整个店里人心惶惶——我因为想起来了，便想着防患于未然，于是拜托小妈让自己去给雪打下手。这么着，在佐佐木一行人回去之前，第二包厢里始终气氛和谐。

还有上周六打烊过后，我约美奈和泉美去了卡拉 OK，这也是 R9 时没有过的事。眼下这两位正对小妈的态度怀有不满，我心里明白，所以想替她俩排忧解难。

这些个别的事件最终如何作用在了一起虽不得而知，但就结果而言，店里在这一时期展开了 R9 时不曾有过的招人活动，而这个叫"鲇美"的姑娘便是这样被招了进来。

或许横泽先生的情况就是如此，在无意识间将周围的历史一点点改写得同 R9 相比面目全非，而这些变化最终招致了他引火上身的结局……

"那个，我最近，是不是有点胆大妄为了？"

我感到不安便问小妈，小妈却笑着摆了摆手。

"反了，反了，我反倒觉得阿圭变得特别可靠，尤其是最近，恨不得你天天都来……鲇美妹妹要是在店里遇到了什么状况，找阿圭一准儿没错！"

"哇，那就请您多关照了！"

说着她笑了。那表情——特别是那双眼睛，简直就是我理想情人的再现。如果和她一起工作，即便未来因此变得与 R9 截然不同，那又有什么关系呢？我甚至这样想了。

实际和她聊过之后才发现，我们之间原来有着太多的共同之处。我们上的虽不是同一所大学，主修的专业却同为文学。不论何事都想要经历一下的积极心态也罢，旅行时喜欢去的地方也罢，我俩都十分相似。还有，为了不靠父母、自食其力而干起了陪酒的行当，在这一点上她和我也是如出一辙。

诚然，我已经有了筱崎鲇美这位名正言顺的女友，且同她之间并不仅仅是单纯的恋人关系。我们是被名为"重赴者"的强有力的羁绊系在了一起。因此，眼前的这位鲇美妹妹即使从内到外都是我心中的不二人选，我也已经无法像从前那样随随便便在姑娘当中跳来跳去了。

在同鲇美妹妹闲聊的过程中，我轻描淡写地暗示了自己已有女友的情况。在心仪的女性面前刻意、主动地做出如此表白，这样的行为放在过去是不可想象的。

既然付出了如此巨大的牺牲，往后对筱崎家的鲇美就更应该珍惜，我再次坚定了自己的决心。

7

连休过后的星期二，风间回国了，并给我们逐个回了电话。他在得知了横泽先生一案后似乎也显得迷惑不解。

"这次重赴真是灾难重重啊。"我叹一口气。

"看来大家都为了此事人人自危，或许有必要将大家召集起来一次。其实，我近期有乔迁新居的计划，就在本月的二十号……不，这原本是在 R4 的时候，我攒了些小钱，想住进好点的地方，于是搬了家。自那以后，R5、R6，每轮重赴后都会在二月二十号这个日子搬去同一个地方。搬迁后的电话号码已经知道，不如现在就将它告诉你。"

风间告诉了我新居的号码，并嘱咐说二十号以后要打这个电话。看来终于要和那组叫人苦不堪言的谐音号码说拜拜了。

"然后，二十四号是星期天，若大家方便，我正考虑在新居里举办第二次聚会，如何？从品川站到新公寓步行只需五分钟，不但交通便利，房间也很宽敞，窗前的景色也非常好。"

夸耀了一番后，风间叫我记下地址、公寓名称以及房间号码，并让我在二十四日正午直接登门拜访。我一一答应下来。

之后那一周，日子过得很顺利。在大学里，我为了准备期末考试和论文报告忙得不可开交；在 Bambina，我一面照顾新来的鲇美妹妹，一面把工作做得井井有条。周日按照惯例和鲇美小姐约了会，在床上的表现同样理想。

然而，有一件事令我放心不下——时而会有人打来无言电话。打工过后回到家里，大概都能碰上一两条录音电话中无声的信息。周日那天约会归来，话机里硬是被投放了五条无言的留言——从傍晚到深夜，几乎每隔一小时便打来一次。

对比 R9 的同一时期，家里尚未安装录音电话，因此无法断定当初是否也有同类电话打来。尽管如此，我仍然认为这是前次人生中不曾发生过的现象。

周一的时候，事情有了定论。我在家的时候，电话打了进来。"喂，您好。"我接起，但对方没有应答。我从电话里听出了些微电视的或是别的什么动静。显然，这绝非机械上的故障。

"喂喂，谁呀？"

我不记得 R9 时有这种电话打来。如果是这回特有的现象，由子打来的可能性最高。但如果质问对方"是由子吗？"，万一猜错了很可能打草惊蛇，于是只好忍住不问。

"要是不说话，我可要挂电话喽！"

要是电话没完没了地打进来，那就烦透了！想不到那人在那晚就此作罢。然而，我的心情久久未能平静。

周三晚上铃声响起时，我首先想到的便是无言电话。然而，那通电话是风间打来的。

"搬迁工作已顺利完成，新的电话也可以正常使用了，总之先向你知会一声。再有，周日不要紧吧？那么……我就在家恭候你的光临了。"

风间在告诉我以上事宜后，很快结束了通话。然而，十分钟后铃声再次响起。

"喂，您好。"我接起。

"呃，我是风间。"他的声调跟刚才却有天壤之别。"刚刚打电话到坪井君家，是他家里人接的，说他死了。"

死了……？坪井君死了！？

已经是第三位了！这便是我的第一感想，紧随其后缓缓袭来的则是恐惧。

事态究竟还要演变到何种地步？

"人是上周日没的，据说葬礼已经结束了，但他家里人不愿提及死因——"

"那肯定是因为死法不寻常吧？等等，不知上报纸了没有——"我很想马上去查，但意识到有风间的这通电话在先，便说"过后再查"。

"总之，事情就是这样，在获悉详细情况之前尚无法定论，不过还请毛利君留心自己的周围。"

经他这么一说，我情不自禁地"呀"出一声。

"出了什么状况吗？"

"那、那个——其实从上周开始，家里就时常能接到无言电话……"

"兴许有点关系……总之，眼下我打算尽可能地收集情报，然后，等到周日和大家碰了面，再一同商议对策。尽管聚会的本意与当初已相去甚远，不过，难得大家空出安排做好了聚会的准备，我由衷地希望周日的聚会能够照常进行……毛利君，你还能来吧？"

"啊，是，我当然要去。另外，但凡是我能够调查到的，我也想要调查清楚。"

"那就拜托你了……只不过，可能的话请不要往坪井君家里打电话。刚才我打电话时已令对方有了疑问。除此以外，若还有值得调查的部分，你肯帮忙我求之不得。"

"明白了。"

"那么，我还要同其他几位联络。"风间说罢便要挂掉电话，又突然想起什么似的补充道，"毛利君能否代我联系筱崎小姐呢？"

"啊，是，那就这么办吧。"

之前听筱崎小姐抱怨过，当着家人的面接到好几个男人的来电，这样有问题。想必她是借刚才那通电话的机会把这个情况直接反映给了风间。但从结果来看，我们正在交往的事便在风间那里露了馅儿，这让我脸上多少有些挂不住。

当然了，现在可不是担心这种事的时候。

坪井君死了。重赴者十人，亡者三人。太多了！

撂下电话后，我以十八号的晨报为起点，重读起了这几天的报纸，然而，并没有发现任何有关高中生之死的报道。看来并非杀人放火这类"花哨"的（明显会被新闻报道拿来说事的）死法。

通常不会被写成报道的暴毙方式，比如说，会有哪些呢？就算是死于交通事故，若事件本身不够吸引眼球，也可能在权衡过其他报道后跌下版面。高桥的死便是属于此类情况。此外还能想到的……死于疾病？或是别的什么？

信息量太过贫乏了，我想。如果无法寄希望于新闻报道，就只好由我们亲自调查，可是我们知晓的也仅限于坪井君家的电话号码，而打电话到他家里的途径又被风间提前透支了。不过，如果能搞到他家的住址，就可以采取向邻居问话等方式，使自主调查成为可能……

要是能雇个侦探去打探一下就好了——想到这里，我忽然想起了天童。R9 时他不是说过嘛，他那间办公室的隔壁就是侦探事务所，他和那儿的侦探低头不见抬头见。我赶紧拨了电话。

"哦，是毛利啊，我也刚从风间那儿听说了。是为了这件事吧？"

"现在方便说话吗？"我边说边看一眼表，已经晚上八点多了。

"不碍事，现在就我自己……那么，你怎么看？"

我回答说现状是情报贫乏，还确定不了什么，并问他能否拜托侦探调查坪井的住址。至于费用，之前赌马赚到二百多万，由我来付也可以，我补充说。

"仅凭他住在都内和姓坪井这两条，想要调查也是无从下手。看来得先从风间那儿要到他的电话号码。"

"哦，坪井君的电话我知道。"

我把号码告诉他，他当即便说："这是梅岛的号码。哎，倒不是因为我背下了所有都内的区号，只不过碰巧认识一个住在梅岛的家伙，他那儿的区号和这一样。"

梅岛这地方，比地铁日比谷线北千住那一站还要远，位于荒川的对岸。若按划区来说，大概属于立足区吧。

"OK，然后，你有问过坪井的全名吗？"

糟了，遗漏了最关键的部分。风间可能会知道吧……慢着，总觉得在哪里听说过……

"想起来了，应该是……'要'，好像是叫这个名字。"

R9 时打电话到他家里，接电话的并非他本人，而是一个姑娘，自称是他在预备校里的朋友。"要君"，我记得她是这么称呼坪井的。

"可那是否真的就是他的名字，我有点儿没把握，所以，还是向风间先生确认一下比较保险。"

"明白了。总之，住址这方面由我来调查。"

随后，我又给鲇美打了电话。接电话的是和她音色相似的母亲。我也终于能够将她们区分开了。打过招呼后，我说找鲇美，于是——

"啊，毛利君。"

如往常一样雀跃的声音回应了我。然而，在我说出坪井君一事后——

"哎，当真？！"

惊讶之余，那声音沉入了谷底。

"星期日，要去风间先生那里吧？"我问。

"是这样打算的……能不能，就毛利君去，过后再把当时的事情讲给我听，行吗？"

"也不是不行……"

可能的话，我是想一起去的，但想着想着，又觉得她不去反而更好。对她来说，重赴的同伴有我一人足矣。

"那等星期日散伙后我给你打电话，然后咱俩再见面。"

"好的，那就拜托你啦。"

最后这一句恢复了平常的声调，于是我安心地挂断了电话。

然而，仅仅两个小时后，事态又有了新的进展。天童打来电话，向我传达了意想不到的事实。

"哎，毛利，坪井好像是自杀的。"

自杀？！为什么？

不，这不可能，因为——

"刚才我不是说在梅岛有个熟人吗？"我回过神来，天童的话还在继续。"跟那家伙联系了一下。本来不想打这个电话的，但我想起来那家人确实有个正在读高三的孩子。而且不出我所料，那孩子和坪井是同学，小学的。他清楚坪井上周日死了的事。他和几个同学一同出席了告别式，根据从那儿听来的消息，应该是自杀。"

"可是……他不可能自杀啊！"我说，"考试题目他全都背下来了，他知道自己是板上钉钉会被录取。"

"是啊，不过这件事只有咱们知道。但在别人眼里，坪井的考试成绩不理想，他本该为了备战第二轮考试狂啃书本，却被目击在街机厅里逍遥呢。结果，被人发现时脖子正吊在绳子上，就算没有遗书也无疑会被认为是自我了断了，一般来说。"

"上吊了？"

"啊。据他那个同学说，上吊地点在院子里远离主屋的'学习房间'，发现的时间是周日晚上。是他母亲发现的。事发后警察很快就来了，不过似乎从一开始就断定了是自杀。但这些消息都是一传十，十传百传出来的，或许哪个环节出了岔子也说不定。"

我听着听着，眼前浮现出坪井少年的身影。那金色的长发和别扭的眼神——不对，发色现在还是黑色，一米六上下的身高和纤细的体形，体重大概五十公斤吧。

这样一个人从天花板上耷拉下来。想象一下顿觉脊背发凉。当时发现他的家人见了他这副样子曾作何感想呢……

可是问题在于，他没理由自杀。尽管在一般人眼里，他有这个倾向。然而，就算他在第一轮统考后不思书本，四处游逛，同为重赴者的我们却知道这背后的原因。何况连封遗书都没有……

"把人杀了，再伪装成上吊自尽，这种事难办到吗？"我问。

天童说："嗯……依我看不是那么容易，不过也确实有过这种案子，而且如果伪装得巧妙，成功率是相当高的。尤其是在警察先入为主，搜查草草了事的情况下。"

"这么说坪井君果然是——"

"给人杀了吧。"天童说。

可是，到底是谁，为了什么呢？

8

周六下午，我为了调查特地走访了梅岛一带。天童寄出的住宅地图影印版已于昨日收到，我也对坪井家周边的地理情况进行了大体确认，然而实际驻足其中，我却领略到了仅靠阅览平面图所无法感知的街道的"面部表情"。

由车站周围的繁华街道拐入小巷，踏入住宅区后，映入眼帘的是洋溢着浓浓生活气息的街景。譬如，透过玻璃窗能看到在洗衣店里干活儿的人们的身影，还有不知从何处飘散而来的咖喱香味儿，把居民们的生活传递给了如我一样的行人，类似这种地方都完美继承了过去下町职人的氛围。

坪井家住的是私人宅院，在这一带应该属于较为气派的一类吧。与车库融为一体的院墙延伸一段距离后，在一扇铁栅栏大门前中断，之后有一条细长的混凝土小径直通主屋玄关。小径旁边同样是围墙高耸，使得据说建有另一栋房子的院内情形无法从院外窥到。

如果坪井是遭人杀害，凶手势必要先侵入院落，然而从临街一侧的状况来看，由此进入的难度颇高。为避人耳目，我从坪井家门前穿行而过，然后见路便拐，从院子背后那条路走了出来。背靠着坪井家的是一座神社。我撒下香油钱，装模作样地拜上一拜，之后不露声色地观察起神社院内的样子。坪井家那一侧和神社接壤的部分，果然也有院墙挡在面前，然而比起他家门前那条路，神社这边的地势似乎较高，而院墙相对较低，加上神社院内树木的遮挡，似乎可以在光天化日之下轻松翻过院墙。

我很想爬到那面墙上，对事发现场的"学习房间"观察一番，但是想到应避免令附近的住家起疑，便迅速走开了。

我提前十分钟来到小学正门前，和我接头的人已经到了。认识天童的高中生赤江慎治，虽然只有十八岁，但相貌略显成熟，身板结实。他在校服外面套一件罩衣，弓着背，显得很冷。

初次见面寒暄过后，我们商量着先找一家咖啡厅避寒。

"不好意思，准备考试想必很忙吧？"走在路上我问他。

"不要紧，最有希望的志愿已经考完了，剩下的就是等结果。"

他笑着说。可能还是因为冷吧，他时不时地吸一下鼻子。

我们在咖啡厅里坐定，等下单的饮料端上来了，我掏出昨天刚刚收到的名片递给他。在那张纸片上，我是"天童企划"的职员。这次是受杂志社之托，应邀撰写有关高中生自杀的特辑报道——我按照天童的交代做了自我介绍。

"你和坪井君当年在小学里是同班同学，对吧？"

"是，不过上中学后就不同校了，交友圈也变了，所以对他的事，特别是近期的事，几乎不了解。很多都是出了这档子事之后才知道的。"

"那么'学习房间'的事呢？"我试问。

"哦，这个知道，因为上小学的时候就已经有了，而且自打坪井在那里头用功后，我还进去过一次。去年的……不，应该是前年吧。只不过，这个……有点儿，该怎么说呢……气氛不太好……和他在一块儿的，都是些我不怎么愿意交好的，那种类型的人，所以就那一次。"

"当时，是从玄关进去的，还是从别的地方？"

"那个……是从别的地方。他家后面有个神社，能从那边翻墙过来……"

我进一步问了几个问题，并在他回答的基础上，在笔记本上描绘出了现场周边及"学习房间"内部的示意图。我拿完成后的缩略图给他看，让他指出问题，再加以修正。

之前，我以为坪井的"学习房间"是由预制板拼建而成的东西，但在仔细询问过后了解到，那其实是一座正经八百的建筑。那有独立的玄关，往里走有厨房和卫生间，紧里头还有一间洋室。那间屋里除了写字台和书架，还有床，有电视和组合音响，自然也配备了空调。唯有泡澡无法实现，必须前往主屋入浴，除此以外，几乎可以在那边过生活。

　　我一边画图，一边用可有可无的问题串场。"那个……你说之前去那儿的时候，气氛很差，那具体是怎么个感受，能谈谈吗？"见他答起来有些吃力，我便又说："如果涉及敏感问题，我们是不会把它写进报道的。我向你保证。纯粹是出于我个人的兴趣，要是你能讲得再详细一点的话。"

　　于是，少年降低声调讲起来："那，你可不能说出去，绝对啊……说真的，如果朋友邀请你的时候说，能看稍微有点色情的杂志和录像带——如果这么说的话，任谁都会有兴趣吧？就这样，我被邀请了，然后犹犹豫豫地去了很多年没有去过的坪井家。被邀请的还有一帮我不认识的家伙，里头居然有一个是女生哦！怎么想都觉得，女生是不可能去那种地方，看那种录像带和杂志的，对吧？可是放映会就这么若无其事地开始了，而且所有人都在大口大口地抽烟，所以我就觉得事情不妙。"

　　赤江君用他那双纯真一如十八岁的眼睛看着我。

　　"所以我马上就回家了。后来听说当时在场的那个女生，在那之后，好像，那个——"话到嘴边上，少年突然哽住了，他开始不断用手帕擦去冒出的汗。

　　"那个，是不是，和性有关的？"我推测着问道。

　　于是少年使劲点头。大概是由于难以启齿的部分被略过去了，松了口气，他端起杯子连续润了好几次嗓子。

不过话说回来，这件事还真是出乎我的意料。想不到那个坪井在高中时代还干出过这种勾当。

"那个，高中生像他们这样聚在一起胡闹，家里人都察觉不到吗？"我把觉得蹊跷的地方提出来。

"哦，可能是因为那个吧，他大哥以前在那里玩音乐，当时对房子做了隔音处理，可能就是因为这个。"他说。

这是个有用的情报，我想。这些问题乍看之下都与正题无关，然而问得多了便能打开对方的话匣子，说不定能够翻出什么有用的东西。

"那么，那间屋里最近也一直是那种状态？"我进一步询问道。

"哦，其实是这么回事。"少年放下杯子，说起来，"我去的那次之后，过了一段时间，那帮人总凑在坪井家里的事，果然被视作了问题。要说原因的话——出了这回这档子事后我才听说的，不过这件事一直以来都有人知情——就是那个，我刚才不是说当时有个女生在场吗？就是那个女生，她好像自杀了，去年。然后她的父母就把事情捅了出去，说问题都出在坪井家的另一栋房子里，说那里是恶魔的巢穴。结果那帮坏孩子也就没法再凑在那儿了……说起来，我好像还听谁说过，说是警察曾经介入调查过一次。所以打那以后，尤其是那种事，就没再有过了。倒是坪井，我听说他后来变得神神道道的。"

"明明还是考生？"

"是啊，但是让人觉得那个。统考的成绩很糟糕，然后他就好像破罐破摔了，经常被人见到在街机厅里。我听朋友说的。他们问他：'是不是放弃考试了？'他却说'已经考上东大了'。我们都在心里嘀咕'醒醒、醒醒'，结果就出了这档子事。脑子果然有点儿不正常了吧……但要说这件事和先前在另一栋房子里聚会的事有什么直接关联，我觉得没有。"

察觉到话题已经脱离自己的初衷，我停止了提问。

问题在于，他是否当真遭人杀害。

若当真如此，凶手究竟了解坪井到什么程度呢？他不在主屋而在"学习房间"的情况，是事前就已经掌握的吗？还有"学习房间"做过隔音处理，行凶时无须担心动静外漏，或者潜入院落的最佳路线在神社一侧，难道说凶手对这一切都了如指掌吗？

不，在那之前凶手究竟是如何找到他的住处的？就连我们都多少费了番工夫。要是没有天童，现在能否找到都还难说。何况我们还有他家电话号码这条线索，凶手手上可是连这个都没有的……知道坪井家电话号码的，在重赴者内部也就只有我和风间了吧。

"那个，请问还有别的问题吗？"

我清醒过来，赤江少年正疑惑地看着我。

"嗯，说得也是。"我赶紧弥补一下形象。遗漏的问题固然有，然而这次取材的主题姑且算是'高中生自杀'，不好提出明显偏离主旨的问题。

"这么说来，那个……去年自杀的女生，你了解她的背景吗？"

就表象的取材初衷而言，不提出这个疑问就结束采访，反而显得很不自然。我暂且把本子拿在手上，摆出准备记录的架势。

"呃，我记得她叫大岛久美，住址应该也有打听过……六月还是哪里来着，好像是在那附近吧。"

"六月？"

"是啊。哦，六月是地名。沿着那里的日光街道一直走就是了。"

我草草将这条记在本上，结束了此次佯装的取材。拿起账单，又突然想起一事，便问他："对了，赤江君和天童先生是什么关系呢？"

"哦，这件事啊，虽然现在和他已经不是那种关系了，不过很早以前——我还在上初中的时候，我的一个堂姐和天童先生交往过。当时还发生了一起案件……毛利先生没听说过吗？"

"没有。"我如实答。

"是吗？看来他是没法把自己写成报道了。"自我结论后，他继续说，"是一起凶杀案来着。我的叔父被杀了。不过说实在的，那简直就像在演电视剧，真的是那种感觉。警察都来调查了，事情变得相当复杂，结果是凑巧在场的天童先生把案件解决了。当时他还是个大学生呢，简直就像名侦探一样，当着所有人的面把谜题解开了。"

少年如此说着，将仰慕的眼神投向空中。看他那架势，不像是在说笑。

但是不管怎样，那个天童是名侦探吗？

是天童也好，谁人也罢，关键在于，这种将警察撇在一边独自解决案件的名侦探，现实中当真存在吗？

　　不过从能力上讲，我又恍惚觉得天童确实有可能达到那种
境界。那么针对这次的"重赴者相继离奇死亡事件"，也希望他
能够施展令他引以为傲的推理能力，快刀斩乱麻一般地将事件
解决。

第七章

1

出品川站北口过马路，登上坡道，右手边是新高轮王子酒店，风间新入住的公寓就建在酒店的斜对面。

入口处设有电子锁。我按下房间号码，冲对讲机报上姓名，于是风间应答，玻璃门倏然开启。

风间的套房位于十六层。地理位置无可挑剔，房间布局也十分奢华。

"这边是卧室，那边是书房。浴室、卫生间。还有，客房。"风间一面说着一面走在走廊前头。

推开尽头的门，眼前是一间似有二十块榻榻米大小的带厨房的起居室。房间正面由一整块玻璃墙构成，高空远眺景致极佳，主人想要自夸也在情理之中。左手边近门侧是一套吧台、灶台相对而设的整体厨房。右手边宽阔的空间里摆放着一组崭新的待客家具，一张矮脚桌由两个三人沙发和两个单人沙发交替环绕着。

来客已有四人。天童和池田坐在靠门一侧的沙发上，乡原和大森坐在靠窗一侧。再加上主人风间和刚到不久的我，今天有这六人便是到齐了——鲇美小姐由于过后可以听我转述，决定不来了；高桥、横泽和坪井这三人则是已行他界。

"您好，好久不见。"我一边问候乡原老人，一边坐到了空出的单人沙发。只有乡原没有参加上次涩谷的聚会，因此今天同他是重赴后的初次见面。身材矮小的老人动用了整整上半个身子，缓缓向我回了一礼。

风间沏茶的时间里，我们随便聊了聊。尽管同伴里已有三位死者，但现场的氛围还算平稳。

"呃，我还没有吃午饭，所以，若有哪位希望一同享用，且不嫌弃外卖便饭的话，我就一并买了。"风间问道。

"算我一个。"天童举起手。于是，我也随他举了手。

当所有人面前都摆好茶具，风间以一句"那么——"为聚会开场。"从上一次聚会到今天，这期间又有两位同伴死于非命。横泽先生是本月五号家中遭人纵火，被烧死了。坪井君是上周日被人发现缢死在家里。对这些，大家都已经有所耳闻了吧？"

坪井死于上吊的事实，是借由天童的调查明朗化的。想必将这个消息传达给风间及其他三人的，就是他本人吧。

"对以上两位的死因进行思索后，我认为，眼下已有人注意到了重赴者的存在，并出于某种理由，想要索取咱们所有人的性命——大概可以设想出这样一种情况……若当真如此，这个人的存在便对我们构成了巨大的威胁。因此，今天在这里，我希望大家能够齐心协力，针对如何在这一威胁面前求得自保，或者这一威胁是否当真存在的问题各抒己见。"

"可是话说回来，那个人……不、不、不存在的可能性，有吗？"大森将惊讶之情表露无遗地问道。

"我想是有的。横泽先生的死因先放在一边，单就坪井君来说，若参照警方的调查结果，他是被判定为自杀吧？那么是否可以认为，他有可能就是自杀的？这样一来，至少可以说明这两起事件之间并无关联。"

"真的是自杀吗？"我不假思索地嘟囔一句，想不到池田与我异口同声。于是，我作为代表继续说道："他没有理由自杀啊，不是吗？第二次考试会出什么题目，他都已经知道了。一般人怎么看，我不清楚，但他本人对考大学这件事可是胸有成竹的。这样一个人为何要寻死呢？"

"人会寻死可不只是因为考不上大学，或许他还有什么别的烦恼。"

"但坪井君可是重赴者，没必要为了什么事想不开吧？"

"重赴者岂是万能的？的确，重赴者可以随心所欲地考大学，随心所欲地赚大钱，不过……举个例子，恋爱这件事又如何呢？不管喜欢哪个女人都能据为己有，这种事重赴者可办不到吧？当然了，毛利君的话或许能够做到八九分，但普通人是绝对达不到那个水准的。"

　　风间说我如何如何的那些话，是对我的讥讽也说不定。

　　"总之，"风间继续说道，"自杀的理由无穷无尽，失恋不过是其中一例……或者，也可能是他有着什么唯有重赴者才有的烦恼。"

　　唯有重赴者才有的烦恼。这句话莫名其妙地牵动了我。看似违背常理的言论却意外地戳中了盲点。然而，这却无法在我心中勾起任何具体的画面。能够设想到的，是怎样的情形呢？

　　风间的话还在继续。"另外，若是他杀，那么行凶的理由又是什么呢？既然是重赴者便不能留活口——这个理由的确曾多次被我引以为例，但那不过是为了让各位严守秘密而稍稍夸大其词的说法。各位不妨设想一下秘密泄露以后的情况。一般来说，若有人了解到重赴者的存在，其人必定会提出分享未来的记忆。比如说，想靠赌马赚钱，或者想充当预言者博得关注。一定会出于某个目的，要求重赴者出卖这些信息。如此一来，重赴者本人也势必会觉察到天机已经泄露，不是吗？事已至此，通常情况下，那名重赴者会先来找我商量……没错吧？然而，横泽先生也罢，坪井君也罢，都不曾与我取得联络。那么是否可以认为，秘密并未泄露呢？"

　　"可是在紧要关头，风间先生并不在国内啊！"我立刻指出了问题的所在。

　　"嗯……横泽先生出事的时候的确如此。"

　　"还有可能——"天童这时插了进来，"联络确实有过，不论是横泽的还是坪井的，然而联络说秘密败露了，所以他们死了——这么想也没什么不可以吧？"

"你的意思……是指我了？"风间以茫然若失的语调反问道，"为了保守重赴的秘密？"

"我的意思是也有这种可能。或者不是风间也有可能。现在在场的不论是谁，如果得知横泽已把秘密泄露出去——不，是否泄露了秘密其实并不重要……说不定那个家伙会把秘密泄露出去，放心不下——就算是这种程度，为了明哲保身也有可能杀人灭口。从这层意义上讲，好比说横泽和坪井同咱们之间的利益关系并不一致……嗯——就像这种，彼此之间感受不到信任的情况，以前确实有过吧？搞不好这两个家伙会把秘密泄露出去，因猜疑而感到不安。那么，不如先下手为强，以除后患。这种可能性应该也是无法排除的。"

"换句话说，横泽先生和坪井君都是被人所杀——"风间说。

"而凶手就在我们中间？"池田接话说。

"怀疑是因为可疑。而一旦怀疑起来，风间先生，你比任何人都要可疑……我从老早以前就想一问究竟了，你——"天童用比以往更加凶煞的眼神盯着风间，"迄今为止，眼看着秘密即将败露，可有干出过什么不得已而为之的事情？"

"不得已而为之……指的，可是杀人？"风间的声音显得惊愕不已，但他很快在表面上恢复了常态。"不，这个再怎么样也没干过。坦白地说，R5时曾陷入了不得不出面干预的事态，但无论如何都不会出手杀人。毕竟杀了人便有可能被捕，而一旦被捕便无法进入下一轮重赴……在十月三十日那天保有自由之身，是重赴的必要条件。反过来说，不论处境如何险恶，只要在十月三十日拥有自由之身，我仍可以在下一轮世界中将事态重启，从而同险境挥手道别。既然如此，便不会采取杀人这种风险颇高的手段……也请大家站在我的立场上想一想。想过之后，我想大家是能够理解的。这样若仍不足以洗清嫌疑，我还可以提供自己在二月五日——横泽家遭人放火那天的不在场证明。那时我正在海外旅行，这一点护照可以替我做证……要我拿来吗？"

风间问罢，沉默开始在会场中四散开来，久久不见退去。打破僵局的人是我。

"要不然，这个话题还是算了吧。咱们六个当中潜伏着亲手杀害了横泽先生和坪井君的凶手？我可不这么认为。与其考虑这种根本不可能的事，不如讨论一些更有现实意义的问题。"

"赞成！"说着对我露出笑容的是池田。

"那么，先整理一下目前已经弄清的事实吧。"为了一扫先前的紧张气氛，我主动接过了现场的主导权。"臆断什么的请先放一放。那么……首先从横泽先生的事件开始。西浦田五丁目的横泽先生家遭人放火是在二月五日的早上四点。不过在此之前——正好是一周以前，一月二十九日的早上四点，邻町发生了三起小规模纵火事件。我认为，以上这几起事件恐怕是同一人所为。因为那三起纵火事件同样没有发生在R9……我没说错吧，风间先生？"

我把确认工作派给了风间。已将今年流连反复过十次的风间，想必对何日发生过何事了解得相当详细，且已准确记忆下来了吧。

"的确如此。"他肯定地说道。

"非常感谢……那么换句话说，那三起纵火事件，同样是由于身为重赴者的横泽先生采取了不同于 R9 时的行动，受其影响才发生的。此外，事实上，自打二月五日横泽先生家的事件以来，西浦田一带就没有再发生过火灾。不，不只限于西浦田地区，此类 R9 时不曾有过的起火事件，在二月五日以后便一起也没有发生过……起码就我查阅过的报纸来看是这样。比如说一周后的二月十二日，从前三起和后一起的间隔来看，这天发生事件的可能性颇高，但实际上哪里也没有起火。"

"那天天气如何呢？是否可能因降雨而逃过一劫？"池田问。

"是晴天，"风间当即答道，"十二日是，十九日也是。顺带一说的话，后天二十六日也是晴天。"

"那么，就像风间先生所说。"我接过话，"简言之，开始那两周会让人以为，这些纵火事件有规律可循，然而以横泽先生死亡的第二轮事件为界，纵火事件在此后戛然而止。仿佛在这个时间点上凶手已经达到了目的。"

"你这么说也是有臆断的成分在里面啊。"如此指出的人是池田。

"臆断的部分我撤回。"我态度端正地说，"然后……如果只谈事实的话，在横泽先生这起事件当中，一家三口里，横泽先生和八岁的女儿死了，妻子却只受了轻伤……非要就事实说话的话，关于横泽先生的事件，就只有这些了吧？还有哪位掌握了别的消息吗？"

"有两点。"发言的人是天童，"有很多地方令我在意，于是拜托熟人做了调查。就结果而言弄清了一些事实，但不确定与本案之间是否存在关联，姑且在这里同大家分享一下。首先第一点，横泽先生似乎有背着家人在外面搞第三者。对方是他在公司里的下属，姓森，一个三十岁左右的女人。"

那个横泽先生竟然在外面有女人?! 这着实令人感到意外，但我认为，这与此次的事件没有关系。不过，这倒是让我想起了另一件事——R9 时我打电话到他家里时的事。孩子传话说"是个姓森的人来电话"，于是换横泽先生接电话时，莫名传来一种慌张的感觉。或许在当时，他以为是外遇对象把电话打来家里，六神无主了吧。

"还有一点。"我回过神来，天童的话还在继续。"同样是报纸上不曾提及的……他那捡回了一条命的老婆，结果还是死了。在医院跳楼自杀了。"

我听了，顿时有种喘不上气的感觉。

"所以，如果他老婆才是杀害他的真凶，那么就算她在事前得知了重赴的秘密，也用不着担心她会造成什么危害了……这一点算不上事实啦。事实是她自杀了，仅此而已。"

天童讲话的时间里房门的对讲机响了。风间起身去应答，回来告诉我们："外卖送到了。"

2

风间和天童点了炸猪排盖饭，我点的则是炸虾盖饭。我们三个吃饭的时候，会场改由池田主持，他询问了此前发言较少的大森和乡原老人的意见。

"不把高桥先生的事件关联进来，没问题吗？"乡原老人指出。

不过，我觉得就算不放在一起考虑也问题不大。从事故发生的时间判断，那显然只能归因于重赴时的眼前发黑。

无须我停下正负责进餐的手将这一点指出，池田先生已经发表了相同的意见。

先一步吃完午饭的天童在征求过风间的同意后点燃了一支烟。烟雾被充分吸入后吐了出来，那声音好似一声巨大的叹息。我也抓紧时间将剩下的饭扒进了嘴里。

风间去厨房收拾好三份餐具，回来后召集全员继续开会。

"不好意思，会议的进程被用餐搅乱了。那咱们继续吧……接下来是坪井君的事件。"

我把从赤江慎治少年那里听来的消息做了详细的汇报，也把描绘着现场缩略图的笔记本拿给大家看了。

"所以说，凶手是有可能潜入现场的。而且似乎也有办法先将人杀害，再伪装成自杀……没错吧，天童先生？"

"啊。话虽如此，我也仅仅是在小说上读到过。比如从背后接近毫无防备的被害者，将绳索像这样套在对方脖子上，然后一鼓作气，像这样，好像背背包一样，这么一来——"天童边说边用手势辅助说明，"之后把绳索从天花板上垂下来，再把尸体摆成上吊的样子就行了。不过必须注意的是，人在被勒脖子或是上吊的时候，一定会大小便失禁，所以过后将人吊起来的时候，如果换了地方，挪了位置，那么伪装一下子就穿帮了。反过来说，如果在这一点上考虑得周全，做到滴水不漏，就有可能蒙混过关。"

"也就是说——"这时大森难得一见地开了口，"如果坪井君是被人给杀、杀了的话，那么凶、凶手应该是一个身材魁梧的人吧？"

"好比像我这样的。"天童把自己端了出来，"坪井个子小，体重看起来也没多少，但要想勒死一个大活人，必须得健壮到一定程度，而且对身高也有相应的要求。就在座的各位来说，我肯定达标，池田也够格。"

天童身高近一米九，身板是实打实的。池田先生也长了一身职业选手才有的好筋骨，身高在一米七五左右。

"风间的体格够用，身高勉勉强强。毛利不论身高还是体格都压在及格线上。乡原和大森，很遗憾，不合格，体格上太勉强了……话虽如此，我并没有想说凶手就在咱们当中。不过是从目测的角度出发，拿各位当尺子用用罢了。"

"并且是在假设为他杀的前提下，对吧？"风间补上一句。

"他没理由自杀。"

"但如果是他杀的话，问题就在于——"我插了一嘴，"凶手是如何查出坪井的住处的。这个问题有待解决。"

"我的想法是，上次去涩谷聚会的时候，横泽先生被人尾随了，而那人在聚会结束后又盯上了坪井，跟在他后头。我觉得有这种可能。"

会场里沉默了一阵子，随后——

"嗯，说到底，如果把横泽先生的事件和坪井君的事件看作连续作案，事情就会变得越来越复杂。"池田先生说，"是不是应该把它们当成两起独立不相干的事件来看待呢？"

"您的意思是说……？"

"横泽先生被某个人杀了。坪井君也是一样。两个人被两个不同的人杀了。恐怕都是被身边的人。这样想来，两个人都是和家人住在一起吧？说起来……乡原先生呢，也是和家里人一同生活吗？"

话锋突然转向了乡原老人，老人惊讶地眨了眨眼睛，淡淡地说："是啊。内人、长子夫妇、孙子们，再算上我，七个人住在一起。这里面最聪慧的，当数我内人了。没准儿现在，她已经觉出事有蹊跷，有了些想法。"

"这……可不是一个叫人心安的情况啊。"风间低声缓缓说道。

"是啊，我也明白。只不过，我们是白头到老的夫妻了，瞒着她总是有限度的。但反过来说，内人对我，从根本上讲是信任的，就算觉出哪里不对劲，也绝不会声张。我反而觉得，不如把这件事向她和盘托出，这么做既不用担心节外生枝，又能落得个一身轻松……但我应该不能这么做吧？"

"没错。不论是对多么值得信赖的人，都请您不要将秘密透露出去。"风间叮嘱道。

"由此可见——"池田先生此时将话题引回正轨，"不难理解，努力不把秘密透露给朝夕相处的家人是一件极为困难的事情。今天没能到场的筱崎小姐，恐怕对此事也是深有体会吧。然而，同样是和家人生活在一起，横泽先生和坪井君却已经遇害……如此看来，首先是他们各自家庭当中的某位察觉到了秘密，或者说异常的变化，而这在后来成了行凶的动机。所以说，这两起事件是独立发生的，通常会这样考虑吧？"

"嗯——"天童发出低声，"关于坪井，之前他在'学习房间'里寻欢作乐，甚至搞得警察闻风而来，出了这档子事，他已经失信于家人，加上这回重赴过后依然不务正业，还放狂言说能考上东大，在他家人眼里，这家伙恐怕已经被当成废人了——这些都不难想象……不过，即便是这样，'那就干脆把他杀了吧！'——一般来说也不至于吧？"

尽管天童出言否定，我却认为存在这种可能。或者说我是希望事实如此。倘若真相如此，我们也就无须担心受其牵连、自身难保了。

"况且，就算在可能性的问题上无法定论，时刻做好最坏的打算总没坏处吧？那么，就像我们最初考量的那样，万一秘密泄露出去了，有个身份不明的人想要取咱们性命，如果是这样的话，我们又该往哪儿逃呢？这时我想到的是，如果风间肯把我们带去R11的话，到了那里就不再有性命之忧了……对吧？所以说，风间啊，如果等到十月三十号我们还活着，就带我们去R11吧。虽说之前毛利和大森问你的时候，你都不留情面地一语否决了，但目前的情况不可同日而语啊。假如你弃我们于不顾独自前往R11，之后我们都相继死于非命的话……这么做相当不妥吧？我们之所以会被杀，也是因为你把我们带到了这里。在事态变得不可挽回之前，你都得尽力保证我们的安全。你有这个义务……不是吗？所以我希望今天在这儿，把话给说定了——如果我们能活到十月三十号那天，就带着我们一起去R11。"

原来如此，我心想。这些话是打这里来，往那里去的。

因祸得福。这次同伴相继离奇死亡的灾祸，天童是要将其巧妙地转化为自己的福祉。

"可以。"风间缓缓应道，"我答应你。若各位能够活过十月三十日——虽然我认为这毫无疑问，为了不留下祸根，有意者将与我一同前往 R11……这样可以吗？"

"一言为定。"天童说着，使劲儿点了点头。

看着他心满意足的样子，我却瞬间联想到了一幅恐怖的画面。

这一连串的事件，该不会都是天童为了从风间口中套出这句话而铺设的吧……

3

结果，那天在会上众说纷纭，却无一定论。假如二人之死并非连续，便有了自我了断和亲人行凶的假说；而在被视作连续杀人事件的情况下，凶手又可以被想定成内鬼或者外敌。假如存在内鬼，风间的嫌疑最大，而天童行凶的可能性在我心中也有待讨论。但不论哪个都模棱两可，叫人无法完全否定，也无法完全肯定。

那天聚会上唯一的、也是最大的成果，便是我们被授予了通往 R11 的机票。假如能苟延残喘到十月三十日，我便将前往 R11；而如果死在了那天以前，我的人生自然也将就此告终。但是不论如何，我都不会在这次的人生里迎来十一月了。那种心情恰如忽然得知正式登台被降格成了彩排预演。

但我不会因此便在精神上有所懈怠。因为无法预知未来哪个时间点发生的哪一件事，会令自己被遗弃在这个世界里。这个世界或许正在成为真正舞台的不安，时常存于心底。

采取和 R9 时不同的行动将为每个人带来风险。风间的这句话一直残留耳边。虽然不确定横泽先生和坪井君是出于什么理由遭人杀害，但究其根本，应该是他们有别于 R9 的行为模式所致。

为此，我每天都老老实实去大学里上课，Bambina 的兼职也继续做着。

尽管如此，期末的那场考试还是叫我心惊肉跳了一把。虽然再次聆听了三年级下半学期各门课程的最后几讲，但此前各周的内容已有一年多不曾听过。那些东西我几乎记不得了，所以不得不以这样的状态面临考试。

如此下去，就连 R9 时顺利修得的学分恐怕也将从指缝间溜走……我只好抱着亡羊补牢的心态发奋读书，四处搜集同学们的笔记副本，全身心投入学习当中。

或许是努力显了成效，考试成绩公布后，我发现自己并未失掉原本就属于自己的学分，有惊无险地升上了四年级。就这样，我毫无牵挂地迎来了一个月有余的春假。

都内时隔半月下了场雨，就在早春头一阵强风过境后的二月末尾，鲇美时隔三日打来电话。

"圭介君，考得怎么样？"

"嗯，没问题。"

刚开始交往那会儿，她几乎每天，但凡能够抽出一点时间就会打来电话。可是最近一段时间以来，打电话的频率逐渐降到了每周一两次。倒不是说两个人的关系降温了，往好了讲，我们已经"习惯了"彼此的存在。

回到家后她在自己床上放松躺下，临睡前和男友交换只言片语。这样足够了。对我来说也足够了。没有必要勉为其难地去做什么，两个人也能心意相通。

然而事与愿违，今天鲇美打电话来可不只是为了闲聊。

"那——考试也结束了，这下没有什么挂心的事了吧？所以……想问问你，这个周末，怎么样？"

"啊？什么怎么样？"

"哎呀，之前不是说过嘛，想让你来家里。"

"哦……"

她有了男朋友的事，和家里公开了。于是，她父母叫她把人领回来见见。

"怎么样？"

说实话，提不起劲头。在我看来，我和您家闺女上过床了，自己就是这么一种处境，然后应该提着怎样一张脸去见她父母，不清楚。

"圭介君，你说过不会负我吧，是这么答应我的吧？"

"嗯，那当然了。"

我条件反射地答道，然而对于这个问题我却从未深思。不知怎么，我觉得脊背发凉。

"所以早晚要来我们家，跟他们说：'请把女儿嫁给我吧！'对不对？"

"嗯……"

"所以啊，如果站在我父母的角度去考虑，他们肯定会说，你们一直偷偷摸摸地交往，突然一下子要我们怎么答应呢？所以不是像这样，而是在交往之初就正式地去打招呼，在得到他们认可的基础上堂堂正正地交往，最后终成眷属——这两种一比，要圭介君选的话，哪种比较好？"

"那自然是从一开始就堂堂正正地——"

"就是说吧？"

"可是，你看，咱们反正都是要去 R11 的。"在上次聚会上得到风间许诺的事，我也向她汇报了。"所以这次，不做得那么像模像样也没什么吧？"

"圭介君，无论如何都想去 R11 吗？"

事到如今，鲇美这样问道。她是想留在这个世界的。为了不让住在同一屋檐下的父母发现秘密，她日复一日地磨损着自己的神经，因此实在不愿把这个过程再从头到尾重复一遍。她这样说，我似乎也能够理解。

"那，等到了 R11 再动真格的，这次全当是排练，行吗？"

她这么说，便是对前往 R11 的事做出了让步，如此一来，我也无法再固执己见了。

"明白了。我去，就让我去拜访他们吧。"

就这样，我决定在那个周日去鲇美家走一趟。

三月三日，正巧是女儿节那一天。

乘东武东上线，在常磐站下车，之后同在那里等候的鲇美会合。

"我妈好像挺有干劲儿的，说是要做好了蛋糕等着咱们。别担心，这次来家里主要是想让你看看我的房间，捎带着和他们打个招呼就行了。对他们也是这么说的。所以，就是见个面，然后……考虑到圭介君待在家里会不自在，咱们待不多久就出门，还像平常那样约会，这样也行。"

鲇美边走边向我说明今天的安排。大概因为这一带都是她的主场吧，她今天始终显得乐滋滋的，是那种不需要刻意表现，可以放心做自己的感觉。

这边街道的样子，果然也和新宿那些地方不一样，是那种正经八百住了人家的感觉，看了让人觉得亲切。这里有商店街，有住宅区，还有整洁的私家小院排成一排。各家各户有的晒被褥，有的晾衣服，孩子们在四处跑着，闹着。

鲇美家的宅子中等规模，上下两层，大门与玄关之间种了些草木。车库里停着一辆普通的国产家用车。

"打搅了——"

说着，我上了榻榻米，声音小到只有自己听得见。由鲇美领着穿过走廊，进入起居室，首先跃入眼帘的便是七段人偶坛上红毛毡的颜色。人偶坛前是一套餐桌椅，她父母并排坐在沙发椅上。

"来啦！"

她母亲从沙发椅上站起来，热情地迎接了我。她父亲则依旧坐着，脸上浮现出不知如何是好的略带窘迫的笑容。

"这是我父亲，我母亲。"鲇美分别介绍说。

"你们好，我是毛利圭介，初次见面。"

"哎呀，不用那么拘谨，坐吧！"

此后约三十分钟的时间里，我同她的家人们度过了一段愉快的时间。只要意识到位，我对自己圆滑的处世之道还是颇有信心的。

"家里摆着女儿节的娃娃呢。"

"我都说不用了——"

"摆在那儿都不急着嫁出去的人，说什么不用了！你让毛利先生说说。"

"啊，哈哈。"

从鲇美和她母亲的对话中，不难看出两个女人平时的相处方式。倒是她父亲，举手投足间都流露出不自然的亢奋之情。

"哦，是吗，文学系。想当初，我也是把井上志久的作品读到废寝忘食啊！"

"哦？井上志久吗？"

"还拍成电影了，就是那部，呃……对了，《天平之甍》！"

"爸，那是井上……靖吧？"

"哦对对对。哈哈哈。"

他父亲平常应该是个更加端得住的人，可在女儿的男友面前却有点端不住了。从这些方面和他腼腆的性格来看，应该是个心地善良的人，我一边这样想，一边看向她父亲。

就在我心想时候已到，接下去该如何全身而退的时候——

"差不多可以了吧，鲇美？毛利先生好像有点儿为难了。"

鲇美的母亲为我解了围。我同她四目相视，那双眼睛仿佛在调皮地说："辛苦你了。"

于是，我也用眼神将感谢之意回复给了她。

"那，我们上去喽。毛利君……"

"哦！那我们上去了。"

再次同她父母打过招呼，我被鲇美领进了二楼她自己的房间。

"辛苦你啦！"

鲇美一屁股坐在地毯上，对我深深行了一礼。我则被她请到了床沿旁坐下，这才卸掉了浑身紧绷着的那股劲儿。

"呼——紧张死我了。"

"我想也是，不过你看上去倒不怎么紧张。应该说，圭介君在这方面特别有魄力吧。我看着我爸都有点儿慌了。"

"嗯，不过你们家给人感觉挺不错的。"

"真的？太好了！能听圭介君这么说，我真是松了一大口气。"

她两只眼睛亮闪闪的，于是我极其自然地伸出手。她用双手握住了我的手，我则用双臂把她抱起来，让她坐在我身边，然后把手绕过她的肩膀，吻了她的嘴唇。

"真是的，不行啦！"

即便她不说，我也没有进行下去的打算。楼下有她父母在呢，这种情况就算是我也分得清楚。

她拿出相册给我看。就像这样由女生主导的时间里，我其实相当享受。那些照片当中，她穿高中制服的样子给我留下了特别的印象。

　　我们看照片的时候，她母亲端着蛋糕和茶水走进来，一面将茶点放在桌上，一面冲我们滴溜转了下眼睛，小声披露说："你爸叫我过来瞅瞅。"

　　我听了不禁笑出声来。这位妈妈的性格真不错，尽管今天是第一次见面，我已经喜欢上她了。

　　看完相册已是下午两点半，我俩决定出门。

　　"晚饭前回来。"鲇美对来玄关送行的父母说。

　　"打搅你们了。"我真诚地说道，深深鞠了一躬。

　　就在道别的时候，家里的电话响了，她母亲转身朝廊子里走去。玄关门闭合的瞬间，我最后看到她父亲挂心地望着我们。

　　乘轻轨来到池袋，我俩漫步在街头，直到日落时分，彼此道了别。尽管是两人独处，我们却没有做爱。开始交往以来这是头一次，但我觉得今天这样也好。

4

　　回到落合街头时，夜幕已经降下，空气变得冰冷。途经一家便利店，我买了份便当做晚饭，之后匆匆往家赶去。

　　进家门把便当放在厨房台面上，我想着先把暖气打开便来到里头那间洋室，打开灯的那一瞬，我吓了一大跳。

　　"你回来啦——"

　　一个女人卧在床上，用手拄着脸颊望向我——是由子。

　　"你……干什么呢，在这儿！"

　　"约会怎么样？开心吗？"

　　我竭尽全力稳住情绪，肩膀正随着气息上下颤动。控制着不把声音吼出来，我问："为什么你会在这儿？"

　　"什么为什么？"

　　"怎么来的，从哪儿进来的？"

　　"玄关啊，门开着呢，不是破门而入的。"

　　门没锁？如此说来，今早赶时间，好像确实是疏忽了，忘了上锁。但不论如何，都不该随随便便进别人的家。

　　肆意妄为——进了别人的家！

　　我缓缓走到床前，如护法一般叉开双腿，用凝聚了威严的眼神俯视由子。"谁允许你随随便便进来了！"

　　"我说，约会怎么样啊？"由子用胳膊挽着我的腿。

　　"别碰我！"

　　"刚才做了没有啊，和筱崎小姐？"

　　这家伙……说什么呢？

　　"你是怎么——"

　　"你不是刚从她们家回来吗？"

　　这家伙……是怎么知道的？

　　由子从床上直起身子，开始自行解开塑身衣的拉链。

　　"你当真喜欢那种没长开的女人？"

　　"等等，你，为什么连这种事——"

　　我咽下口水，蹲下身子，凝视着由子的眼睛，平复着呼吸。

　　"别脱了。给我停手！我想问问你，你是怎么知道筱崎小姐的？"

"打电话来着。"

"什么时候？你……从什么时候开始就在这儿了？"

"嗯……下午两点多一点儿吧。"

下午两点多进到这间屋里……使用了电话的重拨功能？

"打电话了，然后呢？"

"没什么呀。我打电话过去，接电话的说是筱崎，我问毛利先生在您那边吗，对方说刚刚出门了。"

我们刚要离开筱崎家时电话响了，原来是这么回事。

"听对方的意思，马上叫你回来还来得及，可是我又不好让她喊圭介君来接，就说不用了，挂了电话。"

"就这些？"

"嗯，就这些。"

"你没说自己是谁？"

"你要我说吗？说自己是一个被圭介君抛弃的女人，像这样？"

我站起来，无视了由子的话，尽全力思考着。照目前的情形来看，在鲇美和她家人面前还不至于无法弥补。

但如果这个女人今后再横插一杠，事情就不好说了。

"你到底想干什么？"

"人家……人家……"

她突然紧紧抱住我的腿，痛哭流涕起来。拉到半截的拉链在她背上敞开一个 V 字，裸露在我眼皮底下。皮包骨的肩胛凹凸分明，没有半点儿圆润的质感。还有那只紧抓着我不放的手腕，细看之下也比先前细了一圈。

　　真难看，我想，但旋即在心中升起一股怜悯之情。这些都是因为我吗？怎么搞的，这样一来反倒是我成了恶人一样。原本——在 R9 的时候——可是这个女人抛弃的我。

　　"人家是想和圭介君重归于好……"

　　"这……我办不到。"我摇了摇头。

　　于是，由子猛地仰起脸，用三面露白的眸子瞪着我。

　　"那我就把圭介君毁了！把我知道的全告诉那女的！"

　　"行吧，无所谓的，想说就去说吧。"

　　重赴刚刚完成时我有女朋友的事，鲇美也清楚。

　　由子一口气噎住了。

　　"你说真的？哦，原来如此，那女的和你是一伙的……所以才把我蹬了。"

　　我以为她在那里嘟嘟囔囔地自言自语，她却突然激动起来。

　　"圭介君，你怎么就没带我去呢？"

　　"说什么呢……去哪儿？"

　　"你不是去过了嘛，和那女的，还有一个叫天童的人，你们一起——"

　　天童？她是怎么知道的？

　　"去过未来吧？"

　　这到底是怎么一回事！

　　我觉得自己杵在那里愣了半天。骤然变得鸦雀无声的房间里，只剩下空调室外机的声音从阳台传来。

　　所以说——她读过了，读了那本笔记。

笔记放哪儿了？我环视屋内。

"我说得没错吧？千代的富士隐退了什么的。"

本子已被好好放回了架上。

"因为火山爆发死了好多人什么的。"

肆无忌惮地闯进别人的家……

"我说，'若人秋 ① 去向不明'，这条是什么意思啊？"

肆无忌惮地翻看别人的笔记……

"你给我闭嘴！"

由子却对我的吼声嗤之以鼻。

"这下不好办了吧，圭介君……那就把我也带上吧。"

秘密——原来是从我这里败露的！

全都因为这个蠢女人，我才——！我们才——！

强烈的愤怒瞬间充满了全身，身体轰地热起来。或许是怒气来得太急太剧烈，我甚至有些轻微地作呕，觉得头晕目眩。

全都因为这个蠢女人！

下一瞬——等意识到时——我已经不由自主地扑向由子，双手掐在她的脖子上。

"等——"

由子的眼球瞪得大大的。

---

① 若人秋，本名我修院达也，日本艺人，于 1993 年 3 月 3 日在防波堤垂钓时失踪。

蠢货！闭嘴！闭嘴！闭嘴！叫你出声！被隔壁听到怎么办？！

　　她的身体向后仰去，两只手却拼命挣扎，抓住我的手腕，把指甲扎进去，扎得我生疼。于是我劈开双肘向她压去，但决不松开掐住脖子的手，只是压得更死，掐得更牢。

住手！住手！快住手！

　　有个声音在脑袋里回响。那是在对谁发号施令呢——仿佛是在对我自己。然而我已是浑然不觉，只顾将手上的力道同那声音叠加在一起。

住手！住手！住手！
用力！用力！用力！

　　眼球，凸出的眼球。
　　扭曲的脸、大敞四开的嘴、上颚上排成一排的牙齿，以及被那道疙疙瘩瘩的白色圆弧围在当中的上颚里侧红色发黑的口腔组织，血管从那里暴露出来。
　　不一会儿工夫，她停止了抵抗，在我身子底下变得软绵绵松垮垮的，松软得——好像死了一样，不再反抗，顺从地委身于我猛烈的攻势之下。

住手！住手！快住手！

　　闻到些许异样的味道，我猛地寻回自我，停了下来。虽然想马上把手甩开，两只胳膊却不听使唤，好像凝固了一般。我只好维持着这个姿势，用力、反复地吸气，呼气。胸闷得要命，气短得要死，胸膛里面烧得滚烫。

　　一如性高潮绝顶过后。

5

　　由子不动了，软绵绵地瘫倒在床上。能闻到一股味道，是小便的味道。忽然感到一阵恶寒。身体表面虽然热着，内脏却在急剧冷却，仿佛哪里开了窟窿，血液都从那儿嗖嗖地流走了。

　　还是那股味道，让我觉得反胃、恶心。一阵强烈的呕吐感突然向我袭来。胃里开始翻江倒海，由食道逆流而上的液体被我活活截在嗓子眼，生生咽了下去。鼻腔里充斥着酸楚，泪液沁透了视野。

　　"啊……"

　　忽然间，两只手肘的前端又变回了自己的东西，我急忙用双手捂住嘴。待想吐的感觉退去后，我扶起由子犹如压盖在下半身上的上体。

　　冷冰冰的。

　　汗液早已沾满我的全身，从皮肤上不断榨取着热量。与此前相反，胃部与食道这会儿均出现了灼烧感。又开始想吐了，我赶紧把右手堵在嘴上。

镇定……何至于此！我呵斥了自己。

我顶住头晕缓缓站起来，从高处重新审视由子的全身。

由子的身体依然瘫倒在床上，一动不动的，就连抽动都不见一下。她的脑袋顺着对面一侧的床沿耷拉下去，极不自然地向后弯曲。而刚才被自己紧紧掐住的部分，在喉咙苍白的皮肤上留下了一道赤色的瘀痕。

她那身衣服两腿之间的部分，有一片被尿液浸出来的污渍。我低头检查自己的衣服，之前同她贴在一起的腹部，也被染上了少许尿渍和味道。脏死了，真令人生厌！

我再度将目光移到她身上，用厌恶的眼神将她从头到脚打量一遍。

"哎……由子？"为慎重起见，我小声招呼她说。

她却纹丝不动。不管怎么看，她现在这副样子……都应该是……死了吧。

我抓起她身下富余出的床单一角，把单子掀起来盖在她身上。如此一来，她便被床单裹住了，只露头脚在外面。我拽着单子把她在床上拖转半圈，腾出些空当，然后去检查原本垫在她腰下的部位。

污渍尚未渗透到这里。我吐一口气。紧接着，浑身的气力像是被抽走了，连站立都困难，我如土崩瓦解一般一屁股坐到了地上。沿着这个低矮的角度，我继续望着裹在床单里的物体。

有两只脚从包裹的一端支棱出来。这玩意儿，不论怎样看都是一具死尸。

坏事了！我终于对此有了实感。

床上是一具女尸，我杀的。没错……我把她给杀了。

这下麻烦大了。不能就这么放着不管。得做点儿什么……做什么呢？做什么才好呢？

我的意识想要孤注一掷，大脑却不入正轨。唯独借口信手拈来。私自潜入他人的家，擅自翻看他人的笔记！只管优先考虑自己的感情，丝毫不顾及对方（我）的感受，还恬不知耻地说爱！无休止地给对方添麻烦，还有什么好爱的！亏你说得出口！如果真的爱我，你倒是把我的感受放在第一位试试啊……

可是话说回来了……怎么就搞到了这步田地呢？再怎么样也没必要杀她吧？不知不觉地就爆发了，结果干了顾前不顾后的事。不，在那之前是我自己太不小心了。今早出门时，如果有按部就班地检查过门锁就好了。虽说和这家伙断了关系，但由于过于单方面的分手方式，没有创造出令她信服的理由——这一点做得实在不妥。还有把未来记忆写在本子上这件事，现在想起来也是相当欠考虑，后患无穷。这么多个疏漏，哪怕有一个杜绝了也不至于落到如此地步。

不行，眼下可不是考虑这些的时候！我鞭策着自己。想要反省的话，过后有的是时间。而现在迫在眉睫的是，该拿这具尸体怎么办？

尸体……？这家伙，当真死了吗？其实活着也说不定呢？目前不过是进入了假死状态，而在事后还有起死回生的可能性……？

我颤颤巍巍地把手伸向由子从床单里支出来的脚，摸了摸右腿的内侧，掐了掐那附近的肉。不行……这么干判断不出什么。如果想要确认死活，怎么也得仔细地去看那张脸。

想到这儿，精神就萎靡了。还是算了吧……这家伙刚才的的确确是死过去了。都已经那么用力地把那根脖子掐了那么久，她不可能还活着。再说了……就算还活着又能怎么样呢？事态可能好转吗？只会变得更麻烦吧？就算由子苏醒过来了，她难道有可能对重赴的秘密和杀人未遂的事既往不咎吗？

尸体至少不会来出言纠缠我。这家伙是死尸一具，而尸体不会讲话。这会儿，它已经无话好讲了，也无须担心秘密会从这东西的嘴里流出来。只有一点令人头疼……尸体正躺在我的床上。这么放着也是于事无补，给人看见了还会连我也一起曝光。别人会发觉我杀了人，而我则成了杀人凶手，被警察捉去在监狱里度过余生。本该前途无量的未来——在R11的生活，随心所欲赚足几个亿后悠然自得的美好前程，难道要被这狱中的刑期强行顶替？

这太不对劲了。我回到过去岂是为了将人生重塑成这副德行？

这具尸体必须妥善处理，不能让杀人的事实露出端倪……

就在好不容易得出如此结论的瞬间，我险些从地上一跃而起。

因为身后传来了电话铃声。

6

催命一样的铃声。

电话——谁来的？

该不会是刚才由子的叫声或是扭打的动静败露了杀人的行径吧？在我心中旋即升起的便是这种恐惧。然而，两边的邻居也罢，楼下的住家也罢，应该都不知道我的号码。即使他们听到些响动，这通电话也与此无关。而且……大概不要紧吧，刚才这里发出的声音并未激烈到会引起旁人的注意。因此，发生在这里的凶案应该还未被他人察觉。

不要紧，振作点。一定是鲇美打来的。既然这蠢女人说下午曾打电话到她家里，鲇美回家后从家人那里得知了此事，便有可能打来电话。

假如把发生在这里的事直截了当地告诉她——她会怎么看我呢？不论怎样，都会斥责我的杀人行径吧？

说不出口。让她知道了这件事从各种意义上讲都绝非明智。

要是不接电话呢？不行，这反而会令她起疑，如果她找上门来就更不妙了。总之，要尽力保持平稳的心态。不是鲇美打来的也有可能，但不论如何都应该先接电话，而且必须确保以常态应对。

铃声还在响个不停。我做了一次深呼吸，缓缓提起话筒。

"您好，这里是毛利家。"

"哦，在哪，我是天童。"

啊，天童——我不由得仰头望向天花板。

对了，还有天童先生！如今，比起神佛，我宁愿去抱他的脚脖子。重赴者一行当中最可靠的男人——只要扶住了这面墙，哪怕是自己眼下正陷入险境，他也有可能替我化险为夷……

"其实今天白天，我接到一通奇怪的电话。有个声音很年轻的女人，自称是你的熟人，把电话打到我这里——办公室那边，问我和你是什么关系，我就说不认识。"

是由子……那个蠢货。

"毛利，我不管你和她是什么关系，不过我在你那儿的联络方式，该不会是随便让人看了吧？"

恐怕是由子从那本笔记里找到了同伴的电话一栏，为了弄清那列姓氏当中哪一个是鲇美——正在和我交往的女人，按照列表上的顺序拨了电话。

"让你说着了。是我之前交往的女人，她好像擅自进了我的房间，看了和重赴有关的笔记。"

"然后呢，那女的怎么样了？"

"已经……封口了，不碍事。"

"喂，难不成，"天童的声音高亢起来，"灭口了？"

我沉默不语，即是默认了。

"尸体呢？还在你家？"

"是啊。所以——"

"不知该怎么善后了？"

"嗯……"

如此答过，电话那头没了回音。一定是天童先生正在为此事深思熟虑。

"这就过去，给我地址。"

天童先生要亲自出马了。到这里来，然后想方设法收了那具女尸……？

我向他说明了由最近的车站来家里的路线。

"明白了。这就出门，三十分钟后到东中野，之后……再有十来分钟？估计七点半左右到你那儿。听好，安安静静待在屋里，不要想着去干什么，电视不能开，音乐也不能有……保险起见，把灯都熄了。换句话说，你压根儿就不在那间屋里。谁来也不要开门，电话就让它录音，除我以外的人一律不予应答。等我到了以后，你仔细确认过了，再让我进去……门口有对讲机吗？"

"呃，没有。有电铃，按了以后屋里会响。"

"门镜呢……有吧？就用那个查看来的人是不是我。可别搞错了，让别人进去。"

"不好意思，拜托你了。"

撂下电话，我清空了脑子里的念头，一心想着如何执行天童的指示。熄灭了房间里的灯，我在黑暗中抱膝而坐，一声不响地等待他的到来。

夜晚的街灯越过窗帘，在房间里投下朦胧的灯光，于是室内物体纷纷浮出黑暗。唯有裹住由子的那条黑黢黢的轮廓线，始终一动未动……那里有具死尸，但我努力不去思考。

在暗夜的笼罩下，只有录像机显示屏上的时间数字亮着光。我目不转睛地盯视着那束光。从别的方向传来了座钟刻画分秒的声音，不紧不慢地，在昏暗的房间里沉积。

当黑暗中闪耀的数字显示为七点三十三分时，门外像是有人来了，电铃响起。我屏住呼吸来到玄关，透过门镜向外窥探。出现在那里的果然是天童的身影。他照旧是一身殡仪款式的打扮，悄无声息地矗立在门前。

我打开门，天童连半句话都没说，直奔屋里。我默默行了一礼，然后不忘给房门上好锁。

我回过身，天童高大的身躯已用三两步跨过了厨房前巴掌大的走廊，停在洋室的入口处。他打开灯，房间里再次充满光明。我站在他身后，听到一声巨大的叹息。

7

"死得透透的。"

听我讲过事情的经过，天童首先对尸体展开调查。他毫无顾忌地拨开裹在外面的床单，让尸体仰面朝天，从头到脚检查起来。亏得他干起这种事来还能心平气和。我直挺挺地站在洋室门口，为了回避现场的情形，努力把视线移向书架。

检查完尸体，天童又检查起由子的提包。

"你要是被警察抓去了，我们也得跟着操碎了心。重赴者的秘密很可能会泄露出去。就算不是从你这儿，听说你被捕了，筱崎恐怕也会干出点什么……呵，这女的，还带着家伙呢。"

我被他的话吸引了，看过去，他向我出示了一件用毛巾缠着的东西。有个把手从毛巾里伸出来，像是一把菜刀。

"你这家伙，到底把这女人怎么了？"

由子包里揣着菜刀的事令我吃惊不已。她是对我起了杀心？

"所以说，这女人就是重赴者连环杀人事件的凶手了？不对。这么细的腕子，勒不死坪井。果然坪井和横泽的死还是他们自己作下的。毛利搞不好也已经给这女人杀了。各有各的死法。"

天童用鼻子哼笑一声，把菜刀放在地上后回到了正题。

"总之，你要是被警察抓去了，筱崎非得干出点什么不可。比如在世人面前夸耀重赴者的能力，从而把事件搅得混浊不清。出于这种目的，她指不定会干出什么蠢事来。我可不想自己受到牵连，所以才在这儿帮你干这种事……我说，这把是车钥匙吧？"

我看过去，天童手里握的正如他所说，是由子那辆车的钥匙链。有个小竹笼一样的物件从钥匙环上垂下来。

"她是开车来的？是辆宝马……哎，车牌号是多少？"

记不得了，我摇摇头。

"万一因为禁停被记录下来就糟了……我去看看。如果车还在，我就顺便把它开走，可能要花些时间。总之，我出去以后你把门锁好，在这儿安安静静的，明白了？"

天童说罢出了公寓。等他再次回到这里，是半个多小时以后的事了。

"果然是开车来的。车被我停在了那边坡上的 24 小时停车场里。禁停是没问题了，不过你说她是两点左右来的？六个小时了。外人的车停了这么久，铁定被人看到了。所以咱们现在能做的，就是确保尸体不被任何人看见，只有这样了。"

随后，天童向我询问了许多关于由子的问题。例如这个女人做的是什么工作、家里有什么人、是一个人住还是和家人同住、和我交往了多长时间、我们的关系还有谁知道等。

我就已知的部分做了回答。

工作——应该是没有。家人……记得她说过和父母住在一起，不过他们之间几乎没话好讲。既然能允许她半夜三更在外面晃荡，应该是秉持着放任主义的爸妈吧。同她交往，是从去年十月中旬到重赴后为止的这三个月。在那之前，她曾有过别的男人，和我分手以后恐怕和其他男人也有来往……

即便是在回答问题的过程中，由于事情不近情理而产生的愤怒仍在不断向我袭来。既然R9时不假思索地甩了我，去找别的男人，如今这一遭又何必对我如此执着呢？

"就放荡不羁这一点来说，运气好的话，警方着手展开搜索的时间会被延后，对失踪时间的推定范围也会相应变大——这些方面或许能有点盼头。如果她是一个人住就更好了，不过嘛，现在这种状况已经算是有利了。总之，只要尸体没被发现，警方一般不会积极展开搜查。剩下的，就要看她父母和朋友对她的消失有多上心了。"

"朋友"这个字眼从天童口中出现时，我的脑海里浮现出的，是撮合我们在横滨见面的久保美雪的面孔。会因由子失踪而感到不安的，大概也只有她吧。

由子的交际面广，光是去年年底就曾好几次带着玩伴来Bambina游乐。而实际上，这种交情仅仅流于表面，真正能够交心的知己却连一个也没有——曾几何时，她这样谈道……

我瞅了一眼床上的遗体。复杂的情感在心中翻腾，却被我活活压上了盖子。必须得想办法解决这具尸体，这才是眼下亟待解决的问题。既然天童说了"就交给我吧"，想必他会找个地方把尸体丢掉吧。处理好尸体的问题，只要在十月底之前都没有被人发现——就是我们赢了。我们就可以亡命天涯了。

再次进入重赴的轮回——逃往 R11 的世界。如此一来，杀人之罪便也"从未有过"了。

"听好，尸体我一定会妥善处理，因此，我确信警方不会把此事当作凶杀案调查，对此你大可放心。所以，只要你不自乱阵脚，之后的问题就都不是问题。"

天童反复叮嘱我说。他那两只焦点不定的眼睛紧紧盯住我的双眼，仿佛在对我植入暗示一般，不断重复着同样的论点。在别人眼里……我真的有那么惶恐不安吗？

天童看一眼表。我也跟着看了。眼看就要到九点了。天童说搬运尸体要等到夜深之后才稳妥，并将行动时间定在零点过后。在那之前还要等待三个多小时。

狭小的房间里，我和天童，还有由子的尸体挤在一起。精神面临崩溃的边缘，胸闷得发慌，但我不能有半句怨言。我要是叫苦连天，与这件事毫无关系的天童又该说什么呢？主动提出要助我一臂之力的人是他；同样是待在这间屋里，能够做到面不改色的人也是他。我应当以他为鉴……还有三个小时，我在心中对自己说道，并吐出了无声的叹息。

"得和风间打个招呼吧？"

应该这么做吧？他用目光征求我的意见。今天这件事，由于我在心里头已经完全托付给了天童，所以默默点了头，但又很快补充说：

"那个……其他人——"

最好别告诉他们。尤其是鲇美，我不希望她知道。

"放心，除了风间，我没打算跟别人说。秘密这东西，知道的人越多就越不保险。"

这通电话天童打了约十分钟，我在一旁有意无意地听着。他对风间说我杀了人，如果被捕，全体重赴者都可能遭殃，因此决定协助我掩盖犯罪的事实。

天童咔嚓一声把话筒搁在台座上，我醒了过来。

"行了，搞定了。剩下的我想办法。"

随后，他问我有没有大号提包，于是我从壁柜里翻出最大的一个。

"这个行吗？"我问。

天童拉开拉链，看看里头的大小，再看看由子的尸体，如此对照一下，点了头，把提包平摊在地上。

"过来搭把手，撑住这里。"

他把开口的一端递给我。这么一个布制的口袋，如不向两侧撑开，很快就会空瘪走形闭了口。这东西通常只在旅行时用到，而原本是我在乡下老家买的。当初被大学录取后准备上京用，除了托运的行李，我拿它装了随身物品。它是乘着轻轨来东京的。

而如今，提包里装着由子。由子的上半身与提包大抵同长。

"看来装得下。"

这时我将目光移向由子的脸。散乱的头发下面，她正用鼓出来的白眼珠瞪着我，吓得我不由得呻吟一声，慌忙背过脸。

"你就算了吧，那边待着去。"

天童说着把我轰到一旁，独自一人继续作业。我背着脸，侧目瞟向现场。由子的上半身盖着布，伸出的四肢被折叠起来，再由从侧面掀起的布打包，如此一来好歹被收进了包中。最后我听到拉链合拢的声音，看过去，那里只剩下一个撑得硬邦邦的提包。

他是打算把那东西丢去哪里呢？恐怕那地方在天童心里已经有了着落。而我却不会有意无意地向他过问。这件事自己还是不知道为好。他应该也是这样想的。

提包装好后，天童马上用双手提了提，以测量自己的承重能力。

"想不到还挺轻。"

和尸体打交道还能谈笑自若，他那根过分肥大的神经也罢，言语中缺少的那根神经也罢，在眼下都好比一颗强效的定心丸。

他这人，为什么能够如此从容不迫呢？因为人不是自己杀的——仅凭这点不足以说明什么。他超乎寻常的沉着姿态，究竟是打哪里来的呢？

这一系列疑问，在此后消磨时间的谈话里，由天童口中一一得到了解答。

"我这人，最讨厌在别人面前乱了方寸。自己六神无主的样子绝不能给别人看到。在旁人眼里，那副德行实在是难看至极，是丑态毕露。所以无论发生了什么，不管看见了什么，都要做到雷打不动。这辈子活到现在，这点我一直铭记在心。或者说，我无时无刻不在进行这种修行。"

这份决心和修行，确实成就了今天的天童。他颓唐不安的样子，我着实无法想象。

"自己的短处是什么，什么是自己做不来的。思来想去，我想到了杀人这件事。自己杀得了人吗？然后我发现，这世上只有两种人，下得去手的人和下不去手的人。如果知道杀一个人对自己有利，而且杀了他也不会被捕，那么能否下得去这个手呢？这种时候能够心平气和把人杀了的家伙——这家伙才是这世上的赢家。这一类人永远只有一小撮。而那些下不了手的，将沦为人生的败者，他们是绝大多数。在当时我意识到了，世界大概就是这样运转的……所以，如果机会来了，我也想杀一次人试试。试试自己能不能冷静地杀人，看看自己长没长那个根性……说实话，我觉得，今天，我可能会杀了你。"

天童冷不丁打了我个措手不及。我当场没了言语。

"会在一气之下把人杀了，说明你也是个蠢货。放着早晚给条子抓去。这么一来我们也不得好活。你泄露了秘密，我们跟着倒霉。那还不如心一横，趁早把你杀了，封了你的口。到这儿来的路上，我有一半是这么想的。不论是藏匿证据的能力，还是在条子那儿守口如瓶的骨气，你都叫人指望不上。而且说实话，就算是现在，我也没有彻底信任你……所以啊，你得再加把劲儿啊！让我把心放在肚子里才行啊！"

"为什么……没杀我？"

这种问题一旦出口，便是自寻死路。那不如现在就杀了你吧！

绝不是没有这种可能，但意识到时，话已脱口。

然而，天童收敛地笑了。

"因为这回我没有十足的把握。反过来说，实际到了这里，看到你的状态，我发现你比我想象的要沉稳得多。那么，好，拉你一把或许挨得过去，我是这么想的，所以没杀你，反而决定帮你。"

我觉得浑身的汗毛都竖了起来。眼前的天童突然变得让人不寒而栗。搞不好我现在已经被他杀了。他若真起了杀心，我恐怕也只能任他宰割……

"所以你啊，只要一心想着怎么才能挨到 R11 就好了。这次可千万别再让人抓住了把柄，一定要逃过十月。你听好……在我看来，你是个相当有魄力的人，这和你是不是重赴者没有关系，就像我刚才说的，你是这世上的极少数，是赢家那一边的人。所以你要对自己有信心……明白吗？"

就在我们谈论这些的时候，时间一晃过去了，转眼到了深夜零时。

"好了，我差不多该走了……听好，我再最后嘱咐一遍，千万不要自己冒头。但凡你干了什么和平常不一样的事，就是冒头了。在这女人失踪的前后几天，你一旦冒了头，别人恐怕就会把这两件事往一块儿想。所以从明天开始，你还和往常一样，该干什么干什么，好吧？"

天童铆足力气扛起装着尸体的提包，最后撂下这些话后，出了我的公寓。

8

天童走后，只剩我一人在家。我换掉贴身衣物，上了床，躺在那块曾经的裹尸布上。床角被小便浸湿的地方依然散发着潮气，但我已是疲惫不堪，无暇顾及了。后脖根又僵又硬，泛着酸痛。

现在我只想睡觉。一觉睡过去，把一切都忘了。无奈脑子莫名清醒，就算合了眼——视网膜上本该映不出任何东西了，脑仁却自作主张地刨出记忆中的影像，投射在我的视觉空间里。

睁开到极限的双眼、因痛苦而扭曲的面孔、裂开的大嘴，还有嘴里那条蠕动如别种生物的舌头——好似一条巨型水蛭。

我猛地睁开眼，幻象消失了。取而代之的是在灰暗的视野里，天花板上的纹理。然而眼睛睁着，睡是睡不成了。

从脱缰的大脑中生出的是无穷尽的疑问。

为了确保尸体不被发现，天童打算怎么处理？是拖去山里埋了，抛到海里沉了，还是丢去工地里当了地基，或者熔了，碎了？

那辆车又该拿它怎么办呢？由子开来的那辆宝马，停在家门口的时候很可能已经被谁目击了……该不会因此而露出马脚吧？对此，天童有何打算呢？他现在又在做什么呢？会不会正用宝马驮着尸体，朝着弃尸的场所一路疾驰呢？

万一自己被警察捉去了，杀人的行径公之于众了，大家会怎么看我呢？在老家的父母会怎么想呢？还有姐姐，该不会因为我的缘故被婆家轰出去吧？大学里的朋友们又会怎么想我呢？还有小妈、Bambina 的鲇美，还有其他所有人……

然后……鲇美呢？

当她得知我杀了人的时候，会是什么反应呢？会鄙视我吗？你这个杀人凶手！会像这样用轻蔑的眼光看待我吗，还是说会反过来包庇我呢？如果我能顺利逃过十月，她还愿意同我一起去R11吗？

思绪在脑海里卷起旋涡，卷走了全部的睡意。我只是愣愣地看着窗帘，看它一点点变白。

但最终，我似乎还是小睡了一会儿。

突然间，电话铃响了，我猛地睁开眼，看一眼架上的钟，不过早上七点半。由于留言功能已被解除，铃声响起来没完没了。

会是谁呢？

假如是天童打来的，我确实有意接听——接起电话，然后听他说："放心吧，事情都办妥了。"我太需要尽早听到这句话了。但是考虑到昨日由子的所为，也有可能是鲇美打来的。现在还不想和她说话。现在和她通话的话，我那些所作所为就全都遮掩不住了，我有这种感觉。

烦恼到最后，我决定不接了。天童那边，过后主动打给他便是……

我裹在被子里，给铃声计数。数到十的时候，呼叫音中断了。

结果，我就这么起了床。等太阳升高了，便提着被褥到晾台去晒，再把单子罩子丢进洗衣机里转。

摁着洗衣机，我回想起自己初中三年，就尿过一次床。

就这样，我耗过了整个上午，等到正午时分才下定决心，把电话打到了天童的办公室。然而，回应我的却是预留在话机里的录音，于是随即撂了话筒。

是还没有处理好尸体吗，还是已经被警察逮到了？他该不会没两下就招了吧？搞不好大部队正往这里赶呢！

被这样或那样的不安驱使着，整个下午我都坐在电视机前。电视里的综艺节目正在对发生于市井的杀人案件大报特报，看得我心里五味杂陈。要是换作以前，对那些受不了女人情欲纠缠就大开杀戒的男人，我只能用"蠢货"二字来形容……可是万一由子的尸体被发现了，而我被捉拿归案上了报道，怕是也只能在世人口中落得个"蠢货"的名号吧。

傍晚，我收回了晾晒的衣物。床单上的印迹消失了，褥子上的潮气也干爽得辨别不出了。这间屋里曾发生过凶案的痕迹已被抹得干干净净。现在回想起来，我实在不认为那些是现实当中发生过的事情。

过了晚八点，我正心不在焉地看着电视，电话铃又响了。我不禁倒吸一口气。电视里的声音远去了，换成铃声在耳旁震荡。我屏住气，细数起来，一遍……两遍……

现在这个钟点，会是谁呢？还有早上那通电话，同样推断不出是什么人来电。可能是天童，也可能是鲇美。或者因为天童把情况告诉了风间，他打来电话的可能性也有。而大学同学和Bambina同事打来的可能性同样无法排除在外。

那么有没有可能是警察打来的？

再或者——会不会是从由子家里打来的？

由子是昨天下午两点多到的这里。她离开家差不多三十个小时了，如果已有人开始对此产生疑虑也并不奇怪。

由子和我——某个叫毛利圭介的男人——曾交往过一段时间的事，她家里人是否知情呢？可是就算不知道，如果有人检查了她的私人物品，也很有可能从中发现我的名字或是这里的电话号码……

铃声仍然不依不饶地响着。响过二十遍后虽一度中断，但很快又重新响起来。我铁了心就是不接，可是那声音实在刺耳。为了摆脱铃声对神经的折磨，我甚至有了想要将话筒提起的冲动，并险些受了它的指示，但终归还是忍住了，然后继续忍着等那声音停止。

继续鸣响二十几遍后，那声音终于消停下来，我深深地吐出了积蓄已久的一口大气。

最终，我决定返乡。逃回老家去。虽然天童反复叮嘱说这几天不可有"冒头"之举，但是既然放春假了，大学生返乡便算不上什么反常之举吧？我如此说给自己听。

既然决定了就事不宜迟。我迅速打包了换洗衣物和随身物品，背上行囊出了家门。

从新宿乘地铁到东京站，之后换乘新干线驶往丰桥。由于是晚间出发，抵达冈崎时夜色已深，公交车皆已停运，我叫了辆出租车直奔家门。

到家时已过十二点，屋里黑着灯。我没有钥匙，为进家门只得把已经就寝的父母叫醒。

"你是怎么搞的，大半夜突然跑回来……真是的，也不打声招呼。"母亲穿着睡衣披着棉袄来到玄关，见了我先是大吃一惊，然后唠唠叨叨地抱怨了一通。"想回来当然可以回来，但是能不能提前来个电话啊？"

"知道了。因为是突然决定的。"

"学校呢？放假了？"

"嗯，早放了。"

和母亲搭着话，我回到了生我养我的老家。深吸一口气，感受到的是老家特有的气息。我看到父亲正站在走廊尽头，频频眨巴着眼。看来他们是刚刚睡着就被我吵醒了。

"肚子饿不饿？"

经母亲一问，我才发觉自己一整天都没有吃过东西。然而并不觉得饿。

"不要紧，这就去睡了……把你们吵醒了，不好意思。"

"你这孩子，真是——"

母亲又开始唠叨了，于是我径自上了楼。回到自己的房间，换上带来的衣物，从壁柜里取出被褥铺好，迅速熄灯钻了进去。转眼就睡着了。

那一夜我没再做梦，睡得很香。

第八章

1

改在老家作息以来，我的心态很快恢复了往日的平静。

第一天还好，母亲酌情让我睡了懒觉，但从第二天起，她每天早上七点准时把我叫醒。要是我揉着惺忪睡眼抱怨两句，她便会说："我可不管你是放假了还是怎么了，既然睡在我这里，就得遵守我这里的规矩。"搞得我无言以对。

一家人都起来后，七点半的时候，父亲上班去了，母亲又是洗又是涮，又是采买又是打扫，全部心思都扑在家务上。我则到街上去闲逛，消磨掉白天的时间。等父亲下班回来了，我们三个就凑在起居室里看电视，十一点时上床睡觉。这便是我家的生活模式。

如今有了加班制度改革，父亲到家的时间比以前早了许多，但除此以外，这个家几乎完美地沿袭了我从小耳濡目染的生活方式。

这令我感到了心安。虽然偶尔地，杀害由子的情景会在不经意间死灰复燃，但在老家曾经习以为常的生活中，那就好像在窥探他人的记忆一样脱离了现实。

只要在这里待下去，我想。我甚至想永远待在这里。然而，这不可能。就算父母对此视而不见，我也不能眼睁睁地看着自己的生活，变得与由子的失踪越来越紧密。

所以，这次返乡必须停留在正常范围以内。一周或两周……最迟到四月上旬，我就非得回东京不可了。四月以后，我将回归到白天上学晚上打工的日常中去。

还有和鲇美的关系，回到东京后也得照旧进行下去。她还不知道我杀了人，而我得小心着不让她知道，如此和她共度余下的半年时间。

为了规划好四月以后的生活，有必要事先拨打几通电话。三月六日，趁母亲白天外出购物时，我解决了其中的一部分。

首先打电话到天童的办公室。因为想跟他确认处理尸体的始末，还有就是抱着先斩后奏的心态，觉得应该把自己逃回老家的情况汇报给他。

电话里出现的是先前那名女子的声音，之后换成天童。他讲话的声调与以往别无二致。"哦，那活儿我干完了。"

就凭这一句话，我肩上的重负一下子卸掉了。

"然后——你现在人在哪儿呢？"

我给他讲述了自己逃回老家的经过，他听了哼笑一声，并说大前天曾数次把电话打到家中却无人接听，便料想到事情大致如此。

"其实也没什么，而且现在听你说话，感觉沉稳多了。"

没挨批评，我松了口气。

"至于那个'离家出走的姑娘'，我放心不下瞅了一眼，似乎兴信所正在受理调查此事。搞不好会打探到你那里，到时候你可得多加小心。"

他所谓的"离家出走的姑娘"，应该就是由子。想必是办公室里有别的女人在听，所以换了个说法。大抵意思是——由子的家人正委托兴信所调查她的去向，而他们的调查恐怕会危及身在老家的我，所以要提前做好准备。

没问题，已经有觉悟了，我答。

接着，我把电话打到了 Bambina 的小妈家里。

"十分抱歉，我奶奶突然去世了。因为忙着筹备葬礼，还有这样或那样的事，没来得及和您联系。"

"原来是这样。唉，这也是没办法的事。"

实际上我奶奶还活着。而她真正与世长辞是在三月九日——三天以后。

"所以，我想暂时在老家调整一段时间……"

虽然在说辞上因果倒置了，不过三日之后奶奶就会去世，如此一来便可对上账了。

"阿圭这段时间请假的话，店里的事就棘手了。尽量早一点回来吧。"

　　撂下电话，手还没有离开台座上的话筒，我考虑起奶奶的事。

　　是啊，奶奶还在世呢。应该趁她还在，去看看她……想到这里，我不经意地找回了儿时的记忆。妈妈给的零用钱不够花了，我便来到奶奶屋里，央求奶奶多给一些。每当这种时候，奶奶都会循规蹈矩地说"不可以乱花钱哦"，然后掏出一枚一百日元的硬币塞到我手里……

　　回想起来真是不可思议。R9 时当我得知了奶奶的死讯，只是觉得因此就被叫回老家麻烦得很，而对"死"这东西本身并不抱有任何实感。七十七岁的老人会死是极其理所当然的事，没有什么特别值得感慨的吧……哪怕是在道别仪式上端详着逝者的遗容，心里也未曾有过半点触动。绝不会像现在这样，沉浸在童年的回忆中。

　　或许因为这次是重赴者了，了解了奶奶确切的故日，才有了如此这般的感想吧。但也有可能是受了由子之死的影响。因为自己有了置人于死地的经历，所以对人的生死之事变得敏感了……

　　除了跟天童和小妈，跟鲇美我也得打一声招呼。那天入夜后，我随便找了个外出的理由，到公园里去打公用电话。

　　"您好，这里是筱崎家。"接电话的是她母亲。

　　"哦，我是毛利。前些天打搅您了。"

　　同往常一样套路性地寒暄几句后，就该换鲇美来接了——然而今天，在那之前还有一关等着我。

　　"对了对了，前些天，你刚走，有个电话打到我们家，听声音是个年轻的女人，问我毛利先生在不在。"

是由子。果不其然——听了对方的话，脑子里头一个冒出的便是这想法。于是，我就事前准备好的辩词开始进行陈述。

"啊，是，后来我也听说了，实在不好意思，阴差阳错地没有接到……是大学里管事务的人。那天我正好有急事要处理，本该上午就办完的，结果没等抓到管事的人就到了该出门的时间，所以我把您那边的电话留给了对方。我想也是给您添了麻烦，不过那件事也确实是紧急。是学分的计算出了问题。"

"原来是这样啊，哎呀，这么说当时生拉硬拽也应该把你叫回来呀！"

"不不，最后发现是她们算错了，所以也就不需要我瞎着急了……让您费心了，不好意思。"

"没有啦，我以为一定是……听那女人的口气，感觉像是之前和毛利先生交往过——真对不起，我怎么就往这个方面想了呢，所以在跟鲇美说之前，我觉得应该先问问毛利先生。"

换句话说，这件事还没有传到鲇美耳朵里。由于知道由子把电话打到了筱崎家，所以在杀了她以后，我便做好了鲇美会打来电话盘问的心理准备……但现在看来，已经没什么好担心了，她妈妈始料未及地替我化解了此事。我站在电话亭里，明知对方不在眼前，仍然无数次低下了头。

如今得到了她妈妈的认可，线路终于被转到了鲇美那边。

"喂喂，是圭介君吗？出什么事了？你那边的声音怎么那么小啊？我昨天也给你打电话来着，录音功能都没开。"

"哦，那个，其实我回老家了。"

"你老家是在……冈崎吧？怎么了，突然？"

"对……是因为我突然想起来了，我奶奶，九日，也就是大后天，去世了。所以，为了赶着见她最后一面，我就尽快赶了回来。"

"是吗。我觉得，挺好的。"

"所以，因为葬礼和里里外外的一些事，我可能还要在这边待上一段时间。"

"嗯，那好吧，偶尔也应该尽尽孝心……但其实人家是想让你早点回来的。"

"我知道……哎呀，对不起，快没余额了。那就这样吧，我爱你，鲇美。"

"我也是，再打电话——"

没等她讲完，线路咔嚓一声断了。我把用光额度的电话卡遗弃在公用电话里，自己回了家。

打过电话的翌日，三月七日星期四，我去医院里探望住院的奶奶。奶奶的脸瘦得好似骸骨上贴了一层褶子，不过在见到我的那一瞬，她笑了。她的意识还在呢。

然而，奶奶还是在九日命中注定一般地去世了。经历了十日的守夜，葬礼于十一日在雨中"如期"举行。和尚领着自己的孩子来为奶奶念经；一个我表兄弟的小学生因腿脚麻痹跌倒在地上——一切都秉承了 R9 时的记忆。唯有一点与上次不同：我的返乡以及在奶奶临终前去探望她的事，在亲戚们当中成了话题，他们都说，一定是奶奶把我召唤回来的。这次虽说发挥了重赴者的能力，却并没有什么特别值得留心的。不知怎么，一旦涉及了这类问题，所有人又都不觉得预知能力有何稀奇。

由于处理奶奶的身后事需要人手，此后的一周我继续赖在老家不走。

尽管十一日那天，整个世界都被泪雨缠身，一夜过后却是晴日连连。虽说气温比上周有所下降，但那不过是寒潮在春光乍泄之前的回光返照，邻家院子里的梅花已迎来了盛开的时节。

三月十六日星期六，在这一天，我决意返京。不能无休止地赖在乡下，差不多是时候回东京了……

那天天气异常寒冷，全天稀稀拉拉地下着雨。心里想着等雨停了便动身，结果却是把启程时间一拖再拖，直到大相扑比赛见了分晓，我才依依不舍地离开了老家。

列车于晚九点过后抵达东京站，而等我返回落合的公寓时，已经夜里十点了。

推开门的瞬间，一股刺鼻的味道扑面而来，是腐烂的味道——尸臭？是由子的尸体腐烂了？虽然在一瞬之间产生了如此联想，却并非如此。是返乡前忘记丢掉的垃圾发臭了。

时隔两周再次回到栖身之所，我开窗换气，打开了所有的灯。自己曾经犯下的罪证，在这间屋里已变得无影无踪。

不会有事的，我在心里对自己说。不会有事的，出路总是有的。一定能逃过十月，对此我渐渐有了信心。随后，我决定马上与天童和鲇美取得联络，向他俩汇报返京的消息。

天童对我返京一事本身并无过多感想，但对我沉稳的语调予以了肯定。"看来是没问题了。"

"是啊。"

我们彼此间的信任，全部浓缩在了这只言片语当中。

我又拨通了筱崎家的号码。

"喂，您好，这里是筱崎家……呀！是圭介君吧？"

接电话的是鲇美本人。她说自己刚刚出浴，并在按下转接键的片刻之后（大概是回到了二楼自己的房间），再次接通了线路。

"不好意思啊，让你久等了。你回来啦？"

"嗯，刚回来。"

"奶奶……有好好去看她吗？"

"嗯。"

"要是你提前说一声的话，没准儿我能陪你一起去呢……但那么做会不会反而不太好啊？如果奶奶见了孙子领着女朋友回来，能觉得再无牵挂就好了，但也不一定会那么想……"

我留意着不让她听见，深吸一口气，又叹出去。要是领鲇美去见奶奶，奶奶应该会很欢迎吧。但问题在于，一旦带她回了老家，就不可能让她只见奶奶，势必还要把她以未婚妻的身份介绍给家里人。到时候家里人和亲戚会说些什么，想想就觉得厌烦。也包括那些闲言碎语在内，大概都正合鲇美的心意吧，不过我可不想自讨没趣。而且不光是这回，等到了 R11 最好也躲得远远的。

"现在约可能急了点……明天，能见个面吗？"我说。

"好啊！"就等你这句话呢！她欢快的声音似乎在这般说。

我和她约好午前在池袋西武的 LIBRO 前碰面，之后挂断了电话。

明天的约会，我打算把它当作自己复出前的最后一项考验。

两周未见，鲇美看起来还是那么清纯可爱，超凡脱俗。我坦白地这样跟她说，于是——

"没一句实话，是不是在那边干什么对不起我的事了？"

"我有那么不成体统吗？"

"有那么一小点儿。"

我们有说有笑的，从她的态度里我感受不到任何不安稳的东西。

最后的考验被安排在了后街的情人旅馆里进行。将女人按倒在床上的触感、纠缠不清的手臂、白皙的脖颈、呻吟声、女人身不由己晃动的双腿——尽管充斥着各种能令我联想起"那时"的感官要素，我却自始至终不曾懈怠，照常行事。

如此看来，自己是身心无恙了。处乱不惊地通过考验后，让生活回归正轨这件事总算有了眉目。我把脸深深埋进鲇美裸露的胸前，露出了满足的微笑。

2

三月十九日的早晨，我躺在床上，回顾起了自己迄今为止的经历。

起初是被告知了重赴这一梦幻现象的存在，而这在不久之后便成为现实。尽管只有短短十个月的溯行幅度，自己姑且被赋予了掌握未来记忆的优势，以及可将人生重新来过的机遇。

如此条件下，我首先靠赌马入账了几百万日元。在赛马场小试牛刀之后，我在未使用重赴者特权的情况下，把筱崎鲇美这个令人无法拒绝的姑娘追到了手。

至此为止，在 R10 获得了重塑的人生可谓一帆风顺。然而现在，一觉醒来，我却在逃避自己犯下的罪责中惶惶度日。命运的齿轮究竟是哪里出了差错，而那差错又是在何时生于何地的呢？

事到如今再考虑这些也是于事无补，可我却纠结于此无法脱身。

恍惚之间电话响了，我的思考就此中断。会是谁打来的？我提起话筒。

"喂，是毛利先生吗？"是个陌生中年女性的声音。

"是毛利圭介先生吧？"那声音再次问道。

到底是谁呢？

"是我没错……"

"我这边是横滨的'湾岸之眼'侦探服务社，因为有些事情想询问毛利先生，所以特此致电到您家。请问您现在方便吗？"

侦探社——是在调查由子失踪一案了。终于找上门了。

"哦……那个，请问是什么事呢？"

"毛利先生，您应该认识町田由子小姐吧？"

"啊，是，算是吧。"

"你们曾经交往过。"

"啊……算是有这么回事吧。那个——"

我边答边让大脑全速回转。按理说，在接到电话的那一刻，自己对由子身上发生的事情应该一无所知。这时，一个自称侦探的陌生女性毫无先兆地打来电话，没深没浅地质问起自己的个人隐私——这种情况下，如何应对才是自然呢？

"但是现在没有在交往，是吗？"女侦探继续问道。

"这……我这边倒是无所谓，没什么不能告诉你的，不过你的问题并不仅仅牵扯到我一个人，而且突然被不认识的人要求回答这种涉及个人隐私的事，这要我……怎么答呢？那个，话说回来了，您这是在调查什么呢？是关于町田小姐的？"

"说的也是，失礼了。那么首先从我们这边的调查目的说起吧……町田由子小姐，最近一段时间以来，去向不明了。"

"啊？由、町田小姐吗？呃——这是什么时候的事？"

"从本月三号开始。"

"三号——哎？两个星期以前吗？"

我一面如此应答，一面拼命回查自己的回复中是否存在突兀之处。还好，到目前为止应该问题不大。

"毛利先生以前和町田小姐交往过，现在是分手了吗？"

"是啊，应该是……一个半月以前……分手的吧。实际上，我们只交往了三个月。"

"听说是毛利先生提出分手的？"

"啊，算是吧……没错，是这样。"

"那么您和町田小姐最后一次见面是在什么时候呢？"

"这个嘛，我记得是在……一月的……应该是，最后那几天吧。"

"那么在二月九号那一天，您是否跟町田小姐，还有一位姓久保的女人，在岸根的公园见过面呢？"

"哦，对，没错，那是最后一次。"

连这种事都调查清楚了。

"打那以后就再没有了？连电话也没有吗？"

"啊，是啊，完全没有了。"

在对方看来，像我这样一个和由子分道扬镳已超过一个月的前男友，和她的失踪之间存在关联的可能性，应该是微乎其微吧。接着，女侦探又像在唠家常一样打探起来。

"从上周开始您家的电话就一直打不通，您出门了？"

"啊，对，我回了趟老家。"

"哦，这样啊，那是什么时候的事？"

依我看，对方不过是顺带一问，并非别有用心，但这个问题问得实在要命，我不由得在心里打了个冷战。

"呃——三号？还是四号来着……反正就那两天。"

在日期上做手脚只会把事情搞砸，于是我如实告诉了她。

片刻的沉默后对方说："三号是星期日……町田小姐正是在那天去向不明的。那么毛利先生呢，那天还待在东京吗？还是说已经返乡了？哦，我这么问并不是在怀疑您啦。"

既然如此又何必多此一问？尽管如此，我却从对方的质问中寻见了活路。

"呃，三号那天……还在这边，没错。我和女朋友——哦，是和现在的女朋友，约会来着，在三号那天。然后第二天，四号，我回的乡下……就是这样。"

从到此为止的盘问流程来看，对方似乎认为由子的失踪属于自发性的行为。换句话说，对方是怀疑由子和某个男人混到一起去了，而我作为候选对象便有了嫌疑。既然如此，我便应在此明示自己已有了新的女友，从而进一步削弱对方的疑虑。

"是这样啊……我明白了。非常感谢您的配合。"

或许是战术奏效了吧，女侦探如此说罢便挂断了电话。

放下话筒，我喘了一口大气。好在这些都发生在了电话里，如果是当面交谈，我那挖空心思去掩盖的窘相，不令对方起疑才怪呢！

你的修行还远远未够啊，我对自己说。你那是在战战兢兢地干什么呢？自己掂量着点，怯懦就是那让千里之堤毁于一旦的蚁穴。但是反过来说，只要克服了这点，你就无所畏惧了，振作点……

我想起了那晚天童对我说过的话。

"你是个相当有魄力的人。"

"你是这世上的极少数，是赢家那一边的人。"

赢家……赢家……这两个字在我脑海里盘旋。回过神来，方才那种自怨自艾的心情已被一扫而光。全身的感觉随之清澈敏锐起来，甚至觉得凉飕飕的。

失败是不被允许的，我切实地感到。一定要战胜由子的亡灵，战胜刚才的女侦探，战胜警方，战胜自己，然后，去 R11……

事实上，以此刻为界，我认为自己已重获新生。并非在将由子杀害的瞬间，或是几小时后被天童暗示为赢家的那一刻，而是在那起决定性事件过去半个月后，当我明确意识到自己对于"胜出"的渴望的此时此刻。

假如是为了在截至十月的这场人生游戏中胜出，我将无所不至，无所不能。现在的话，哪怕是杀人我也能够心平气和吧……

自信由内心深处喷涌而出，涨满了全身。那是在此之前不曾体验过的感觉。

3

进入四月后，我和鲇美还像从前那样每周约会一次。看她那样子，丝毫没有察觉出我犯下了杀人的重罪。

我在钱包里放了一张樱花赏的中奖马券。尽管在这个世界已经不需要赚钱了，我还是买了一万日元以备不时之需。有了这一张券就相当于有了二百二十万日元，如果情况有变，急需用钱，将它兑现即可。

至于"湾岸之眼"侦探服务社，自那以后便没了消息。

新学年的课程已经正式开始。同 R9 时一样，我如愿以偿地进入了上松教授指导的研修班。教授为第一堂课指定的参考书目在 R9 时均已读过，但我生怕说自己读过会对历史造成影响，于是装作一概不知。如此下去，毕业论文也能够轻松过关吧。

原本 R9 时耗费在学习上的时间，这回可以全部拿来不务正业了。只要不把这条命搭进去，不论输成什么样都还可以悔棋。有了这次的机会，想要体验的事情堆积如山。国内外想去旅行的地方数不胜数，也想在高空跳伞和帆船运动上一试身手。还想踏进高尔夫球场试试，对船舶和直升机的驾照也有兴趣（而去到 R11 后驾照便将失效，但学到手的技能不会消失）。

　　但是，身为重赴者应尽量避免招摇过市，而我又有由子一案在先，就更应当对这些引人注意的行为格外小心。跟风间学习驾驶直升机自不必说，对海外旅行也必须得敬而远之。相对而言还算现实的，就只有国内游和打高尔夫了……

　　就在我进行上述思考的四月十六号傍晚，池田打来电话。

　　"喂，毛利君？我是池田啊。我最近刚刚搬了家。"

　　那声音听起来稀松平常，他还不知道我杀了人。他要是知道了，会怎么想呢？还会把我当成同伴，像现在这样对待我吗？

　　"还是重赴前的老地方。咳，虽说到了这边以后也赚了些钱，但不是有话在先嘛，得保持原有的生活方式，再说我对住这里也没有不满……电话号码还跟以前一样，还记得吗？"

　　"记着呢。"

　　我将那号码背诵了一遍，池田听了表示钦佩不已。

　　后来闲聊的时候，我提出想跟他学打高尔夫球。

　　"之前打过吗？"池田问。

　　"那个，没进过高尔夫球场，只做过挥杆练习。"

　　"那咱们就先去一次练习场，等练得差不多了我再陪你进场地。"

　　"那就听您的了。"

　　能得到职业教练池田先生的指导，自然再好不过。我们约定随后的那个周五去参观他的新居，顺便到练习场开一节高尔夫球课。

表面上一切风调雨顺，然而在暗地里，事态却"有条不紊"地发展着。

四月十九号星期五，过了早九点我便出门，乘地铁在浅草站下车，比约定时间十点提前十分钟到达了池田的公寓。他的房间位于可以俯瞰隅田川的高层公寓的十层，比起风间的新居虽然略显逊色，但窗外景色甚好，两居室搭配厨房、起居室的格局也相当宽敞。

"这房子还挺不错吧？"池田笑眯眯地自夸道。我会不自觉地认为，这些都是他拿重赴者的特权换来的，但既然他在 R9 时便已住在这里，想必他的收入原本就很可观。

喝过茶后我们出了他家。把高尔夫球包丢上车，驱车三十分钟来到一家他不常去的练习场——去他上班的地方将会产生课时费用。

虽说是工作日，又是白天，练习场里仍然挤满了人。等待了大约十分钟后，我俩进入了空出的打击位。而本着为我指导的初衷，池田一球也没有打。

最开始时，我并不能自如地将球击出，但是渐渐地，也能打出正前方的高飞球了。

"你挺是这块料嘛！我看照这样下去，很快就能上场地了。"

打了将近一百球，打到手套破了窟窿，课程告一段落。我们在锦系町的荞麦面店吃过午饭，返回吾妻桥的公寓时，已经下午两点多了。

进屋后，池田很快打开了电视。

"家具都是新买的，觉得应该稍微奢侈一把。"

新买的大画面电视里正在播放综艺节目。我在舒适的沙发上坐下，感觉自己也挺想住在这种地方，有一搭没一搭地看着电视。演播室里，几个三流演艺圈人士正围坐桌前，眉飞色舞地大发议论。屏幕右下角用煽情的字体打出字幕：繁华街光天化日之下拦路杀人魔！上市公司社长遇害之谜！

我觉得事有蹊跷，下意识地对照了 R9 的记忆。这起事件并未发生在 R9！就在我猛然意识到令自己诧异的原因并开始紧盯屏幕时，画面一转由演播室切到了现场，栏目记者手持话筒以极快的语速播报起来。

"那么，现在我所在的位置就是事件的发生现场了。依傍着涩谷的宫下公园，这条大街一直以来都是众多行人前往车站的必经之路。遇害者乡原俊树先生今日中午十二时过后携同数名部下走出了那边的一栋大楼，正徒步走在这条大街上——"

遇害者乡原俊树？莫非……是乡原老人！？

"啊！"池田在旁边泄出一声，"毛利君……"

"请稍等一下！"

如今来自现场的报道比什么都重要，我打断了池田的话，全神贯注地观听电视中淌出的信息。

据记者报道，今天中午十二点多，乡原老人在涩谷站宫益坂下口宫下公园旁的道路上行走时，突然遭到迎面走来的某人袭击。行凶发生在一瞬之间，当同行者发现情况异常时，乡原的胸部及腹部两处已被匕首深深刺伤，大量出血并当场倒地。凶手徒步朝车站反方向逃逸，至今未被捉拿归案。据目击者证言，凶手用棒球帽和面罩遮住面部，年龄为二十几岁至四十几岁之间，身高约一百七十厘米，体型健壮，穿黑色革面运动夹克及偏黑色牛仔裤。

画面再次回到演播室，三流演艺圈人士之间滔滔不绝地说着未经过大脑处理的胡言乱语，唯有一位持律师资格的男子，他的言论还算靠谱。

"通常来说，拦路杀人魔的行凶对象多为妇女儿童，因为他们会下意识地挑选比自己弱的人下手。而在本次事件中，被害者不仅是男性，还有好几位随行人员。从以上两点来看，被害者并不十分符合无差别袭击对象的条件……诚然，目前还无法进行任何定论，但是这次的行凶在性质上很可能不是无差别的，而是一起针对遇害者个人的、有计划而为之的杀人事件。"

关于事件的报道就此告一段落，我转向池田。

"明摆着是杀人案嘛，这次。"

"是啊……十二点多，咱们正在去荞麦面店的路上。"

池田说罢昂首望向空中，神态宛如一只年迈的海龟。

重赴者的同伴当中，死者已有四人。只不过，第一位死者高桥显然死于重赴时世界舞台的暗转。他的死并无疑点。而死因存疑的，这回乡原一案已是继横泽和坪井之后的第三起了。

但这次，凶手的行动着实大胆。

　　横泽一案，行凶是借着夜色，且有前一周的连续纵火事件做掩护，使得世人并未意识到凶手的目标在于横泽家（特别是横泽先生的性命），以此告终。

　　至于坪井一案，行凶是在日落以后，发生在进行过隔音处理的别栋内部。由于凶手巧妙地伪装，案件最终被断定为自杀。

　　在头两起案件中，凶手都给人以谨慎行事的印象。然而这次，凶手却堂而皇之地在众目睽睽之下顶风作案，稍有闪失便可能被当场拿下。

　　这种手法上的差异，意义何在呢……

　　“从事件发生到现在不过两个小时，而凶手似乎还没有被捉到，说不定还会出现新的目击证人，最终促使凶手被捕。”

　　池田是在尽量乐观地预测案情。当然了，这种可能性不是没有，但我认为事情绝不会朝这个方向发展。没什么依据，非要说的话，是直觉。

　　“对了，得和其他人取得联络。”我想到便说。

　　“嗯，说的也是。”池田说罢迅速起身，走到起居室门旁的电话台前，拨过号码后暂且靠在了那里。

　　“风间先生似乎不在。”

　　他一度撂下话筒，又把电话打到了天童的办公室。这次对面像是接了。

　　“喂，您好，我是池田，请找天童先生听电话……哦，你好，我是池田。”

　　一边听池田讲话，我的思绪绕回了凶手的样貌上。

二十几岁至四十几岁之间，身高一米七上下，体格健壮。

此人假如就在我们中间。

池田有不在场证明。鲇美是女人，不在讨论范围之内。天童不可能被看错成一米七。大森也不太可能被误认成一个身材魁梧的人。而我，自然不是凶手。

只有风间符合标准。凶手是用面罩遮住了下半张脸，那难道不是为了隐藏胡须这一面部特征吗？越想就越觉得可疑。

然而，凶手又不可能是风间。他在横泽出事时去了海外。在上次的聚会上，他甚至有意主动出示不在场证明。而他给出的"绝不会冒着可能被捕的风险从事犯罪行为"这一理由，也具有充分的说服力。

"是啊。毛利君现在在我这里。"

听到有人喊自己的名字，意识自然而然被拉了回来，开始听池田讲话。

"明白了，那我等你消息。"池田讲完放下话筒，对我说，"他说忙完了工作就过来。毛利君呢，今天过会儿可有什么安排？"

"哦，我没什么。"

"那么，天童先生最早也要过了傍晚才到，等他来了你还在这儿吧？这样一来包括我自己在内，今晚就有三人可以参与讨论。大森先生和筱崎小姐应该还在班上……总之，现在就先这样吧。"

眼下就没有什么别的力所能及之事了？

"对了，刚才的节目……要是录下来就好了。"

我灵机一动说道，于是池田也点了头。

"说得没错，那就把傍晚那档新闻录下来好了。"

4

下午五点，正在录制民营电视台的新闻节目时，天童的电话先到了。快六点时，他本人到了。

"凶手还没有逮到吗？"一直是西装革履的那个身影在屈身穿过房门的瞬间向我问道，随后又看向池田，"和风间联系上了？"我俩都只有摇头的份儿。情况和两点多时相比，几乎没有变化。

回到起居室，天童直奔屋子中央的沙发坐下，把夹在腋下的报纸往桌上砰地一放，双手抱怀，"嗯——"地沉吟一声，强大的存在感已然盖过了主人池田。

"报纸在来这儿的路上已经看了，广播也听了。事件本身应该属于比较单纯的一类。诡计什么的都没有，不过是捅两刀就跑罢了。被害者死亡，行凶者在逃……但是有些东西只有咱们知道。被害者乡原是重赴者，而在十名重赴者当中，算上乡原死者已有四人。警方正因为不知情，才会把横泽和坪井的案子分别对待。尤其是坪井那桩案子，在被盖棺论定为自杀后，他们就更不可能把今天的事件与之前的放在一起调查。或者，他们找到了某些证据可以将这三起事件连在一起，但即便如此，那帮家伙也绝对不可能搞明白这三个人是怎么被盯上的。但咱们都很清楚。"

天童刚一露面就长篇大论起来，池田俨然已被他的气势压倒，而我因听说过他曾将警察晾在一边独自解决事件的事迹，反而觉得他施展侦探本色的时候终于到了，心中充满期待。

"说起来，这算是与 Missing Ring 正相反的情况吧。"

"Missing Ring 指的是？"我当即提出一问。

记得推理小说中，侦探福尔摩斯身边有位助手华生，遇到搞不清的情况便会向侦探逐一提问。

"直译过来是'缺失的一环'，在推理小说中，专指连续杀人案的被害者之间有不为人所知的联系。乍一看是一连串毫无规律可循的案子，但在深入调查之后，发现被害者之间存在着某种关联性，进一步调查有哪些人拥有杀害所有人的动机，便可查明凶手的身份——就是类似这种小说。相比之下，咱们遇到的事件——高桥的事故先另当别论，那个怎么看都是一场单纯的事故。除此以外，横泽、坪井，以及今天的乡原，在考虑他们的案子时，咱们从最开始就很清楚这里面的共同之处。所以也就不存在什么 Missing Ring。但是警方不知道，而咱们又不能让他们知道。因为不能泄露了重赴者的秘密，所以咱们只能在失去警力支援的情况下，靠自己找出真凶了。"天童自嘲地用鼻子叹了口气。

"光靠咱们自己……能把凶手找出来吗？"池田底气不足地问。

"只有一搏了。况且我这边已经收集了一些材料。"天童明确地表示，"说到底，咱们是重赴者这件事凶手不可能不知道。对内情了如指掌的人还能有谁呢？首先是咱们自己——"

天童使用了与我刚才一样的排除法，首先将风间以外的五人从凶手候补上撤了下来。

"问题就在于风间。动机的话，他也不能算是没有……他之前就曾表示过，在保守秘密这件事上，横泽和坪井不可全信。然后，这次轮到乡原了。那位大爷不是说过吗？秘密似乎被老伴儿觉出来了。所以，把有可能泄露秘密的人一个接一个地杀掉，这么想就说得通了。可是啊……"

话到此处突然断了，两只泛着凶光的眼睛正死死瞪着我。"说到泄露秘密的次序，你在乡原前头，不管怎么说都是个前科分子。"那眼神像是这个意思。

"假如秘密丝毫没有外泄的话，嫌疑人就只可能在咱们当中，风间将自动成为凶手。可是当真如此吗？据我猜测，R8 和 R9 时应该也有过类似乡原这样的人。然而，这并没有妨碍风间邀请咱们，这说明这种程度的问题早就被他预料到了。如此想来，这回他同样没有必要急着杀人，再说了，如果他真的那么讨厌泄露秘密，当初又何苦邀请咱们呢？"

"也许……他就是为了要杀咱们，才引咱们来这个世界呢？"

池田来回扭着脖子，似乎连他自己也不清楚自己在说什么。我也觉得他的话里有些说不清道不明的东西，却又说不清楚那具体是些什么，最终只感到一阵焦躁。

"就辩论技巧来说有点意思，但没什么实际意义。"天童摇了摇头，"想杀咱们的话，没有必要非把咱们领来这里。直接在 R9 把咱们都解决了，这样省事得多。在回龙亭会合之前——不，在打预言电话之前，在咱们之间还没有产生任何联系的时候就下手。这样一来就算横泽死了，坪井也死了，咱们也不会有所警觉。跟现在不一样。横泽死了，坪井也死了，这次就连乡原也被杀了，那么下次是不是就该轮到咱们了？提高警惕了……没错吧？把咱们带来这边，就没那么容易下手了。这岂不是连半点好处都没有吗？"

"就是这个好处……"池田不紧不慢地讲起来，"听说坪井君被杀的时候我突然想到的。但因为这想法太不现实，我一直没说出口……是这么回事，我想他大概就是自杀的吧，但其实没有打算寻死。"

"什么意思？"天童问。他一旦皱起眉，脸上的凶相就恶化几分。

池田看似在斟酌语言，过不多时讷讷说道："在坪井君眼里，风间恐怕是等同于神的存在吧。他是信了那个人的话才乘上直升机，并当真回到了过去。听他的准没错……坪井君心里一定是这样想的。而对这样的坪井君，倘若风间在他耳边吹一阵风……说其实重赴者是不死之身，不信的话一试便知。坪井君听了心想，既然是那个人说的，就一定不会有假，赶紧试试吧——没多想就吊了脖子。以上便是我的推测……如果那起事件真相如此的话，这种杀人手法成立的前提，就是风间要让坪井君参与重赴。换句话说，这不就是把人带到这边来的好处吗？"

我听完犹如尝到了脑髓麻痹的滋味。真实与否另当别论，亏他能想出这个法子。我对池田另眼相看了。

"有点意思，"天童笑着说，"但我仍无法予以首肯。"

　　我反应了一瞬才明白他说的是"首肯"二字，而天童已借此空当讲了起来。

　　"说一些细节的部分。假如风间能耍这一手的话，他就同样能制造不在场证明。他可以先出国，然后打一通越洋电话，怂恿坪井自杀——换作我，就这么干。但至少在坪井那个时候，他没说自己有不在场证明……对吧？说到不在场证明，横泽那个时候，我记得他反而主张自己人在海外吧？所以，如果要把风间想定成凶手，就必须得让他的不在场证明站不住脚。

　　"不，在那之前还有一个根本性的问题，风间应该从来就没有想过要杀咱们。你们想想看，假如说，他是因为某种理由对咱们怀恨在心，为了方便下手把人领到这边，现在正按部就班地杀人……但是，那家伙可是打算永远重赴下去的，是从一开始就决定要去 R11 的。那么到了 R11 以后，咱们还在那儿活得好好的。假使在 R11 他又把咱们斩尽杀绝了一遍，等到了 R12 咱们又活了……是不是？怎么杀都没意义吧？何况对于一个能够反复重赴的人来说，人的生死根本不足挂齿。他会上心的只有攸关自身的问题……再者，就是秘密泄露与否这种程度的事了……不是吗？"

　　想来想去，我点了头。的确一如天童所说。

　　随后，池田也表示出认同，连连点头。

　　"OK，那么凶手首先不在咱们六人当中。这种情况下，凶手就是外敌了。对方知道咱们的底细，知道世上有重赴者存在，更知道重赴者分别是谁……符合以上标准的人，有谁呢？"

"果然是横泽或是谁泄露了秘密吧。"池田答。

"不，要是那样的话，对方能够知晓的，恐怕仅限于重赴者的存在、咱们的姓名，以及咱们当中一部分人的电话号码。至于每个人的地址，我想对方应该没有能力调查清楚吧。当然了，这还要看泄露秘密的人是谁，比如要是从毛利那儿泄露出去的——你应该知道所有人的电话吧？"

话锋突然一转，我语无伦次了。

"哦，这个……可能吧，大概。"

实际上也是我走漏的消息……对由子。而由子……

由子又把秘密传给了别的什么人？

如果这条思路正确的话，为了查明真凶，我便不能再向大家隐瞒此事。要把自己杀了人的事，告诉池田——也告诉鲇美……

天童的话锋最终将转向哪里？我抱着忐忑的心情，倾听话的后续。

"到目前为止，被杀的是横泽、坪井，还有乡原这三人。从行凶地点来看，横泽和坪井是在各自家中，乡原是在公司附近，可见凶手对此了解得十分清楚。那么，这些信息究竟是如何落入他人之手的呢……就算是掌握着最多情报的毛利，恐怕也并未了解得如此详尽吧？"

"嗯，没错。我知道的也仅限于他们三人家里的电话、横泽先生上班的地方，以及乡原先生担任社长的那家公司的名称。"

"其中的一部分是我在R9调查后告诉他的。"天童向池田解释说，"R9时我曾调查过哪些，又不曾调查过哪些，我都证明不了。你们如果要怀疑我曾调查过横泽和坪井的住处，我也无话可说。不过在我看来，事到如今再说谎也无济于事，所以希望你们能够相信我。我所了解到的，只有在回龙亭得到的那五张名片上的内容，然后就是关于乡原的公司，还有到了这边以后被告知的风间的号码，就这么多了……这样想来，最可疑的果然还是风间。"

我原以为，天童转变话题是为了不去谈及我杀人的事，然而"走漏风声的很可能是风间本人"又像是他真实的想法。

"我是想说，风间会选中咱们，这到底是不是偶然呢？若按照他的说法，他是随手拨下的号码，凑巧打到了咱们这里。他该不会是胡说的吧？这事一直在心里揪着我。"

"万一不是凑巧的话？"

"在那之前他就调查过咱们，知道咱们长什么样，知道咱们住在哪儿。电话号码倒是次要的，只要扒过信箱，拆开电信局的收据，号码就印在那上面，轻松搞定。不……说得再直接一点，这些都没有发生在 R9 也有可能。比如说，R5 时就相识了，没准儿还在酒馆里意气相投呢，然后互相交换了住址和电话。总之，对于风间来说，事前调查的机会要多少有多少。等全都调查清楚了，再跟咱们说是随手拨的号码，偶然打到你那儿。咱们哪可能知道这是真是假呢？只能信了。或者说，正因为有这种可能性，我才忍不住要去怀疑其中的缘由……唉，这种话，也就是事到如今才说得出口。过去难得有这种风间缺席可以畅所欲言的机会。"

天童说罢，叹了一口气，无奈地耸了耸肩。

"唉，罢了……所以，如果当真如此，咱们的住址、职场，所有的这一切，风间原本就知道的话，那么秘密就是从他那儿泄露的，或者也可能是故意被他泄露出去的，总之这样考虑最合乎情理。凶手是如何搞清的横泽的住址，又是如何搞清的坪井的住址，这将不再是一个谜。"

"可这又是为了什么呢……刚才天童先生自己不是也认同了吗？说风间不可能是凶手，杀了咱们也没有意义。"我随口说道。

"而且非选咱们不可，这又意义何在呢？"池田也抛出一个疑问，"假如咱们不是被随机抽选的，那么这九个人凑在一起，想必有什么含义吧？这么一来，刚才你说的那个 Missing……什么来着？"

"Missing Ring。"天童当即说，"嗯，的确是会牵扯到这个问题。假如他是在对咱们知根知底的情况下打的电话，为什么非选这九人不可呢？其实咱们之间存在着连自己都察觉不到的共同之处，就是因为这个才被风间选中的——但是我刚才考虑的不是这个。简单地说，在把咱们当作访客进行接触之前，那家伙大概已经调查了咱们是否可信，换句话说，咱们是不是那种会泄露秘密的人——这才是我刚刚在考虑的。因为要是随意抽选，难免会让四处散布预言的得意忘形之辈混进来。而对于这种人，风间应该是唯恐避之不及的。所以，在个别观察的基础上，对每个人的可靠程度做出判断之后，再决定是否拨打预言电话，我认为他会选择这种方式的可能性非常之高。但是，如果直说曾在暗中做过调查，咱们听了心里肯定不会好受，恐怕就是因为这个，他才改口说是随手拨的电话。当然了，这和这回的事件没什么关系，然而就在我这么想的当口上事件发生了，所以我自然会认为，消息是从风间那儿走漏的。

"至于毛利指出的，风间不可能杀咱们这个问题——我刚才想说的是，他对咱们应该是没有杀心的，不会蓄意杀咱们，但除此以外，对咱们的死活并无所谓。或者就像我刚才说的，他对他人的生死不感兴趣。虽说不是非杀不可，但也不是非活不行——并没有想让咱们活下去的意愿，换句话说，咱们是死是活都事不关己。所以，就算是他泄的密，而其他人因此相继死亡，只要自己待在安全圈里就是天下太平……由此我倒是想到了一点。

"这和刚才池田讲的也有关系——简言之，只要风间有意，他就能在他人面前成为神的存在。在打过预言电话并且预言命中以后，他如果提出'只要照我说的做，就带你参加时间旅行'，接电话的人里头应该会有人对他言听计从吧？咱们当初是只接到了一次——还是两次？只接到了两次电话，但如果不止于此，是连续三四次言中的话，那恐怕就不会是像咱们这样的半信半疑，而是创造出了一帮对他忠心耿耿的家伙。这个时候如果他说，不能白带你们去，前往R11的成员已经定下来了，不过……要是他们当中有谁缺席的话，换上你们也未尝不可。然后，他把咱们的姓名住址等一系列信息，全告诉了那帮家伙……高桥是死于事故，所以准确地说是咱们八个的姓名住址。而那帮家伙呢，想要独占恩惠就一定会出现想要大打出手的人。他们当中只要有一个以杀人为代价换取了晋升重赴者的资格，其他人便会争相效仿，其结果就是横泽、坪井和乡原相继被害。我这个想法……怎么样？"

我发觉自己已经下意识地摇了头。"这么做，难道有什么好处吗？对风间。"

"不是挺有意思的嘛，在一旁看着。"

"不会吧……"我接不上话了。

"假如是一人杀一人，每次手法都不同的问题就能解释了。"

"即便如此，还是有问题。"池田插进来，"就算风间是以这种形式把咱们的姓名告知于他人，这当中仍然有着将重赴的秘密大白于天下的风险。万一他们里头有谁没想杀咱们，反而想要尝试同咱们接触，不妨设想一下这种情况。或者因为杀人未遂而被警方逮捕，这种情况也有可能吧？到时候咱们去找警察询问原委，风间的所作所为就全暴露了。受了这种待遇，哪怕是为了给风间一个回马枪，咱们也有可能把重赴者的秘密公之于众，甚至还可能采取更强硬的手段。难道风间会算计不到这一步，仅是为了看戏就干出这种事吗？"

"也对……"天童叹息着说罢，闭了双眼，仿佛又考虑起了什么，却不再开口。

NHK 的七点钟新闻开始了。刺杀乡原的凶手仍然未捕在逃，警方正在探讨其作为拦路杀人魔进行无差别杀人的可能性，与此同时，将案情视作针对乡原个人的重点调查即将展开。

一边看着电视，池田像是突然想到什么似的，说："假如凶手抓到了，警察也会找上咱们吧，为了调查情况。"

"会吧。"天童应道。

"凶手会供出重赴的事吧。到时候，要是查出我或者毛利君拥有与身家不符的巨额资产，重赴者的身份被曝光了……恐怕相当不妙吧？"

"钱是赌马赚的，实话实说就好。谁知道凶手是打哪儿听来的，大概是出于忌妒吧，才编造了重赴者云云的话……装傻充愣就能了事吧。"

凶手逮到了，警察便会找上门来……想到这里我不由得吸了口气。怎么搞的，遇到这点状况就脸色大变怎么成？自己不是已经跃身"赢家"之列了吗？处理过尸体的天童尚且沉稳呢……

凶手抓不到，自己的性命便不知何时会落入敌手；而凶手一旦落网，下一轮就该换自己遭警方调查了，杀害由子的事便不知会从何处露出马脚。

抓不到，头疼；抓到了，头还疼。两难。好在这种状况不会延续终生。我们是有终点的。

还剩半年——只要能逃过十月。

或者，在那之前靠自身之力找出凶手。

假如是那样，必要之时将对方铲除也在所不辞，对此我已有觉悟。

5

后来，我们联系上了风间和大森两人，并说定后天二十一号到风间的公寓再次聚会。

到家后发现有鲇美的来电显示，我赶紧打回去。

"圭介君？怎么一直没人接啊，你今天不打工吧？"

听电话里的声音，并非担心到害怕的样子。

"嗯，一直待在池田那儿来着。本来是去找他练高尔夫球的——"

我首先向她汇报了今天一天发生的事，进而又说到了天童加入后三个人探讨的内容。

"乡原先生，我只和他见过两次面，但感觉他不像是那种会遭人杀害的人啊？是个挺普通的老爷子。"

我想起自己在重赴前曾与他通过一次电话，听他讲述了年少时在防空洞里的一段经历。他比我的父亲还要年长得多，太平洋战争在那一代人身上留下了刻骨铭心的记忆。实现重赴后只想和孙子们一起去逛东京迪士尼乐园，乡原便是这样一位老人。不知他的愿望实现了没有……

翌日星期六，我约了鲇美见面，就我们两个。上周末因为她身体不适，我们没有约会。虽说两周没见了，却不是那种能够放松下来享受久别重逢的心境。

"十个人里有四个都——真的有点不寻常了。"

因为鲇美说想看海，我们便一路来到了东京的最东端，葛西临海公园。一阵强劲的海风吹过，吹起了她的衣裙，吹乱了她的长发。她却丝毫不为所动。

"'何不加入时间之旅？'过去有首老歌这样唱。可是实际接受了邀请，踏上了旅程，却发现那原来是一趟诅咒之旅。"

"诅咒啊——"

我哼笑了一声，鲇美脸上的表情却很严肃。

"说真的，也许八九不离十呢。诅咒这东西，该怎么说呢？也许，历史并不希望自己被篡改吧。这么讲，也还是非科学的……圭介君，你还记得'混沌理论'吗？"

我点头。

"两个世界，不论怎么看都始于同一状态。然而看似一样，却又并非一模一样，存在着些许误差。误差不断增大，顷刻之间便会产生出迥然相异的结果。诸如此类的'封闭系统'，即被称为'混沌'……其中一个最具代表性的例子就是天气，也就是天空中的气象。"

说着，她把视线投向空中。我也随她抬起头。东京湾这片大水洼之上，蔚蓝的天空正以惊人之势扩散向远方。能够令人感到天空是如此宽广的地方，恐怕找遍整个东京也是一无所获吧。这里不该是看海的场所。这里是观天的绝佳之境。

"天气即混沌，'蝴蝶效应'一词很好地解释了这一点。蝴蝶在北京扇动翅膀，纽约受其影响在一周后降下雨水……这种说法虽然夸张，但是咱们作为异分子的影响力，却不是蝴蝶振翅能够比拟的，就算采取和之前相同的行动，气流的运动也会有所不同……不，也许个人细微的动作差异并不足以对世界构成影响，但是将横泽先生吞没的那场火灾，之前应该没有过吧？如果上升到火灾级别，便足以扰乱局部地区的气流，哪怕是从地球整体的气候来看，这件事也已经达到不可忽视的程度。可是从今天的天气来看……又像是没有形成任何影响。前一个世界里是晴天的日子，就算在这边变成了雨天也不奇怪，可是……大概那朵云的形状——虽说在 R9 的今天没来这里——云的形状可能和之前有区别吧。

"所以，我觉得，不只是天气，整个历史的构成，恐怕也比咱们想象的要牢固得多。即使产生了轻微的偏差，也会被自然而然地归位，感觉有某种机制不知在什么地方运作着。怎么说呢……好像凡事都有既定的轨道，哪怕稍许偏离了航线，终归会在不经意间被修正过来。如果想要改变历史，就必须让偏航的幅度超过轨道的横长，造成一个较大的偏差并一度脱轨。如果不能一次性超过临界值，早晚会被自行归位的——

"你说的这种——好像回复力的东西？会不会……就是因为它，大家才被杀了？"

异分子们意图改变列车的行进方向。然而由于推力不足，影响范围无法超越轨道的横向幅度，列车自行回归到了原有的轨道。而在回复力的作用下，之前对列车发力的异分子们，这回被纷纷从侧面弹飞了……

"所以我才说咱们是被诅咒了，是咱们惹怒了历史……高桥先生，只能说他运气不好吧。但是坪井君，在知道自己一定会被录取后，就只顾玩不学习了吧？横泽先生和乡原先生的事，我不怎么了解……"

愣愣地听着鲇美讲话，我在脑海里回放着发生在自己身上的事。

由子那天向我寻求重归于好，从大局来看或许也是"历史的回复力"在背后运作。天童从她的随身物品里检查出了菜刀，或许本该由我顶替乡原成为第四位死者……而在我的个案里，由子本该成为凶手？

这样想下去，那四位重赴者果然是个别死亡，并不存在杀害所有人的凶手，可是……

"总之，只要咱们能活过十月，就能逃到 R11 的安全圈里——"

我想让鲇美打起精神，竭力用明快的语气说道，没想到她反而低下头深深叹了口气。

"去 R11 这件事……圭介君，你有想过不去吗？"

"不是已经决定要去了吗……怎么了？"

"我，去不了了。求你了圭介君，一起留下来吧！"

"哎，为什么呀？出什么事了？什么叫去不了了？"

"是这样……"鲇美忽地移开视线。"我有了。"

我瞬间接不上话来。

"怎么会这样……可我，还是学生呢。"

"所以呢？就要我堕掉？"

"没有……所以，不如去 R11——"话没说完，我愕然。

如果她与我一同乘上前往 R11 的直升机——到时候她腹中的胎儿又该回去哪里呢？今年一月那孩子连受精卵都还不是，根本没有所谓的肉体。

她把双手盖在小腹上。"这里孕育着生命，就在我的肚子里，和圭介君之间孕育出的新生命。去了 R11，这条命就保不住了……求求你，和我——和这孩子一起，留下来吧！没什么钱也不要紧。

钱还是没有的好，只要有圭介君在就够了。没必要重新来过了，今后就这么老去，死去，我都心甘情愿。所以，求你了！别抛下这孩子，别抛下我，为了我留下来！"

事情怎可以如此进退两难……

鲇美是来到这个世界后怀的身孕。尽管还不到两个月，她却已然变得像个母亲了。"绝不堕胎"这几个字就写在她的脸上。叫她坐上前往 R11 的直升机，就等于逼她打掉孩子，她绝不会答应。

可我却不能留在 R10。在这边我是杀人凶手。虽然眼下尚未被人发现，但这个世界的某处确实存在着命丧我手的女尸。不论如何，这个世界都见证了我杀人的事实。若想抹杀这个事实，唯有前往 R11 的世界。

但若双方都不肯委曲求全，答案就只有一个——我离开，她留下。只能这样了。可我又不愿同她分别。

等等。到了 R11 后不是还有另一个"鲇美"嘛，她难道不能成为鲇美的替身吗？

那个"鲇美"对我一无所知。与我共同度过的这几个月的记忆，她一无所有。但她终归还是"鲇美"。

放弃这边的鲇美独自前往 R11，然后和那边的"鲇美"重新相遇，同她建立新的关系——这样就行了，不是吗？

"明白了，我留下，谁让我是孩子的父亲呢！"

我面带微笑地应道，于是鲇美紧紧抱住了我。我抬起右手，用指尖拭去了她脸上的泪水。

6

翌日二十一号，我推掉风间那边的聚会，陪鲇美去了产科医院。聚会上的讨论想必不会超出周五那天三人已达成的共识，何况她的事目前排在第一位。

别看鲇美一副弱女子的样子，其实相当强势。我们在这个世界重逢后不久便有了身体关系，这还有赖于她出人意料地积极配合。而现在回想起来，这原本是因为她嗅出我身后有别的女人（由子），为了把我从她身边夺走才有了那样的举动。

仔细想来，"睡过一次，对方便成了囊中之物"，这种想法源于落后时代的道德观念。而鲇美却意外地持有这个部分。相应地，"有了孩子，对方便只好奉子成婚"，她会这么想也不足为奇。

她真的怀孕了吗？搞不好，那些是为了把我拴在这个世界的演技呢？就算不是有意而为之，也可能是"一旦怀孕了"的愿望令她生出了幻觉——假性怀孕，该不会是这样吧？

我暗自怀疑着，毫无根据地。恐怕这疑心才是我的愿望以另一种形式现身的产物吧。

周日那天我们走访的，是位于目黑的一家鲇美在女性杂志上调查过风评的医院。在无所适从的气氛中怀着忐忑不安的心情，我们把诊疗档案落在了那里。

孕检这种事，男方的陪同任务只到挂号为止，候诊室再往前一步则是禁区——我原本以为是这样，但实际和鲇美走在一起却被放行了。检查期间我独自一人待在候诊室里，无所事事又百无聊赖。没过多久检查结束，鲇美随大夫走出来。注意到我的视线，大夫点了头。

"着床了，刚满三个月。"

其实看了大夫在宣告前的表情，我心里已经有数。鲇美在我身边坐下，挽起我的胳膊。我努力做出温柔的表情，望着她。

我们接受了大夫的询问。负责作陪的男方这下终于也能有所表现了，但具体到我们俩的情况，问题几乎都是鲇美一人在回答。

"两位还没结婚吧。嗯——他还是学生？怎么办？"

"生，这还用说。"鲇美干脆地说，"我们会好好把婚结了，创造出能够生儿育女的家庭环境。他也答应过了。对吧？"

"啊，嗯。"我笑着应道。

预产期暂定在了十二月五号。

我们找了家家庭餐厅，边吃饭边商量今后的事。

首先第一点，婚礼一定要办。但与其说是自己想办，不如说不办就过不去父母那一关，鲇美这样解释。

举行仪式的话，状况并不乐观。等到七月肚子就该显出来了，所以最晚也要在六月底之前。缓冲期只有两个月多一点。这两个月里要订会场、选宾客、备礼品、定服饰等，必须要考虑的事堆积成山。至于新婚旅行，由于新娘有孕在身暂时保留了。能够减免的项目哪怕有一个也好，我在心里也已是谢天谢地了。

鲇美的工作也是个问题。是一鼓作气辞掉呢，还是只休产假和育儿假呢？但不管怎么说，都不能再让孕妇继续工作了。这样一来，便轮到我做出选择，是继续上学还是退学求职。或者，也可以只在今年利用休学制度。

再有就是两人今后的住处，这个问题也和婚事密不可分。目前我和鲇美都希望单过，在这一点上我们是一致的。但这就涉及钱的问题。其实钱的事不论多少都能靠赌马解决，一个孕妇，一个学生，仅供两人吃喝绰绰有余，但对外却不好这样声张。因此，作为一种姿态，我在毕业前暂且以入赘的形式——进入"鳟夫"①状态——寄居到筱崎家中，这也不失为一个好方案。

其实，筱崎家原本就有意将鲇美的结婚对象收作上门女婿。但我是长男，只有一个姐姐还已经出嫁。我们两个结婚，必然牵扯到两个家庭的后继问题。这件事光靠我们两个做不了主，有必要让双方父母——视情况而定还要拉上两边的亲戚——凑到一起好好谈谈。

然而撇下所有的这些，首先不得不做的是——

"我也好，圭介君也好，应该先把这件事告诉家人，说咱们有了孩子，要结婚。"

"你说的没错……嗯——说实话，心里很沉重，但还是要去做，再说时间上也不富裕。"我竭力摆出积极的姿态。

此后的好几天，我都如坐针毡。先是把电话打回老家说明情况，隔着电话被臭骂了一顿。之后第二天去拜访筱崎家，在她的父母面前叩头认错。第三天我父母来东京，我又被迫同行去筱崎

---

① 日本国民漫画《海螺小姐》中的角色，婚后与海螺一起居住在矶野家。

家打了招呼。Bambina 的工作也匆匆辞去了。

　　总之，整个黄金周期间便是不停地协商，协商，再协商，在各种场合就各种事宜进行协商。所有人都各自为政，做出的决定千差万别，为了将这些意见归总，又生出了无数交叉纵横的观点。我自己也不容分说地被卷入了这狂躁的旋涡。不，身为播下狂躁种子的当事者本人，又何谈被卷入呢？

　　倘若人生仅此一次，我恐怕会在半途心生厌烦，面对这狂躁的局面无力奉陪到底吧。我能够承受着，忍耐着，不管怎样都好歹坚持下来，是因为只要在十月乘上前往 R11 的直升机，这一切便将化为乌有，自己还可以从今年一月重新来过——因为还有希望在。

　　每当现实中劳苦压身，我便忙里偷闲，沉浸于梦想，聊以自慰。

　　至于重赴者的死亡事件，我自然没忘。是谁在横泽家放的火，是谁在杀害坪井君后将现场伪装成自杀，又是谁在光天化日之下刺死了乡原老人……

　　鲇美认为这是"历史的诅咒"。可若当真如此，她怀下 R9 时不曾有过的孩子，在被历史抹杀的命运面前岂不首当其冲？

　　这个世界迟早会变得不复存在。我已下定决心在十月弃她而去。那么结果她和死在了这里又有何区别呢？那还不如赶紧去死！省得为了结婚争个你死我活，这样岂不更好？回过神来，我才发觉自己满脑子想的有多可怕。自己是从什么时候起变得如此自私自利了……

　　这样下去可不行。不论怎样利用重赴者的特权去丰富物质生活，如果内心贫瘠了就意义全无了。

　　这次受形势所迫甚至犯下了杀人的重罪，人生已无法挽回。但去到 R11 后，自己一定要在精神上变得更加磊落，我重新下定了决心。

第九章

1

鲇美怀孕和我们要结婚的事，可想而知，在重赴者间传开了。

"不是挺有意思的嘛！"这是天童的第一反应，"不是挖苦你，我指的是孕妇乘上直升机之后。如果是个没出生的孩子，消失了也不算什么——我觉得这样才算收支平衡。但如果是个不满周岁的孩子呢？一月十三号的时候还在肚子里——不如这样，假设那孩子是第二天十四号出生的……所以咱们重赴时，那孩子已经十个月了吧？就假设有这样一个孩子，如果让这孩子坐上直升机去重赴，你觉得他会回到哪里？一月十三号他还是腹中胎儿呢。婴儿哪里分得清状况，之前肯定用肺呼吸，然后突然回到羊水里，结果会怎样？肯定会呛到吧——想到这里，便不免想亲自实验一下。如果从婴儿变回胎儿，大脑需要发育到什么程度呢？如果十月三十号才刚刚出生，一月十三号时既没有人影也没有人形，就算有，也仍处在受精卵的分裂阶段——如果是这种情况，再怎么样也回不去吧。那么变回去的允许范围在哪儿呢……如此想来，重赴的回归期间正好是二百九十天，这同孕期的长短之间搞不好有着什么关联。应该说是设置精确呢——"

天童旁若无人地高谈阔论一阵后——

"话说回来，你有何打算？筱崎不是说想留下吗？"

"是啊。可是我——"

"说的也是。"天童没让我把话说全。我不能留下的理由，他比谁都清楚。"所以说，是要放弃筱崎了。不过，这能成吗？你的那些心思，对方应该很清楚吧？那个女人的话，很可能是装作乖乖被骗，然后等到十月三十日早上，把你死死绑在床上。"天童指着我说。

"应该……没问题吧。"

"不如站在她的角度想想……就算再怎么信得过你，十月三十日那天也绝对不会放你出去，是不是？"

这……或许吧。

"就算你找了再好的理由跑出来，到头来你要去的地方还是会出卖你。在直升机前面，一个说去一个说不去，要是因为这个打起来，就算是我们也受不了。那就只能不管你，我们自己走了，反正要说也没什么关系。"

"不是吧……"我不禁发出软绵绵的一声。

"不过你也可以单雇一架直升机追上来……嗯？等等！"天童

的语调突然变了，"风间驾驶的直升机飞入了极光，咱们进入了重赴……那么，过后如果又有别的直升机飞入极光呢？极光能持续多久，风间也不知道。应该是这样……没错吧？如果极光能够维持一段时间，好比说三十分钟……在咱们浑然不知的情况下，飞进去的另有其人——所以在咱们不知情的时候，有别的家伙从 R9 偷偷重赴到了 R10……这也是有可能的嘛！"

我瞬间没能理解他想说什么，迟了片刻才反应过来。"换句话说……"

"就是把咱们逐个杀掉的家伙。"

天童快口说道，但我仍然觉得自己大脑的转速跟不上他。

"秘密恐怕是咱们当中的某个人在 R9 时泄露的。凶手在得知秘密后提出同行，却遭严词拒绝，于是便在十月三十日那天跟在咱们后头……不对，如果是那样的话，凶手不可能转眼就雇到直升机，再说他也不清楚极光的出现地点。而如果他乘直升机追上来，风间也不可能察觉不到。那人乘坐的直升机若是看到前一架在飞入极光后坠落，应该不会再冒险飞进去。

"所以说，那家伙能够独立驾驶直升机，而且知道极光的位置。驾驶技术可以习得，利用重新来过的人生。一同前往 R10 的要求遭到拒绝，那人便想单独前往。说得明白一点，那人是从 R8 来到 R9 的重赴者中的一位……你怎么看，毛利？"

"你的意思是说……重赴者其实有十一位？"

"如果是这样的话，那人又是如何了解的咱们呢？如果风间在 R8 时也借用了回龙亭，那人便能预测那天咱们将在那儿聚会，若去盯梢便能看见咱们的长相，尾随的话连住址也能查清。或者是重赴后的第一次聚会也有可能，大概上一轮也是在成人之日那天在那儿举办的吧。还有风间乔迁后的新址，既然他说和之前是同一场所，那么只要去监视那间公寓——其实凶手查出咱们住处的机会要多少有多少。"

"可他为什么要把咱们——"

"比如说，想干一些只要存在别的重赴者就干不成的事？"天童与其说是在和我说话，更像是在自言自语。"比如作为一个预言者在媒体前亮相。或者，也有可能是想要取代风间。从 R9 到 R10，已经有过一次独立重赴的经验，所以对那家伙来说，连风间也不需要了。如此一来风间便成了眼中钉，其他重赴者更是多余的存在。那么就趁早把他们都除掉吧。然后，等谁都不在了，自己便可以尝试预言，站在能够决定他人生死的立场上，即神的位置上。神正因为是独一无二的存在，才能够得到唯我独尊的地位。那家伙是想成为一教的神，所以要先除掉立场相同的咱们。"

"如果是这样的话——"

"问风间，他应该知道。但前提是他还记得，从 R8 带到 R9 的都是些什么人。然后，只要把他们挨个打探一遍，当中肯定有人形迹可疑，那人就是凶手。"

天童草草应和几句，挂了电话。他大概是想尽快联络风间，着手搜查真凶吧。

可是即便查出了凶手的身份，之后又该作何打算呢？应该不能报警吧？因为那人经历过重赴（且是两次），必定掌握了许多未来的记忆。万一他对此进行预言，虽然耗费时间，但最终应该能令警方和媒体对他的重赴体验信以为真。他要是被警察捉去了，恐怕不单单会将秘密公开，一定还会把我们指作同谋。如此一来，我们便也将自身难保。

一个欲将我们抹杀的对手，即便查出此人身份也无法将其绳之以法，那么——唯有斩草除根了。

眼下我的目标是平安去到 R11，仅此而已。出发前这五个月，婚礼已经把我搞得焦头烂额，还有由子的尸体以及在出发当日是否能顺利甩下鲇美的事，都让我感到不安。但是最令人担忧的，终归还是自己成了连续杀人魔的目标。这件事解决了才是万万岁。

然而——

婚礼迫在眉睫的一个月前，五月十八日夜晚，天童打来电话。

"那件事，行不通。"他报告说，"我调查了风间提供的全部九人，都是干净的。从 R8 到 R9 的访客里不存在那号人。"

"那么——"

"从 R7 到 R8 的访客里有没有，对吧？"

我刚要说出临时想到的，天童已经考虑到了这种可能。

"单独从 R8 到 R9，再从 R9 到 R10，这种情况我自然想到了，那九个人也都查过了，所以才花了这么久。但就结果而言，同样一无所获。十八个人全部都是干干净净的，所以就连风间那个浑蛋弄虚作假的可能性我也想过了，但是他没理由这么干，他也是目标之一。妈的，到底是哪里看漏了？"

隔着电话我听到一声叹息，一张眉头紧锁苦恼的面孔浮现眼前。

第二天，我和鲇美约好了见面。来到筱崎家她的房间后，我先把从天童那儿听来的告诉了她。

"所以说，凶手目前依然不明，搞不好现在正在寻找时机对咱们下手呢。"

"所以一起去 R11，你就是想说这个吧？我已经听厌了。圭介君，去 R11 的话我身上会发生什么，你不清楚吗？"

"不对，我不是想说这个。我只是觉得，如果咱们不多加小心的话，不知什么时候像乡原先生那样被袭击了也说不定。像现在这样，结了婚咱们也不可能时时刻刻地守在一起。那，万一鲇美一个人的时候被袭击了……"

我用左手搂住她的肩，右手轻抚了她的腹部。孕期进入第四个月后，肚子开始显出来了。一想到那里怀着自己的孩子，就会觉得非常不可思议。据说胎儿还只有鸡蛋大小，尽管如此，却对母体造成了巨大的影响。妊娠反应十分严重，她曾在电话里这样说。

受尽煎熬的她仍然想要生下的这个生命，我又怎能不好好待他（她）。莫非在我心中也已萌生出了父爱？假如重赴者遇害事件得以解决，由子一案也能获得绝对不会暴露的包票，那么我便留在这个世界和鲇美生儿育女——这也不失为一种选择吧。我有点儿心动了。只有一点儿。

"不用担心我，绝对没问题的。"说着，她露出纯洁的笑容，"也是为了保住这孩子。"

爱意从内心深处喷涌而出，我从不曾感到一个女人是如此令人怜爱。她是我的唯一，我再次感到。尽管 R11 里还有另一个"鲇美"，但那不过是徒有其表的复制品。对我来说，鲇美只有她一人。

可是……我又该何去何从呢？不如索性把由子的事向她坦白吧。这样一来，终日将我拷问的窘境她也能够——不行，我做不到。背负苦难的有我一人就够了。这一切都是我咎由自取的结果。

2

五月二十四日午后，出现了一位意想不到的访客。

电铃响了，我打开玄关的门，站在那儿的是一位四十岁左右的女性。栗色的头发，银绿的眼镜，米色的西服。是保险推销员吗？见到她的第一眼时，我想，然而并非如此。

"您好，是毛利先生吧？"

"啊，是。"

"我是'湾岸之眼'侦探服务社的谷本。"说着，身穿西服的女人递出一张名片。相比侦探社的名称，对方说话的腔调给我留下的印象更深。

"哦，是之前来过一次电话的……"

站在眼前的，便是那位追查由子失踪事件的女侦探了。被对方打了个措手不及，我的内心十分慌乱。距离上次她打来电话已有两个多月，看来由子的双亲仍然没有放弃搜索。

"您还记得哪！"女侦探露出亲切的微笑。

"还没找到吗？"我做出惊愕的表情。然后就着玩笑的口吻，说出了在脑际忽闪而过的一句话："我这里可没有窝藏她哦，要进去看看吗？"

也只有对由子的死一无所知，一心以为她只是离家出走的前男友，才能说出这种话吧。没问题！我冷静得连自己都感到意外，如此下去一定能够化险为夷。

自称谷本的女侦探向我了解了各种情况，从我和由子交往的起止时间，到两个人去过的场所和店家的名称。最后她问，是否有乘由子的车出行过。

"车啊……没有。只是听说她有辆车，好像是辆宝马？"

R9 时曾坐着那辆车和由子去清里兜风，所以回答时吞吐了一瞬，但不至于让女侦探听出苗头，大概吧。

"是这样啊。那您有没有听由子小姐提起过，她在静冈市有什么熟人？"

"静冈市吗？不，应该没有。"我如实作答，并歪了歪脑袋，表现出对这一问题的初衷不太理解。但在心里，我另有考虑。

静冈市——恐怕由子的车是在那里被发现的。即是说，她的尸体就藏匿在那片土地的某处。她的尸体——床单里伸出的两条苍白的腿从我眼前闪过，我赶紧闭上眼，把那东西逐出视野，竭力保持脸上的平静。

"非常感谢您的合作，百忙之中打扰您了。"

女侦探施过一礼后转身离去。我则蹬上凉拖出了楼道。

"啊，请问还有什么事吗？"

我对回过头的女侦探摇摇头，"不，我正要去拿报纸。"

人要是心中有愧，必定会争分夺秒地摆脱他人，想单独舒一口气。现在的我自己便是这种心境。正因为此，才有必要反其道而行之。我同她并行下了楼梯，在楼门前同她挥手道别，如此完成了画龙点睛之笔。

从信箱里抽出报纸再次回到公寓，关上门，我不禁长叹一声。自己似乎比意识到的还要紧张。不管怎样，由子的搜索至今仍在继续，在这一事实面前我承受了巨大的压力。

我拿着晚报回到洋室，把全部精力放在读报上，想借此恢复平常心态。先将首页内容大致过目一遍，随后开始阅览社会版的标题。

就在这时，我发现了一篇陌生的报道。又是关于火灾的新闻。

港区失火，两人死伤

二十四日凌晨，港区港南四丁目的一栋公寓楼被全部烧毁。因未能及时逃离现场，造成一人死亡，另一人被送往医院。

起火地点位于港区高滨运河沿岸的港南公寓17号楼。该公寓102室住户长冈进先生（68岁）全身严重烧伤，送往医院后不久死亡。205室的伊朗人伊玛马尔·代伊先生（28岁）一氧化碳中毒已被送往医院。

起火原因暂时推定为长冈先生对香烟的不当处理。

报道中"港南公寓17号楼"一串字看着颇为眼熟。这是……这应该是高桥居住的那所公寓……

这样一来事情便大致有了眉目。简言之，高桥在一月死后，这个姓长冈的人搬了进去，此人引发了这起 R9 时没有过的事故。"混沌"的恶作剧无处不在……然而，由重赴者们挥动的羽翼，为何会招致如此多的死亡呢……

二十六号周日那天，我们预定和会场负责人商榷婚礼事宜。然而鲇美却由于身体不适无法出行，我便和她母亲去了会场。办完事回到筱崎家二楼鲇美的房间——

"抱歉。"鲇美从床上坐起来，一脸痛苦的表情。

"没事，别担心。"我笑着迎上去，"可是你不要紧吗？离二十二号只剩下不到一个月了，万一有个好歹呢？仪式等孩子生下来再办也不迟。"

"不要紧，等到下个月状态应该会好很多，既然大夫都这么说了。"

"可那天又是个雨天。"

当天的天气状况已经向风间确认过了。理想情况下，这种时候才更要活用重赴者的特权，选个好日子举办婚礼。但是这次，我们是连决定日程的余地都没有了。

"哦，对了，刚才我看电视——"她漫不经心地说，"乡原先生一案的凶手，好像抓到了。"

"啊？！"我大叫出来，被鲇美提醒后才压着声说，"真的吗？"兴奋之情已无法抑制。

"嗯。"

"是谁？"我问。

"不认识的人，"她摇摇头，"呃……麻生吧，好像是这个姓，还说他原来是个警官。三十多快四十岁，看着可普通了。"

麻生？原警官？毫无头绪。

"然后呢？动机是什么？"我问了最关键的。

"不知道。才刚抓到，还没弄清吧。"

"可为什么是这个人？"——知道了重赴的秘密。

或许这男人并不知情。就像我的行为令由子起了原本没有的杀心，那男人或许也是受乡原重赴后举止的影响，动了本不曾有过的杀人念头。总之，乡原之死是一起独立的事件，恐怕与横泽和坪井的案子都没有关系。

下午六点回到公寓，我马上打电话给风间。

"听说乡原先生一案的凶手被捕了……那个，我还没看过新闻。"

"啊，似乎是了。因为发现了案发当时凶手穿的夹克，所以应该不会有错。"风间慢条斯理地说。

"但是重赴者的秘密该不会已经从他嘴里传出去了吧？"

"这次被捕的凶手大概不晓得那些事吧……我是这么看的。"

换句话说，那男人杀了乡原确凿无误，但并非重赴者连续杀人事件的凶手。看来他与我所见略同。

"总之，眼下只好静观其变了。"风间说罢挂断了电话。

我接着打给天童。铃响数次后，对面切换成留言电话。

"哦，我是毛利。不知你看新闻了没有，等你回电。"

因为害怕隔墙有耳，我留下了一条意味模糊的信息。

七点钟新闻时，我终于得到了凶手的确切资料。该人名叫麻生正义，到去年为止隶属新西井警署刑事科。画面中映出了他的面部特写，在我看来是一张陌生面孔。此人当真是凶手吗？

火山活性变动、大相扑千秋乐上演大逆转——当晚各路新闻争相发布。或许是案情审问进展不大吧，乡原一案相关报道的时长颇为短暂。而后十点半档的新闻内容可谓如法炮制，这令我不禁认为这世上对麻生的罪行有所关注的，恐怕就只有我们几个人了吧。

说起来，到家时电话里连一条留言也没有。风间明明看了报道却不曾与我联络，为什么呢？还有天童和池田，就算白天出门在外错过了新闻，现在这个钟点依然不见来电，不是很奇怪吗？

新闻进入体育栏目后，电话响了。终于打过来了，我想，而对方却是意想不到的人。

"呃，喂，喂，请问是毛利先生府上吗？我是大森。"

"哦，您好，我是毛利，大森先生……您看新闻了吗？"

"啊，就是因为这件事，我和风、风间先生联络过了，可他却说这次没有聚会的安排……"

他的想法果然和我一样。对重赴者来说是出现了重大情况，可是我们却像这样静观事态发展，没问题吗？

事实上，麻生正义的事件隔周就演变成了令重赴者无法熟视无睹的局面。据披露，他在此前还曾犯下过两起命案——去年十一月，他将身居立足区西新井的一名打工青年推落山崖，假扮成事故将其杀害；继而今年二月，他又将家住立足区梅岛的高中生坪井要，以伪装成自杀的形式杀害。

原来杀害坪井的也是麻生。此人想必就是重赴者连续杀人事件的真凶了……

但这样一来便疑点颇多。打工青年为何会混在被害者中？去年十一月这个时点要早于重赴的起始时间，而打工青年一案与重赴者的被害之间又显然不存在关联。

还有，此人的相关信息已被披露了这么多，却不见有任何信息牵扯到横泽一案，这也是件怪事。莫非横泽一案另有主使？

感觉一切都支离破碎。

3

综艺节目连日对在搜查过程中日渐明朗的麻生的异常性进行了热心报道。在过去十四年的警官生涯中，麻生见多了应对他人之死负责却在法律面前不被问罪的人，所以决定亲手替天行道。干出这种伤天害理的事，他却在暗中以"刑杀官"自诩。

至于麻生杀害坪井的动机，似乎就是我从赤江少年那里听来的那件事了——出入"学习房间"的少女自杀一事。麻生"刑杀官"判定少女自杀的原因在坪井。另外，乡原会命丧他手，是源于九年前发生在大月的一起道路交通死亡事故。一名走在机动车道上的女中学生被卡车撞死了，但少女之所以会走上车道，是因为某辆商务车停在步行道上堵住去路。当时担任交通勤务的麻生警官赶到现场时，该车已经遁去，不过他还是依靠目击证言查出了车主身份。那人便是乡原。

如果相信了报道的说辞，坪井少年也罢，乡原老人也罢，都并非出于重赴者的身份才遭人杀害。他们在过去各自犯下了（在麻生"邢杀官"看来）必须偿命的罪状。这两人只是偶然地被邀请为重赴的同期成员？

不对。为什么R9时麻生"邢杀官"不曾对坪井和乡原下手呢？若杀害两人的动机与重赴无关，只在于过去的罪状，那么R9时便没有理由不发生相同的事件。如果发生了相同的事件，坪井和乡原便已死在早春，不可能活过秋后，我们也不会在回龙亭碰面。这矛盾又该如何解释呢？

结论是明摆着的，麻生正义显然在说谎。警方和媒体不知其诈，但我们重赴者不会上当。

可他为何要做假供呢？不会是为了包庇某人吧？换句话说，杀害重赴者是有人与麻生共谋。而麻生恐怕是希望此人能够接替他，继续消灭余下的重赴者（即我们）……

借由媒体之口报道出的麻生的陈词供述，是最值得我关注的事件。然而，令我牵肠挂肚不逊于此的另有一事——和天童联系不上了。从周一到周三，不论白天黑夜，打电话过去都只有留言接听。

周三晚上，我索性来到新宿。在回龙亭拿到的那张名片上面印刷着地址，我循着记忆走到了矗立在歌舞伎町二丁目繁华街外沿的一栋公寓楼门前。门上贴着"（株）天童企划"字样的标牌，是这里没错。

按下门铃，只听屋内铃声回响，从门后却感受不到任何人的气息。

我灵机一动去看电表。圆盘微速回转着，同其他房间相比转速略慢，但这并不能说明什么。

下到一楼，我想到可以去查信箱。虽说上了数字锁，但只要肯花时间就能解开。于是从"0.0.1"着手，试到"3.1.9"时锁开了。

"等等，你在干什么呢？"

冷不防被大吼一声，我尝到了心脏停搏的滋味。

循声望去，楼门口站着一位二十多岁的年轻女性。相隔十来米，她是打算跑过来，还是要跑开呢？女子看似犹豫不决。

"那个……该不会是天童企划的人吧？"

我转念一想，试着同她搭话，于是女子袒露着尚未收敛的戒心，缓缓点了点头。果然如此，她正是一直以来在白天出现在电话里的女人。

"那个，我是毛利，天童先生的朋友。从周日开始就和他联系不上，很是担心，所以过来看看。"

女子听了，倏地卸下肩上的力气，一面轻抚胸口一面向我走来。

"毛利先生？可有给事务所打过电话？"

"嗯，我认识的一个姑娘离家出走了，为此我曾多次找天童先生商量。"

在电话里，天童向来对由子的事含糊其词，只谈"那个离家出走的姑娘"如何如何。万一她有印象呢？我心想，便挑了这个说法。

"所以说，他是和你也没有联系，就突然人间蒸发了……"女子说着，用力叹了一口气，"我是名波，在天童先生这里做事务工作……或许应该说曾经吧。周一那天来上班时——"

"您没有钥匙吗？"我问，她说没有。

"该不会是死在屋里了吧？"

她说得若无其事，我却听得像煞有介事。莫非连天童也……

或许是被传染了不安情绪，名波小姐的表情骤然严肃起来，双臂环抱住自己。

"是不是应该和物业的人说一声，叫他们把门打开……毛利先生能陪我一起进去吗？"

"好啊。"我咕咚咽了下口水。

大约五分钟后，名波小姐领来一名负责物业管理的男子，我们三人由他打头阵，来到办公室门前。管理员将钥匙插入孔中，回头看向我俩："要打开喽。"

房门开了，传出些许异味，里面是一片黑暗。我感到自己在瑟瑟发抖，胸膛快要被不安撑破了。管理员在墙壁上摸索一通，屋里的照明灯"啪"地亮了。

"我进去喽！"管理员说着便要脱鞋。

"哦，穿着就行。"名波小姐从身后提示说。

门后是一扇屏风，绕过屏风是一间八块榻榻米大小的——原本是厨房兼饭厅的房间吧。这里铺着地毯，摆了四张写字台，如此形成了办公的空间。右侧的门通往一体化浴室，正面靠里的墙上是两扇并排的拉门。

写字台上也罢，架子上也罢，厨房里也罢，都很规整，不见任何遭人洗劫的痕迹。

"上周五下班时就是这个样子。"名波小姐说。

那三扇门的背后我们也都看过了，什么也没有，自然也不见尸体。

我们转而去调查被天童当作私室的房间，这时名波小姐提着嗓门儿说："呀，这里似乎有过收拾行李的痕迹，瞧！然后……旅行包好像不见了，也就是说——"

"去旅行了？"管理员用罢了罢了的语气应道。

"可是怎么跟我连一句话都没留啊——"

"若是被人追得东躲西逃，是不会留下联系方式的。"

"怎么会呢……"

名波小姐不停地摇头，我却认为当下管理员的判断是正确的。

一句话，天童跑路了。

为了什么？自然是为了逃出重赴者杀手的魔掌。

既然对方在暗处，为了保命就只好销声匿迹。他恐怕是有所觉悟了。

既然天童都做到了如此地步，或许我也应该走为上策。

然而这是痴人说梦。三个星期零几天后，和鲇美的婚礼正等着我。我不能在这个节骨眼上人间蒸发。

或许可以带上鲇美？带上身怀六甲状态欠佳的她？

距离十月底的启程之日还有五个月之久，在那之前恐怕难以自保。

　　折回办公空间后，名波小姐点下了留言电话的播放键。熟悉的声音从扬声器里流淌而出，我不由得竖起了耳朵。

　　"我是池田。之前谈过的那件事，结了，请通过新闻及其他途径确认。"

　　是池田给天童的留言。不过所谓"结了"是指什么呢？录音时间为二十六日上午十点过后。

　　紧接着播放的，是我于同日下午六点多留下的信息。

　　"哦，我是毛利。不知你看新闻了没有，等你回电。"

　　我的名字出现时，名波小姐瞟了我一眼，但没说什么，大概是想先把后续的留言听完吧。

　　留言就只有池田和我的这两则，而两则中均出现了"新闻"一词。我是在暗指麻生被捕的新闻，池田是否与我用意相同呢？倘若如此，这是否意味着是他促成了麻生的落网呢？所谓"结了"指的应该就是一连串的死亡事件，换句话说，池田是靠一己之力——不，想必也有天童协助吧，所以是两人协力搜查……最终将凶手锁定为麻生，是这样吗？

　　如果事实如此，他们为何要把麻生交给警方呢？这个决定正确吗？如果没有生出问题，天童为何要逃走呢？

　　我觉得事情有哪里不对。

　　回到公寓，我对着电话冥思苦想。我想向池田确认事情的来龙去脉，并一度提起话筒，却在按下号码的瞬间将它放回了原处。

　　我隐约感到自己的提问不会得到确切的解答。我觉得自己和池田这位曾经值得信赖的同伴之间，骤然拉开了距离。

在池田和天童对自己有所隐瞒的事实面前，我着实受到了打击，但相比之下，对于此事背后"隐情"的疑问，如今在我心中所占比重更大。他们为什么要将麻生交给警方？为什么要对我隐瞒此事？他们又是如何揭露了麻生的罪行？还有，天童为什么消失了踪迹？

满脑子理不清的东西，我却不得不独自思考。

4

六月七日夜晚，风间打来电话，告知说第二天正午预定召开集会，希望我能够参加。我说大学里有课，希望能把时间错开，他却说非正午不可。

"明天无论如何都希望毛利君能够到场，不然恐怕将会铸成遗憾。"

风间一反往常，以强硬姿态发出邀请。对我来说，眼下重赴者内部的聚会是求之不得的，如果时间上无法松动，向大学请假也在所难免。

六月八日天气晴朗，气温于午前一路飙升，临近晌午时已超过二十七度。擦着汗，我爬上品川的坡道，来到风间的公寓，发现池田已经到了。

"哟，听说你遇到了不少麻烦。"

"还行，算不上吧。"我含糊应道。

回想起来，乡原先生一案发生以来一直未同池田碰面。不过一个半月，周遭的变化翻天覆地。和鲇美的婚事订下了，麻生正义被捕，天童去向不明。

"请坐。"风间请我坐上沙发，"午餐想用点什么？我们正准备向店里订餐。"

"哦，我就不用了。"来这里的路上，我已经吃过牛肉盖浇饭。

风间去打订餐电话了，我问池田："哎，大森先生呢？"

"今天就咱们三个。"换来这么个答案。

午餐送到之前，风间似乎无意进入正题，我便拿自己筹备婚事的话题出来串场。过不多时，两碗炸猪排盖饭送达，风间取餐回来后，屋里的紧张气氛骤然升高。不等动筷子，谈话俨然已经要开始了。

"那么——"一边掰着筷子，一边发出头一声的是池田。"今天把毛利君叫来这里，其实另有一事相告，不过在那之前，还是先把重赴者相继离奇死亡事件的解谜环节完成吧。"

解谜重赴者相继离奇死亡事件？我不由得倒吸一口气。对于即将开始的谈话内容，我毫无头绪。

然而风间，还有负责讲话的池田，都显得心情畅快无比，掀开餐盒盖子激活嗅觉，手不停地动起筷子。看来这两人之间已经有所结论，而为了将其传达给我才有了现在的会场。眼下的情况我好歹领悟了，尽管如此，依然只能目瞪口呆地望着两人。

将满嘴食物咬碎嚼烂咕咚咽下后，池田再次开了口，握着筷子。

"高桥先生死于一起单纯的事故，这点已不容置疑，也就是所谓的在重赴之际可能发生的不幸意外了。不过其余三起，横泽先生的纵火杀人案，以及坪井君和乡原先生的案子——两人均是被原警官麻生所杀，这三起，全部符合命运的安排。"

"啊？此话怎讲？"

我顶着一头雾水，由池田看向风间，再看回池田，与两人交换视线。然而两人却只顾悠然进餐。

池田大口咀嚼着，继续说道："你不觉得事态整体十分耐人寻味吗？除了咱们，没有人会意识到这当中的异常。会将横泽先生一案与麻生'刑杀官'的事件关联在一起看待的，只有咱们。在别人眼里，这些案子毫不相干。就算去调查被害者的过往，也绝不可能查出横泽先生与其他两人之间存有任何联系。能够一眼瞧出端倪的，只有咱们，却无法诉诸警方。要么苟且在连续杀人犯的恐怖阴影之下，要么单凭一己之力向事态发起挑战……如果天童现在在场的话，一定会引用各类推理小说中的情节吧，不过我这个人其实也酷爱读书，虽然这种话自己说不大合适。今年一年，我读了将近八百本吧，以推理小说为主。用推理小说打比方的话，相比克里斯蒂的作品，现状可能更接近于斯特曼的《六人行必有一失》，不，就素材来说最接近的应该是，哦——"饭粒从池田口中飞了出来，他连忙拾起饭粒，抹了抹嘴角。"失礼了……话说回来毛利君，这篇报道你有读过吗？"

说着，他拿起垫在餐盒下面的报纸递给我。看样子，池田暂时不打算讲下去了，他的视线落回碗中，筷子不停地扒着饭。风间同样一言不发地动着筷子。炸猪排上托着的那个半熟鸡蛋，看起来着实美味。

　　我把目光转向递来的报纸。日期上印着五月二十四日，是登载了港南公寓十七号楼火情的那份晚报。

　　"指的是那篇对起火事件的报道吧？读过了。应该就是高桥先生曾经居住过的那栋公寓吧，R9 时那里并没有着火，这点确实令人在意……"

　　"既然了解到了这种程度……不觉得奇怪吗？"

　　"奇怪？没有，不过我的确曾认为此事不同寻常——"

　　我把自己在当时发现这篇报道后的感想讲给了池田。

　　"原来如此，你是这么想的……但与事实却有出入。问题在于，毛利君，你是否已经忘记了高桥先生的房间号码？"

　　"没有啊，那个……我记得应该是……205 号房间。"

　　说罢，我随即意识到了自己的失误。

　　"没错，你记得很清楚。那么请再仔细看看这篇报道。起火的长冈先生的房间是 102 号。假如考虑得再慎重一些，毛利君或许能够靠自己的力量解开谜团。哎呀，真可惜……天童先生正是因此而醒悟的。"

　　"天童先生？"突然出现的名字令我产生了过激的反应，"他到底醒悟了什么？"

　　"所以说，就是所谓事件的真相了。似乎他是从更为寻常的角度进行了思考……假如在重赴刚刚结束后没有发生事故，高桥先生平安回到了这边，即便如此，他仍有可能死于这场火灾。反过来说，既然高桥先生已死于重赴后的事故，那么这场火灾就怎么看都是画蛇添足了。假如高桥先生还住在那里，火灾便有其意义，可是现在毫无意义。人都没了，还有必要着火吗？然而火灾还是发生了……说得明确一点，这场火从一开始就是注定要发生的。由于 R9 时不曾起火，高桥先生活过了入秋的情况才是违背命运的。横泽先生也是一样，顺应他原本的命运，结局便是那场火灾。他能在 R9 活到十月是因为有人阻止了纵火……谁呢？只可能是坐在这儿的风间先生了。以上便是天童先生的结论。

"简言之，各位访客原本就是已死之人，不论是在 R7 还是 R8 的世界。但在 R9，我们暗中出手相助，之后邀请各位参加了重赴。而在抵达 R10 后，我们又重新将各位交给了命运。就是这么回事。"池田语气轻松地说道。

但为了理解其中的含意，却费了我一番工夫。等我终于明白过来，反倒觉得此事有些难以置信。

不会吧，怎么可能呢？开什么玩笑！

我胸口憋闷地喘着粗气，转而看向风间。刚好吃完炸猪排饭的风间与我四目相视，打了个饱嗝，用满不在乎的口气说："一如池田先生方才所言。"

风间的眼神深深隐藏在墨镜之下，但他眼角聚起的细纹告诉我，他在笑。

"哦，在此之前还有一件事，他疏忽大意忘了说明。其实他与我一样，我们是从 R0 便一直不断重赴的同伴。我们称之为'常客'①。"

---

① 常客在日语中亦有"搭档"之意。

5

一切都始于高尔夫球，池田说。"有位大泷先生，对高尔夫球非常痴迷，时常叫上我一起打球。此人工作繁忙，经常是临要打球了还在工作，或是刚打完球就马上要回去参加董事会，所以出行时乘坐直升机的情况很多。十月三十日那天也是如此，大泷先生和秘书渡边坐着包下的直升机，在半路捎上了我，三人一起前往木更津的球场——"

"驾驶直升机的人就是我了。"风间插进来，"后来眼前突然出现了'极光'，根本来不及闪避，我们四人便是这样第一次体验了重赴。大泷先生和渡边选择留在 R1 继续自己的人生，我们两人则选择不断重赴。"

"如果将此处描述得过于详细，我俩的同伴关系恐怕会因'高尔夫'一词被各位识破，于是我拜托风间先生在说明时尽量轻描淡写——"

"可是为什么——"我发觉自己的声音有些沙哑，清了清嗓子继续说道，"池田先生要装作不认识风间先生呢？"

"那自然是为了尽量和大家站在同一立场上，和大家感同身受了。事实上，之前乡原先生出事时，哪怕是处在风间先生的立场也绝对不闻不问的事，我还是洗耳恭听了。"

池田说着露出满意的微笑。从那张黝黑的脸上闪露出的牙齿，白得有些刺眼。

"说得明白些，我们是穷极无聊了。"风间讲起来，"只要我们还在重赴，就可以永远地不老不死。但与此同时，不断在同一年里循环往复，想象一下就能明白，是一件无聊至极的事。于是我们开始寻求新的刺激。最初是在 R3 或 R4 的时候，因为事前了解了事故和火灾的发生现场，便前去观看。"

这种事我也曾想过。不只是想过，还和天童一起将其付诸行动。

飞舞在空中的骑手，头盔底下的面孔……

我晃了晃脑袋。

"继而，我们想到了救人。别看这样，我们并非坏到骨子里的恶人，也考虑过如何利用重赴的优势造福他人，为找出防范事故发生的方法煞费苦心。虽然也有以失败告终的情况，但多少救回了几条人命。我们沉浸在自我满足之中，但由于事故并未发生，获救之人并不知情，也就不存在什么感谢之词。不仅如此，每当我们重赴到下一个世界，相同的事故还会上演，若每次都要出手相助，便永无止境，何况不会得到任何酬谢，救人一事本身已变得毫无意义。于是下次，虽然主要目的在于消遣，我和池田先生商量着在两位'常客'以外，尝试招揽仅仅重赴一次的重赴者——访客。我们确实在 R7 和 R8 聚集了几位访客，不过，既然是我们赐予了访客生命并让他们参与重赴，不如让这些人在重赴后遭遇原本的命运，陷入恐慌，而我们若能以同伴的身份隔岸观火——在外围静观其变，想必别有一番趣味吧。所以这次，我们在 R9 搭救了各位——在做好准备工作后，将各位带来了 R10。事情便是如此。"

"说白了，这就好像一场游戏。"池田横插一嘴，"生存游戏……究竟谁能活到最后？像这样。"

竟然把人的生死说成游戏……这帮家伙——

"不甘心吗？恨我们吗？但如果我们袖手旁观，各位在 R9 时就已经死了。恨我们怕是选错对象了吧……"

"可是——怎么能，结果只是为了自己享乐——"

"但是救了各位性命的事实应该没有变吧？"

我把话咽下，深吸一口气，吐出。池田说的并不是没有道理。

我沉默了，池田则似乎是再无话好讲，也沉默了。

风间看一眼手表，说："还有时间。那么就由我来说明，我们是如何在 R9 将各起事件防患于未然的。首先是横泽先生的事件，在那之前曾发生过三起小规模火灾，对吧，就在前一周。犯案者其实是家住现场附近的一名高中生。我们在 R……4？"

"是的。"池田简短答道。

风间频频小幅点头后继续说道："我们在 R4 对现场进行了严密的监视，并将出现的少年现行犯制伏，当场从其口中套出了姓名住址、电话号码，以及作案动机等信息。介于这次的收获，R5 以后再阻止事件发生就变得毫无困难，只要在事发前日白天打电话给他家人即可……说您家公子习惯携带打火机半夜外出，恐怕有纵火的嫌疑，请您多加留意。如此一来便阻止了高中生家附近的三起纵火案，而横泽先生家也因此在隔周免于烧毁。"

"接下来就是麻生正义的事件了。"这次改由池田讲述，"我们注意到他，是在第四起——不，算上去年的案子，是第五起了，由他引发的第五件案子，天童先生的案子……天童先生在此后，今年七月时其实也将被麻生杀害。他在过去曾被卷入了西新井署——也就是麻生任职的警察署——管辖范围内的一起案件，大概是在……六年前吧？正如毛利君所得知的，赤江猿彦的案子。”

赤江猿彦这个名字听起来颇为耳熟。此人应该是在文学方面发表过著作。原来赤江少年的叔父就是那位赤江猿彦……

据少年所说，天童在该案中展露出名侦探一般的推理能力，令事件真相大白。然而，担任搜查警官之一的麻生刑警的说法却有所不同。结案后，他主张天童同样有罪。

“天童先生是否真像麻生所说，在事件中故意造成他人死亡，这一点我们不得而知。前几天我们直接向天童先生本人过问了此事，当时他的解释是，那是麻生一厢情愿的想法……再说麻生正义，虽然此人声称其行凶目的在于对逃过法律制裁的人施行天诛，把自己说成一个无名英雄，但实际上他的行为中夹杂了大量诸如仇富或是忌妒的心理，因此他的话也不可全信。”

记得综艺节目里曾介绍过麻生正义的生平。由于家境贫寒，他在走入社会之前似乎饱尝苦难。而在其引发的一连串事件中，受害者全部是像坪井少年和乡原社长这样的有钱人。

“天童先生是第五位受害者？”

“是啊，还有第四位。顺带一说，在原本的历史中，麻生直到今年十月都没有被捕，所以十一月以后他可能仍在杀人，但截至十月受害者共有五人。第一位是去年被杀的，所以我们能救助的是之后那四位……依次是坪井君、乡原先生、一个姓驹田的人，以及原本死于七月的天童先生。"

"那位驹田先生是……？"

"外卖连锁店的经营者。毛利君想问的是，为什么没有把此人纳入重赴者的同伴吧？答案很简单，因为九月一日那天他没有待在家里。"

"九月一日……？"

"忘记了吗？就是那次地震的时候。"池田笑着说，"我们在R9搭救的不仅限于这次的八人，而是总共有将近二十人。然而在那次地震前夕接到风间先生来电的，就只有这次的八人。"

"这么说，如果我没接那个电话……？"

"便不会收到重赴的邀请，所以会继续活在R9的十一月以后吧。就像驹田先生一样。"

那通电话竟成了人生的分歧点。原本将死的二十人捡回了性命，其中半数得以继续之后的人生，另一半则再度赶往赴死的命运。

假如我同样没有接起那个电话——不，即便接起了，只要没有受重赴所惑，便能加入安度余生的行列。

6

"回到正题。"池田说，"R5时，我们开始尝试阻止天童一案的发生。话虽如此，由于在事前已经知道犯案的时间和场所，我们做的只是打一通举报电话给警方，仅此而已。那么警方在接到电话以后，姑且对现场周边展开了暗中监视，而此时大摇大摆出现的就是麻生了。就在他袭向天童先生的瞬间，被警察当作杀人未遂的现行犯当场抓获。

"此后的发展与这次如出一辙。麻生在被捕后对自己的罪行供认不讳，他在过去曾将四条人命巧妙杀害的事实也因此大白于天下……而在原本的历史中，算上天童先生，受害者共有五位。在R6，我们决定在坪井君一案发生之前，尝试与麻生进行直接接触。我们打了电话给他，表示对他正在筹划的事了如指掌，对他在去年已杀害一人的事也了解得一清二楚，把他吓得缩手缩脚，仅此而已便阻止了其人的罪行。我们因此获得了极大的满足，以至于在R7以后又开始对事件放任自流……不过这次出于实验所需，有必要挽救大批生命，R9时我们再次如法炮制地阻止了他。

"此外，麻生这次在这一时期被捕，也是我们向警方告密的结果。如果问为什么要这么做，是因为天童先生成功解开了谜团。解开谜题后，顺理成章地，天童先生向我们提出了阻止其被杀命运的要求。而对于游戏的获胜者，我们理应实现他的愿望，便在上个月二十六日将麻生拱手送给了警方。"

与此同时，池田打电话到天童办公室，留言报告了此事。我终于理解了那则留言的含义。

"尽管如此，他还是信不过咱们啊……"风间扭了扭脖子。大概是对天童失踪的理由感到不解吧。

"也顺便说一下高桥先生的事件吧。"池田将话题带回，"他的劫难是公寓的火灾，而起火原因在于他楼下的住户长冈，在吸烟时睡了过去，所以只需打一通电话，便可将那老爷子叫醒……那么接下去的重中之重，就是毛利君的事件了。"

我吞下口水，心境犹如等待死刑判决的未决囚。

"津田沼有一家我常去的酒馆，在原版历史的五月，那家店由于经营困难被转手了。易主后，那里的经营方向发生了转变，气氛也不一样了。对于常客来说，这绝非喜闻乐见之事。R2 的时候，我想不如由我来提供资金，让店主把店开下去。由于五月后再融资成效甚微，我便在重赴后尽快将此事提了出来。于是，本应发生在三月的落合大学生被杀事件——也就是毛利君的事件，莫名其妙地消失了。简言之，阻止命运齿轮的开关虽已被提前触发，我对其运作机制却仍然一无所知。发生这种状况的原因极大地挑起了我的兴趣，我决定无论如何都要将其中的因果关系一探究竟……然而，此事着实令我费尽了心力。R3 时，我成了新宿Bambina 的常客——毛利君可能有所不知，咱们的关系原本是相当不错的！"

我感到浑身上下忽地热起来。我想要大叫，不，我是有种想要冲上去揍他的冲动。就连刚才得知重赴者相继离奇死亡事件的真相时，我都不曾如此气愤……

怎么说呢……背着我和我擅自搞好了关系，说出这种话是要让我如何是好呢？

慢着，他认识的那个人虽说是"毛利圭介"，却并不是我……

不知是否察觉到了我内心的愤慨，池田继续讷讷说道："经过一番调查后，我终于搞明白了，原来那位店主的女儿与此事有关。毛利君应该认识她吧——等等，你们在这个世界见过面了？对方是一位名叫土屋亚由美 [①] 的大小姐。"

是那个从二月起开始在 Bambina 上班的"鲇美"。我缓缓点头。

"是这样，从今年开始，店主再没有闲钱供女儿上学和吃喝玩乐了，所以他家小姐就走关系干起了陪酒的买卖，结果认识了毛利君。毛利君当时有位姓町田的女友，但由于对土屋小姐一见倾心，就把町田小姐轮换掉了。然而，被甩的町田小姐却不肯就此善罢甘休。痛苦与恨意在她心中越积越多，终于，在三月三日那天，与家人的不合导致町田小姐发了疯似的冲到毛利君家里，用菜刀把你捅死了。整件事过程就是这样。

"另外，由于我在一月向津田沼的酒馆予以了资金援助，店主便还像往常一样发给女儿生活开支。如此一来，她女儿便不再需要去 Bambina 打工，毛利君也就没有遇到土屋亚由美，而是和町田小姐继续交往，最终以自然的形式分手———如毛利君在 R9 的经历。"

既然 R9 是被池田他们操纵过的产物，我便不曾经历过"原版的人生"。不过，如果将上回和这回的人生片段拼凑在一起，其本来面目并不难想象。

在原本和由子热恋的二月上旬，Bambina 吸收了一位新人。"鲇美"微笑时的眼形，开朗的性格，一起交谈时的情景……我确实对她起了心思。而且我很确定，只要我表示出来，她一准儿答应。就这样，我和她不知从何时起变成了假戏真做，和由子则越来越

[①] 亚由美与鲇美发音相同。

疏离了……

　　然后，我被由子刺死了。

　　这才是原版的历史。这才是我的人生，我的命运……

　　"你没事吧？"

　　被池田一问，我才发觉自己在笑。因为这实在可笑。

　　"没、没事！"我边说边笑，抑制不住地笑，眼泪流下来。

　　过了一会儿，我终于停下了，觉得胸闷，像条狗一样用嘴喘着气。

　　"不、不好意思——"我一出声就又忍不住要哭出来。

　　视野的角落里，风间瞥了眼手表。

7

　　"时间不多了，继续吧。"风间对池田说。

　　他们是在在意什么呢？我想，并因此恢复了理智。

　　池田继续说道："三月三号那天，其实我就守在毛利君的公寓附近。因为担心事发后现场会留下重赴相关的笔记，所以打算进去回收。可是过了很久也不见町田小姐出来，屋里的灯还突然灭了。里面到底出什么事了，就在我心里犯嘀咕的时候，天童先生出现了。如此一来，里面的状况我便猜出了大概，然而力不从心，只能寄希望于你们自己处理妥当了……现在看来是没出什么闪失。"

　　"啊……多亏了天童先生。"

　　"他是个优秀的人才，"池田露出微笑，"实在是令人钦佩不已。

在生存游戏中第一个得出正确答案的，也是他……但说到在游戏中确实地存活下来，毛利君要在他前头。不管怎样，二位的命运齿轮已被关闭……问题就在于剩下的两人，他们该何去何从——"

"啊！鲇美？"

我瞬间醒悟了——倒不如说自己怎么到现在才醒悟过来，我恨不得把自己痛打一顿。

"鲇美——她是在什么时候，什么地方？"

就在如此发问的瞬间，答案已被我料到了大半。那么究竟——

"就在今天。"池田说，"而且距离关闭命运齿轮的最终时限只剩下——"

"不到二十分钟。"风间看着表说。

"那就请你们把它关上吧！"

我恳求池田说，他却注视着我。

"关上——这么做合适吗？毛利君现在的处境我们也很了解。你是打算把筱崎小姐留在这个世界吧？对风间先生也是这么说的，对吧？既然如此，她死在这里也无所谓吧……准备结婚麻烦得不行，你刚才不是也说了吗？但只要筱崎小姐服从命运的安排死在了今天，在这个世界剩下的那五个月，毛利君就可以自在地过活了。"

池田的话深深刺在我心底。是啊……鲇美若能与死结缘的话，真巴不得她赶紧去死，如此狠毒的想法我确实有过……

"在我们看来，说实话，毛利君与筱崎小姐的事是个不稳定因素。毛利君是不得不前往 R11，筱崎小姐是不得不留在 R10。两位的理由我们都能理解，但现在你们谁都不肯让步。那么结论就只有一个，她留下，毛利君去 R11。毛利君应该也是如此结论的吧？但想必她不会接受，那么只好到临行前一直装作想要留下……就是这种直到最后一刻千钧一发的感觉，在我们看来，是把心头之患拖到了紧要关头。这种状况应极力避免。"

"不过好在——这么说怕是用词不当，总之，假如放着不管，筱崎小姐自然会遭遇她的命运。如此一来，我们也能落个心安。但要是避而不谈就让她去送死，毛利君在得知真相后恐怕会不依不饶，质问我们为什么见死不救，说原本是打算带她一同去 R11 的，或是说原本打算留在这个世界也说不定……不管怎样，与其事后遭你非难，不如在事前把机会交给你，给予毛利君选择的权利。正因为此，我们今天才把你请到了这里。"

"距离最终时限，还有——十五分钟。"风间冷不防地宣告说。如此下去，我的心脏恐怕难以承受。

"意向如何？要把她交给命运吗？如果心意已决，我们也可以毫无后顾之忧地带毛利君前往 R11……反之，如果决定出手相救，那么还望毛利君能够留在这个世界。"

"哎？怎么这样？"这下难办了。左右两侧的太阳穴绷得紧紧的，隐隐作痛。

"二选一，要么救她一命和她留下，要么见死不救自己去 R11……此外的答案一概不予接受。比如先救她性命，十月时再撇下她单走，诸如此类想法眼下皆被禁止。如果打算救她，就要立刻放弃 R11 的行程。"

"给予毛利君选择的机会，是我们对你的恩情。我们也可以撒手不管，请不要忘记这一点。"

"怎么样，想好了吗？"

"还剩——十三分钟。"

"别这样——"脱口而出的话中途哽住了。"我的意思是……请等一下。"

风间说，将选择权交给我是对我的恩情。但若要真正做到以恩报德，我便应在此痛下决心，救下鲇美。然而，这却意味着我将放弃前往R11的权利。这算什么恩情？我才不要呢，哪里比得上麻烦在自己的责任范围之外自行消解让人感恩戴德？会这样想……难道说自己已经有了结论？

既然是命运使然，我又何必抱有负罪感呢……

"鲇美……她是怎么死的？"我姑且问道。

池田和风间交换眼神后点了头，于是风间说出答案。

"是敝社的直升机坠落所致。从羽田飞往浦和的载客包机，由于整备不善……再过十几分钟，直升机便将从东京的机场起飞，飞往浦和。要想拦下它，就只有趁现在了。只要我拨一通电话，说梦见飞机坠落，放心不下，能否把桨叶上的零件再检查一遍？干我们这一行的，大都对此类预感十分迷信，毕竟脚下隔着一层板子就是地狱。所以他们会再查一遍，然后发现问题之处。况且——飞行员芹泽君年轻有为，他要是死了我也觉得很惋惜……可是，眼看就要来不及了，留给检查的时间——"

风间说着，再次将目光落在手表上。我环顾室内，厨房吧台上方有座挂钟，当前时刻一点十七分。秒针痉挛似的抽动着，刻不容缓。

怎么办……怎么办……怎么办！？

"其实今天准备这次会面，理由之一便是我本人，也不希望她死。"

风间又开始了，我想，孰知其言可畏。

"其实，我们俩也曾是那种关系。"

"啊？！"我不由得大叫出来，目不转睛地瞪着风间。这种事可从来没有听说过。

其人脸上浮现出微笑，继续说道："当然了，那是在别的人生……记得是在 R5 吧。既然自己是这名女子的救命恩人——尽管对方并不知情，不过在我看来，让她成为自己的女人也是顺理成章的……正所谓人之常情嘛，对吧？于是我安排了同她相遇的场面，对她展开了积极的追求，把她追到了手。但毕竟是 R5 的事了，现在的她自然不可能记得那些。哎呀，看起来这么清纯的一个姑娘，那方面还真是叫人——是吧，毛利君？"

怒火瞬间在我心中迸发，眼前的景象变得歪歪扭扭。

这浑蛋是存心拿这种话来恶心我！我要宰了他……

"毛利君！别这样！"

池田的喊声听起来遥远难辨，我飞身去抓风间胸口，伸出的手却被牢牢定在了腋下。一跃而起时小腿打到了桌角，麻痹的痛楚直贯大脑。我稳住僵硬的手腕改用肘击，却被他轻易闪开了。

"呵，少林拳法！"风间亮出从容之躯。

"现在可不是打架的时候！毛利君！对吧，冷静点。"

池田的手砰砰地扣在我肩上，此时我已然放弃了攻击。风间也卸掉了双臂的力气。我重新坐回沙发。

想宰了这家伙！——这念头依然在心中燃烧着，可我却不能当真杀了他。为了重赴到R11，怎样都少不了风间的协助。

可恶！自己的立场竟然如此不堪一击！

愤怒的矛头指向了鲇美。为什么要和这种下流坏子混在一起！蠢女人！

可是就算埋怨现在的鲇美也无济于事。毕竟和风间交往的是另一个世界的她。尽管对此心知肚明，我却不免要在心中将她臭骂一顿。

"还剩七分钟。"风间说道。见鬼，他倒是一副事不关己的嘴脸！

不行，现在不是胡思乱想的时候，我也必须冷静下来……

"抱歉……"我姑且低下头。风间捋着胡须说"不必不必"，也摆出了不再追究的态度。

没时间了，我该怎么办——

"直升机一定会坠落在那儿吗？"我进一步问。

"毋庸置疑，必定会坠落在筱崎家……我若不及时阻止的话。"

答案是明摆着的，又在这一问一答上浪费了时间。怎么办？到底该如何是好？

这个年纪就步入婚姻，甚至有了孩子——假如人生被如此定论，说实话，我也心有不甘。我想再次将人生重新来过。何况要是留在这个世界，杀害由子的事实更将沦为无法撼动的事实。然而去到R11，由子还活着。就算不情愿，重赴后我仍要同一个活人见面。

但是这样一来，我便可以脱罪。

话虽如此，为此牺牲掉鲇美就可以吗？我们是受到同一则预言电话的召唤，以同伴的身份相识，一起走到了今天，而如今她又怀上了我的孩子。我真的可以对她见死不救吗……

令人不敢直视的纠葛在我内心中蔓延开来，久久不见结论浮现。不……结论已经有了，只是我说不出口。我能做的只是将它截在心里，默默等待时间的流逝……

我感觉过了很久很久。在近乎静止的时间里，风间动了，他叹了口气，接着他说："时间到了，直升机已经出发。"

池田也在他旁边吐出一大口气。紧张的气氛在一瞬之间松懈了。

8

已经来不及救鲇美了……

不，还来得及，还有办法。

"直升机坠落是在什么时候？"

"在两点二十分左右，怎么？"

那又怎样？听起来虽是这种口气，不过风间——当然还有池田——应该已经看穿了我的想法。但他们什么也没有说。

"我，可以告辞了吗？"

"可以，已经谈完了。"

风间说着，抬起下巴示意房门的方向——想走就自己走吧。

我无言地站起来，无言地离开了风间的公寓，然后不顾一切地快步朝车站走去。等待红灯的时间变得异常漫长，信号灯变绿的瞬间我跑了起来。

站外一角并列着数台电话亭，我冲进一台无人使用的，插入电话卡按下筱崎家的号码。

我——到底想干什么呢？我到底在干什么呢？难道要为了鲇美让 R11 之行付诸东流吗？！

呼叫音中断，对方接起。

"喂，这里是筱崎家。"是鲇美母亲的声音。

"那个，我是毛利。"

"是圭介君啊！"面对未来的女婿，对方以明快的语调应道。

但现在可不是"过家家"的时候！危险正在逼近！

"那个——鲇美呢？"

"啊……不好意思，那孩子今天去公司了。她说这个星期因为身体不适一直请假，得把这些日子的工作补回来——"

鲇美不在家里！

这是在原版历史中所不能成立的展开。原本鲇美今天会待在家里，并因此被卷入了事故。然而在这个世界，她与我交往后怀上了身孕，受妊娠反应影响在工作日请的假，她决定今天去公司补回来。

她已经改变了自己的命运！

"喂喂，毛利先生？"听筒里传来鲇美母亲的声音。

是啊，就算鲇美平安无事，她母亲——还有他父亲——不是还待在家里吗？他们又能怎么办呢？如果硬把他们拉出家门，便能令两人免于一死。然而，事后解释起来想必困难至极。

为什么能够预测直升机的坠落呢？尤其是当鲇美这样逼问我时，我该怎样解释呢？

此时，堪比恶魔般恐怖的念头划过脑际。

"哦……不好意思。其实，也没什么事……只是想听听她的声音。麻烦您了，我这就挂电话。"

"哎哟，真抱歉——"

我不忍听到最后，就这么放下了话筒。

这样下去——直升机坠落，鲇美的双亲身亡——她本人又该如何是好呢？

起初，她会在哀叹中度日。然后，她一定会突然醒悟过来，只要去R11，就能再次和双亲一起将人生重新来过……但作为代价，她将失去腹中的胎儿。到时候，鲇美会如何选择呢？相比生命未卜的胎儿，她应该会选择已经共度半生的父母吧……

这样一来，一切便如我当初所愿。我将在R11，和一直以来陪伴我的鲇美一起，为重新来过的人生剪彩……

没错，我正是为此才决定放弃她的父母。

我摇摇晃晃地走出电话亭，买票穿过检票口，由山手线换乘中央线在东中野站下车。就在登上通往山手大道的短坂时，直升机的爆音从高空划过。我倒吸一口气，仰望天空，却没有看到机影……会是那架直升机吗？

回到公寓后，我倒在了床上。当前是几点几分我心里大概有数，但我尽可能不去看指针。要是没问坠落时间就好了。

我越是回想，就越觉得自己的伎俩愚蠢透顶。

那可是 R9 时所不曾发生过的事故。而且唯有这次，不论怎样去掩饰都是白费心机。有了切身的感受后，鲇美一定会察觉到事件背后的玄机吧。顺理成章地，她会去怪罪风间，风间则免不了要把我供出去，说做出决断的人是毛利君。或许连由子的事也一并和她说了。到时候她会怎么想我呢……

过后，她或许会像我所期待的那样，做出前往 R11 的决定。但她那样做是为了救她的父母，并非为了维系和我的关系。她恐怕会因为今天的事恨我吧，因为我是个杀人凶手而蔑视我吧……

在一阵电话铃声中我寻回了意识。窗帘外头已经昏暗下来。我似乎是在不知不觉间睡了过去。看一眼录像机上的时间显示，已过五点二十分。如果风间所言无误，直升机已于三小时前坠毁。

铃声不依不饶地响着。想必是鲇美打来的。铃响约二十回后，突然断了。房间里重返寂静。

我伸手去够电视机遥控器。不能一直蒙住自己的眼睛。我决定正视自己所作所为的结果，按下了电源按钮。

正巧赶上某档报道节目刚刚开播，画面中映出的正是现场——半毁的住宅，瓦砾中支向天空的直升机尾翼。消防车和救护车将事故现场围得水泄不通，宛如电影拍摄现场的情景。数名身穿橙色外衣的救援人员，果敢地向瓦砾堆成的小山发起挑战。摄像机为确保拍摄角度不断挪动着机位，画面也随之摇摆不定。

那栋住宅——虽说几乎没有留下原形，但是我很清楚，那里曾是筱崎家的住宅。

不一会儿，画面切换成了现场记者的上半身，就在他身后拉着禁止入内的警界线。天空的颜色与先前有所不同，可以看出目前的画面是现场直播，而刚才播出的是录像。

记者一面对照手卡，一面播报。

"呃——现阶段预计死者为以下六名。首先是驾驶员芹泽凉太先生，然后是乘客岸井伸郎先生与敦子女士夫妇二人，再有就是坠落地点的居民筱崎胜一先生，其妻友子女士，以及其女鲇美小姐一家三口。"

画面切换为蓝色半透明布景，记者的报道内容再次以文字形式打出。

死亡	驾驶员	乘客		居民		
	芹泽凉太先生（二十九岁）	岸井伸郎先生（四十一岁）	敦子女士（三十五岁）	筱崎胜一先生（五十一岁）	友子女士（四十九岁）	鲇美小姐（二十三岁）

到底是怎么回事——怎么连鲇美的名字也打出来了？

"为什么啊？"

我整个人愣在那里，只有嘴唇瑟瑟说道。

第十章

1

鲇美的叔父，以丧主之名为家族三人举办了隆重的葬礼。我与鲇美虽尚未登记，但身为她的婚约者，同时也是陪伴三人悄然逝去的胎儿的父亲，在列席时享有了近于亲族的待遇。我的父母自然从老家赶了过来，还有我的教授和我在研修班的同僚们也出席了葬礼。原本预定于十日后聚集在婚礼上的人们，如今在黑白帐幕的包围中愁眉苦脸地面面相觑。

在葬礼现场，从鲇美公司同事间的交谈中，我了解了事发当日的大致情况。

鲇美在八日周六那天确实有去上班，但在用过午饭后身体状况愈显不佳，于是出于慎重考虑提早回了家。至于身体欠佳的原因，据说就是妊娠反应。

原本以为是令她远离死亡命运的妊娠，到头来还是再次将她唤回到了死亡身边。我从中感受到了某种超越偶然的存在。牢不可破的命运——或者说历史的诅咒。

命运如此险恶，我却成功将其改写，只有我。然而我却无所作为，对筱崎一家三口见死不救。虽说鲇美的卷入出乎了我的意料，但是她父母的死，确实责任在我。明明力所能及，却硬要袖手旁观——这就是罪。

但对重赴者来说，这就是家常便饭，不值得去一一反刍。脑海里浮现出今年发生过的——以及今后预定要发生的——无数起天灾人祸。不计其数的死者，你已经见死不救，往后也打算照常行事吧？那两位和那些家伙有何不同？本质上还不是一样！而你只不过是没做什么，并非做错了什么，没有必要抱有负罪感……

然而，这诡辩对我来说却不奏效。我是确确实实地弄脏了自己的手。和由子那时相比更为深重的罪恶感在心中向我席卷而来。

在令我万念俱灰的悔恨中，泪水流了下来。

前来悼念三人之死的数百名参葬者们，我理当承受他们的口诛笔伐。然而，他们却为我递上了饱含温情的目光，抚慰着我。

在不知情的人看来，千罪万罪不过是命运无情，而我流下的眼泪，正是一个被无情的命运陡然夺走恋人的男人切齿痛恨的结晶。但其实，一切罪责都在于我。从我眼角淌出的，是对自己的悔恨。别用那种同情的眼神对着我，是我干的，都是我干的，把狠话丢过来……

然而，亡者的追悼者们，却无人对我厉眼相向。于是，媒体的取材部队取而代之"责难"了我。

"失去恋人是怎样的心情？"

"听说鲇美小姐有孕在身？"

"对'西洋航空'有何看法？"

由于一家三口全部遇难，报道此类惨剧时所不可或缺的，来自终日哀叹的家人们的声音，在这次的事件中一语难求。在寻找替代品的过程中，媒体相中了我。

"我们理解您难过的心情，不过……"

"为防止此类事故再次发生，请讲两句。"

不顾他人悲痛将其踩在脚下的取材攻势，我只当是对自己罪行的讨伐应许了。原本逃回老家便可了事的采访，我默默地承受着，对每一通采访电话都仅以"抱歉"二字应对到底。

父母劝我同他们一起回趟老家，我却摇摇头，独自留在落合的公寓里。媒体的取材止于葬礼的翌日。意识到时，我已成孤身一人。

一早醒来，我走到报箱跟前且只走到这里，取了报纸便返回。读过报后打开电视，对着那画面放空双眼，直到厌烦为止。意识到肚子空了，就去便利店里买份便当回来吃。觉得屋里昏暗了，就打开灯。忽然记起自己会打太极拳，就打上一套，顺带做一些力量训练。灌自己两口无添加的波本，等酒劲儿上来就上床睡觉。望着幽暗的天花板，回想起来，今天这一天除了对便利店的店员，自己不曾开过一次口，吐出半个字。

如此过了三天之后，终于有个不是我爹妈的人来电话了。

是池田。"是毛利君吧？你忍耐得非常好！心情平静了吗？"

我不吭声。一听到他的声音就浑身难受。

"这样一来，我们就打算正式吸收毛利君入伙啦！"

重赴者什么的，就是一堆人渣！风间也罢，池田也罢，人渣！谁和你们是一伙的！

且慢……如此说来，自己不就是最渣的那个嘛！和池田他们称兄道弟，现在的我再够格不过了。

"怎么了？还没歇过来吗？"

"没有……不要紧。"

我到底还是回答了。没有别的选项。和这帮家伙一起去 R11，从一开始就只有这一条出路。然后一切都将变得不曾有过。去到 R11，由子还是活生生的。鲇美，还有她父母，大家都是活生生的。这次不会再让你们死掉了，绝对不会！

"哦，对了，毛利君那边也收到大森先生的联络了吗？"

"啊？不，没有。"

"是吗？其实这次的事件发生后，他大概也注意到真相了吧……你看，坠落的不是同为'西洋航空'的直升机嘛，所以他可能是怀疑风间先生了，跟我说，该不会是风间叫部下去送死吧。"

"怎么可能有那种事呢？"

那个搔头男当真这样认为？他这不是在说疯话吗？但又转念一想，要是自己并不知情，和他是相同见解也说不定。

"他还怀疑风间是用预言操纵了人心，上次的麻生正义是，这回的飞行员芹泽也是。而且他还吓得不轻，说这类攻击防不胜防，所以才来找我商量，要我和他共谋保身之策。"

"把正确答案透露给他不就好了？"

大森是否了解实情，在我看来无关紧要。

最近一周是梅雨的期中假期，接连几天最高气温都超过了三十度。我借此机会洗了衣物，顺便打扫了房间。白天，我到街上去闲逛。行人们个个挂着一副毫不怀疑人生的表情，从我面前穿行而过。R9 时的今天，大概我也戴着这样一张脸孔吧。

夜晚，我来到了新宿。想找个人说话，于是走进 Bambina。

"哎，这不是阿圭吗？什么风把你吹来了？"小妈的眼睛睁得大大的。雪在她身后笑着冲我招手。我结婚的事她们都知道了，但不知道对象是谁。

"结婚的事，到最后吹了。"

"啊，真的？！"

我悲伤地看向她们，但不想再谈更多。于是，小妈也打消了一问到底的念头。

"怎么办，要回来打工吗？如果阿圭想回来的话，我们热烈欢迎。"

在这儿总比一直闷在家里容易分散心思吧。

"恩，我想想。今天就先让我当个酒客吧。"

"那好吧！"说着，她超常发挥地冲我抛了个媚眼儿。我笑了。已经不知有多少天了，自己脸上的表情从未放松过。

"初次见面，我是这个月新来的阿绿。"

刚才一直和雪窃窃私语的绿这时来到我面前，低头向我问好。

原来今天是和她在这个世界的第一次见面。

"初次见面，我是在四月退职的毛利圭介。今后没准儿还要受你关照，请多指教。"我一边打招呼一边再次意识到，得小心着不要说错了话。时隔许久，我再次体会到了神经紧绷的感觉。

隔周，我恢复了在 Bambina 的打工职位，与此同时也回归了大学的校园生活。由于研修班里的人都知道鲇美的情况，他们对我的照顾反而增加了我的负担。

周二去打工时，我和"鲇美"（亚由美）久别重逢。按照两位"常客"的说法，我原本会同她交往，并最终因她而死。由于听说了"实情"，我便无法不对她抱有复杂的心情。但亚由美对我的笑容依然无邪，对与我的重逢也打心底里觉得高兴。

周六，研修班休课了。我在家里晃了一上午，午后终于按捺不住，撑了伞出门。乘轻轨并换乘后的目的地，是在过去曾四度光临的那家酒店。相隔十米，我止步于正门前，越过雨帘眺望行人的进出。

原本，自己将在今天这个日子在这家酒店同鲇美举行仪式。当时，准备工作正在如期进行，我却拗不过自己的脾气，满脑子想的都是如何以她身体欠佳为由令仪式取消，万万没有想到是以这种形式结束。

鲇美也好，她母亲也好，都曾那般期待。

十日前的那场仪式庄严肃穆，而今天，是属于我一个人的葬礼。

去到 R11，名为今天的一天固然会再度降临，但那却并非此生的今日。R11 的"鲇美"在一月时与我素昧平生，以此为起点的人生将不会在六月二十二日迎来婚礼吧。同她交往自不必说，哪怕是令两人萍水相逢也绝非易事。

不，R11 的"鲇美"原本就不是我心中的她。

她已经死了。

是我杀了她。

我不会再去想着和那个她有所交集。

这种事，要我怎么做得来呢？

雨，骤然增势。手中的伞陡然沉重起来。我被关押在雨的牢笼，如同感受到无名天罚，久久伫立其间。

2

七月进入第二周后，前期课程已经结束，每周两次的研修班也被移出了日程，我一味地挥霍着闲暇时间。

记得 R9 时，人生这最后的长假我度过得甚是匆忙。为了写论文而阅读资料二十多本，参加学友们的酒会也不下数次，还和少林拳法同好会的同人们去了轻井泽旅游，向日本笔会的宣传刊物投稿短文一篇；每周二四六晚间在 Bambina 的兼职就不用说了，返乡冈崎时和高中时代的同学们几乎每晚游街串巷，甚至还曾和姐姐、姐夫到名古屋一游。

如今只剩下 Bambina 的钟点工，除此以外无事可做。参考书 R9 时已经读过，就算有重读的必要也并非这次，而是留到 R11 再读便是。身为重赴者，出席酒会应尽量避免，至于旅行，一度游览过的地方再去一次也是无趣。回去老家，只会被家人朋友特别对待而承受压力，况且春假时已回去待过不少时间，这次就更是心气不足了。

眼下时间金钱都很充裕，换作以前，我一定正在计划着拉上好友去海外旅行，如今却提不起兴致。就连在 Bambina 的衣物间冷不防被亚由美问及暑期安排时，我的心里都冒不出哪怕一星半点儿心跳的火花。

无法产生积极从事某事的欲望。无论去哪里，无论干什么，心中的阴郁都不见消散。总之，不去到 R11，一切就都一筹莫展。当下仿佛成了人生的禁锢期，再熬三个月才能刑满释放。时间过得再快一些就好了，这便是我每天唯一的期盼。

就好像盛夏日和桑拿夜都变成了屈指可数的冷夏，眼看温吞的日子一天天过去了。而时隔良久令我振作起来的，是八月八日早晨打来的一通电话。

"喂，您好？"

"毛利吗？是我。"

时隔两个半月再次听到这个声音，睡意蒙眬的大脑一下子清醒过来。

"天童先生？出什么事了？为什么一直到现在才出现？"

"这个过后再说——总之，你今天有空吗？"

"今天吗？"我反射式地问回，但自然是连笔记本都无须看了。"没问题。"

"那么，我想让你跑一趟前桥。"

突然蹦出一个始料未及的地名。

"是说前桥吗？群马县那个？"

"估计要花三个小时。站前有家华堂商场，我在一层东门等你。时间的话——十一点你应该能到吧？"

"前桥那里到底有什么呢？"

"来了就知道……哦，顺便嘱咐你一句，这件事和风间他们——风间和池田，可得保密。没问题吧？"

"明白了。"

撂下电话我迅速做起了外出准备，七点前就出了家门。

在中东野站上车后相继在新宿、池袋、大宫站换乘，之后乘上高崎线，进而转乘两毛线，最终在十点钟抵达了前桥站。

由于早到了一小时，我一边考虑先找个地方吃饭，一边往北口走，没想到天童已经在那儿了。身高一米九的他离老远也能一眼认出。黑色裤子和黑色领带在意料之中，虽然上身穿白衬衫，但由于今天戴着墨镜，反而凸显出了遍布他下半张脸的黑色胡须。

"好久不见。"

"我想你可能早到就过来看看，真是想什么来什么！"

"感觉很粗犷啊！"我评价了还没看顺眼的胡须。

"还好吧。"他说着露出微笑，"我去把车开过来，在这儿等我。"

车似乎停在了商场的停车场里。不一会儿，一辆丰田赛弗开至站前环岛。

天童在车里解释了他去向不明的这段时间里发生的事情。

"其实这两个月我去洛杉矶了——"

他说此次赴美是为了取得直升机驾照。在国内获得资格至少需要一年时间，如此一来便为时已晚。在得知大洋彼岸顺利的话两个月即可搞定后，他旋即决定渡海留学。

"我可不想风间他们知道我打上了直升机驾照的主意。"

天童如此说明了毅然选择人间蒸发的理由。

"这么说驾照已经到手啦？"

经我一问，天童边驾车边冲我竖起了左手的拇指。

只要凭借一己之力拿到驾照，无须依赖风间也可能重赴到R11——这事说起来容易，然而实现起来所必经的重重困难，已然超出了我的想象范围。天童的执行力的确令人敬佩。

"问题在于极光的出现位置。直升机是可以开起来，但如果不清楚方位也是无济于事，所以当时我决定找你帮忙……还记得吗？那时在直升机上，我叫你记住空中的方位。"

"记得。"

悬停于东京湾上空的经历，只有那一次。当时放眼所见的光景，时至今日仍然记忆犹新。只不过那时视野几乎被海洋占据，如今要我向记忆寻求方位的准确性，究竟能否回应他的期待，对此我略感不安。

"你对那两个家伙多少也有些想法吧？被他们当成游戏的棋子摆弄，简直太过分了！"

我想起大森演示的那个游戏。红、蓝、品红等颜色的图形符号在窗口里颤颤巍巍地行动——在风间他们眼中，我们就如同那游戏里的符号生物吧。

游戏中的棋子并非十个，而是最初就只有八个。风间和池田只负责看乐。如今八个棋子当中有五个已经消失，只剩下我和天童，还有大森……

"总之，咱们要是能自己重赴，就没必要对那两个家伙言听计从，反过来还能呛他们一口！"

天童"呛"字说得格外用力。大概是心气高涨吧，随后他突然唱起了 KAN《爱定胜天》的副歌部分，让我吃惊不已。

在乡间道路上行驶约十五分钟后，我们抵达了目的地。铁丝网的包围圈中是广阔的水泥地面和草坪，再往远处是林立的仓库。宛如在大自然中从天而降的这座基地，正是名为群马县直升机场的设施。天童昨天和今天两日在这里租下了一架直升机。

"昨天我自己飞了几圈，到底无法进行定位。事到如今，就剩下你这一根救命稻草了。"

办理手续和机体整备耗费了近一个小时，等到飞行准备一切就绪，时间已过十一点半。在起落区等候我们的，是一架弱如细蚊的机体。在地勤人员的协助下，我由右侧舱门钻入机内。座位只有两个，哪个都像是驾驶席。

"其实你那边才是主驾驶位，不过我想让你和当时一样，从右侧机窗观测方位……好！系好安全带，再戴上这个，什么都别碰。OK，引擎点火！"

头顶上开始铮铮作响。与此同时，透过风挡玻璃注入舱内的阳光，在螺旋桨叶的遮挡下变得时断时续。虽然已是第二次乘直升机升空，不过这次最前排的视野良好，加上各式仪表盘近在眼前，座位下方陡然生出的操纵杆触手可及，我意识到自己的情绪已经空前高涨起来。

桨叶回旋速度急剧上升，撕裂空气的嗡嗡巨响纵使有耳机遮蔽依然难减狂躁。

"要起飞了，做好准备！"

经由线路直通耳道的天童的声音格外清晰。

"就靠你了。"我冲着支在嘴边的麦克风应道。

我感到机体飘然升起，下个瞬间，视野呈180度回旋。我们已然悬浮在了距地面十来米的半空中。

直升机进一步攀升高度，视野随之豁然开阔，机场周围的农田绿林在我眼中扩散开来。机体开始前倾，视平面与地平线之间形成了小小的仰角。

不一会儿，直升机提速了。脚下的城镇变成了地图，犹如游戏画面一般滚动消失在背后。和乘坐汽车、列车时不同，机窗近外侧不存在流淌而过的建筑、树木，以至于靠体感难以判断出飞行速度，但想必相当之快。

我看向左边的天童，他从正面沐浴阳光的表情异常专注，驾驶姿势又多少有些僵硬。我这才想起他是刚刚取得驾照。然而，飞在距离地面数百米这个绝非寻常的高度，胃袋已经发紧，此时若对操纵者产生不信任感，便如何也谈不上享受空中之旅了。我将视线重新移回窗外。

流淌于地表的风景瞬息万变，河川、森林、密集住宅区，道路干线时而被河流覆盖，时而迂回山间。直升机却能够朝向目的地直线前进。话虽如此，群马与东京相距甚远，等到高层建筑群再度浮现眼底，一小时过去了。回过神来，不知从何时起，远方的地平线已被海平线所取代。

进入东京湾上空后，天童减慢了直升机的巡航速度。脚下遥远的海面上，数艘船舶行驶往来，航迹线清晰可见。

"我认为就在这一带……你看呢？"天童悬停机体问道。

"稍微有点……嗯——是不是应该再低一点？"

天童降低了高度，但眼前的景象仍与当时有些不同。随后在我的指示下反复移动机体，将左右幅度缩小在一公里以内。然而，在此基础上前后（南北方向）移动数公里，始终觉得似曾相识，却无法定位。终究是高度无从把握。

"位置上可能多少存在偏差，但极光出现后肯定一目了然吧？"

"不妥。那东西究竟离多远才能看见？搞不好不只和距离有关，就好像一块液晶屏幕，观测角度稍有不同就看不见……"

天童驳回了我的观点。

最终，具体方位无法确定，归航的燃料已经堪忧，我们不得不撤回前桥。

开始返航后不久，"那里就是东京直升机场。"天童说。于是我俯瞰地表。R9造访那里时，那片设施在我眼中曾无比宽广，如今高空鸟瞰，面积却不过数立方厘米，以至于无人提示便看不到。若以那里为基地的话，燃料的消耗量将下降不少，进而用来确定极光出现场所的时间将变得十分充裕。但天童没有那样做的理由我再清楚不过了。

“看来只能放弃靠咱们自己了。唯有这件事，赌不起啊！”

“找不到极光就全剧终了。”

“到头来，我这两个月八百万日元的投资算是打水漂了……”

“那么多！”我不由得发出惊讶的一声。

“很烧钱啊……直升机这玩意儿。当初我也是被它吓到了。”

返程的直升机上，我俩借助耳机交换感言，意志消沉。

3

待在东京也是闲来无事，盂兰盆节后，Bambina 开始放假，我决定返乡。

八月十二日傍晚，躺在床上看了一天电视的我突然直起上身，电视里正在播报记忆中不存在的列车事故新闻。

一辆抛锚在铁轨上的乘用车遭到列车冲撞，导致列车司机及乘客共八人因事故死亡，主播报道说。据报道，八名死者中原有三人预定出席于福岛市举办的"日本食品化学学术会"。

一起 R9 时不曾发生过的事故，再加上"食品化学"这个关键词，我很快推测出搔头男大森注定死于这起事故。然而，死者八人当中却不见"大森雅志"的名字。说不定，他是在现阶段被判重伤而于日后丧命的，是这么回事。

吃过晚饭，我借口纳凉，去公园里的电话亭给池田打电话，向他打听大森的情况。

"没错，大森先生原本为了出席那个什么学术会，乘坐了那趟列车，并死于事故。不过他没出事，刚才还给我打电话呢，说看了事故的新闻，说自己本该在那趟车上，还说那场事故完全是针对他个人策划的。"

很遗憾，大森至今未能走到真相面前。所以风间才没有关闭开关，致使今日的列车在劫难逃。反过来说，如果他在事前得出了正确结论，八名死者大概能够死里逃生吧……

"之前也和你说过，自从筱崎小姐出事后，他就认定了风间先生是连续杀人案的幕后主使，自己连公司也不去了。我想方设法让他回归日常，也给了他很多建议，可他吓得够呛，完全听不进去。所以这次的学术会他也没有参加，从而躲过了一劫。"

简言之，池田为了让大森顺从命运，曾在暗中牵线搭桥。于是，我责难他"这么做不公平"，他却解释说："可是他这个人，已经成问题了。这和毛利君也有直接关系哦！据我所知，他已经两次向辖区警署申请庇护了。头一次，他只说生命安全受到了威胁，结果警方对此不屑一顾，于是据说第二次，他连重赴者的事都抖搂出去了。"

"哎？"我倒吸一口气。他这么干确实不妙。

"还好，这样一来就更没有警察搭理他了。"说着池田笑了，"不过他也算是重赴者，想要表演预言的话也能办到。虽不知他拥有多少未来记忆，但至少九月一日的地震他预言得来。在那之后，他如果将你我指为同伙，或是告发风间想要谋害自己，我们也很难办。所以我想不如借这次机会，让他顺从命运一了百了……"

原来如此。的确并非事不关己，自己也可能受到波及。

但我也罢，池田也罢，至少在那次通话时都不认为大森可能构成威胁。大概是心里某处对他抱有不屑吧。然而，就在两天后的十四日，我认识到了令自己小觑他人的浅薄。

为我送上事件第一手报道的，是午后两点开始的综艺节目。"品川高级公寓离奇死亡事件！"——跃动的不祥字体占满了屏幕，背后映出的是公寓的航拍画面。那显然是风间的公寓。

为了一字不落地听取主播关于事件概况的报道，我将身子探出餐桌。

"呃——本日正午过后，一名男子从这栋公寓的十六层坠落死亡。警方搜索了该名男子坠落的房间，并发现了另一名被手枪射杀的男子的遗体。中枪者为该房住户风间元春先生，三十三岁，原自卫官，现任直升机飞行员。"

画面中给出了风间的面部特写。照片似乎翻拍自驾照，风间戴一副无色眼镜，神情严肃地笔直看向镜头。这是我头一次见他不戴墨镜，想不到他的眼神意外的平和。

然而，那个风间竟然被杀了……

据新闻报道，由十六层阳台坠落致死的男子的身份至今未明。大概是没有携带有效身份证件吧。

不过直觉告诉我，杀害风间并破窗而出的人应该是大森。他有行凶动机，而事发时间又与之前的交通事故仅隔一天。只不过，使用手枪作为凶器这一点，感觉与大森的学者作风不符，不过性命攸关，任何人都会拼死一搏，大森恐怕也是穷其所能将那玩意儿搞到手了吧，我想象着。

回过神来，母亲就站在我身后，手里抱着晾晒完毕的衣物。

"东京真不是个安稳地方，你也在这边找个工作得了。"

我留意到右手上吃到一半的薄饼，为了不令她起疑慌忙解决掉剩余部分，弄得指尖黏糊糊的。

傍晚时分，新闻公开了射杀风间后坠楼身亡的男子的身份。果然是大森。他给人感觉好像当年死读书的一个小学生，就那么一成不变地长成了大人，以至于很难从外表推断其年龄，不过在新闻里，他是三十八岁。

风间死了，大森也死了，如此一来重赴者便只剩三人……

可是大森为何要自杀呢？为了忏悔杀人之罪吗？然而，再过两个半月便可去到 R11，一切便都可能化为乌有。我也是在一气之下杀了由子，然而经历过后才更明白，只要去到 R11 便可将杀人之罪一笔勾销。这件事对重赴者来说应该众所周知。既然如此，大森为何要选择自我了断呢？

因为风间是直升机飞行员？飞行员已死，重赴无望——因为去不了 R11 而绝望？应该不会。自己虽说得知了新飞行员天童的诞生，但即便不知道也会首先想到去雇用其他飞行员，总之还有很多办法可以尽力去想。

这种关键时刻我却待在乡下，只能靠新闻获取仅有的一点消息。我怨恨自己时运不济，并在晚饭后再次以纳凉为由外出打电话给池田，然而这次电话没通。我暂且回家，约两小时后再试一次，依然不通。虽然也想和天童取得联络，却不知道他回国后住在哪里。出于慎重考虑，我又拨了他以前的号码，意料之中，电话那头只是循环播放了"此号码目前无人使用"的系统提示。

　　第二天，好不容易联络到池田后，我得知了意想不到的事实。

　　"哦，毛利君吗？其实……当时我也在场。"池田说道，声音充满苦楚，"把大森先生从阳台推下去的，是我。"

　　应邀至风间公寓时窗前的景致忽然浮现在眼前。宽敞堪比大学教室的起居室，连接墙壁两端的巨大落地窗。

　　"我们原本是打算赶在他惹祸之前，在那天向他挑明真相的。换句话说，我们最终还是认可了他的生还。但他恐怕是认定了自己会死在那里。结果风间先生还没来得及解释，大森突然掏枪射击！把风间先生给……他是何等超越常世的存在！那个白痴又懂得什么……"

　　池田似乎是打心底里缅怀风间的离去。即便是对他人的生死毫不动容的"常客"，在面对搭档的死时到底非比寻常。粗算下来，两人毕竟是同甘共苦八年有余（十轮十个月）的交情了。而去到R11后那里自然也有"风间"，但那并非池田所熟知的风间，恰如"鲇美"不是我认识的鲇美。

　　"大森并不知道我和风间一样是位'常客'，他以为我和他一样都是风间的目标，所以对我并没有设防。我等待他放下手枪的时机，毫不留情地猛打他面部。当时我是真的动怒了，结果把他打昏了过去。我觉得唯有一案能够收拾残局，于是开窗上了阳台，把大森从那儿丢了下去。然后慌忙离开那间屋子，乘电梯到底层，混在看热闹的人群里好歹逃了出来。

　　"我殴打大森的痕迹和留在那间屋里的指纹曾令我放心不下，但事到如今已经没有什么能将他俩与我联系到一起了。就算去调查过往也不会有任何结果。之前聚会时毛利君的指纹也可能留在那里，不过和我的情况一样，不用担心，没问题的。"

虽然池田如此强调，但他每多说一句，我心中的不安便增长一分。

"此事一出，幸存下来的就剩下我和毛利君了……不对，天童先生也应该还活在不知哪里——"

"关于天童先生，"我一边思酌一边说，"最近他联系我了。"

如今风间死了，运送重赴者的直升机只有天童可以驾驶。当然，将某个普通飞行员卷入事端的选项并非没有，然而极光当前，一般人会如何行动便成了不确定因素，这点无法否认。另外，仅靠我和天童两人无法确定黑色极光的出现位置，这件事已成定论。不过池田去那场所已有十回，想必可以为确定方位献一份力。那么由天童驾驶直升机，再由池田出任导航员——这在谁看来都是眼下的最佳方案，毋庸置疑。做出如此判断后，我将三人今后的应对之策告知池田。

"明白了。"池田似乎也认可了我的方案，不过——"可是，此事未免来得过于轻巧了。同伴里唯一懂得驾驶直升机的风间先生刚死不久，咱们正束手无策，恰巧这时，天童先生拿着驾照出山了……哦，我这么说倒不是别有用意，只不过不由自主就这样想了……"最后附上这句语焉不详的话，池田结束了与我的通话。

第二天，法事结束后，我决定立刻返京。家里人想多留我几日，但我以毕业论文为由执意回了东京。

返回住处后，我首先检查留言电话。一上来就因十二日那天大森的留言吃了一惊。这条必须删除，我想。随后是由学友发出的两条和来自 Bambina 亚由美的一条。十四日下午也有池田一条。

最后一条是天童的。

"我是天童。刚看完新闻，看来我的银子没白花。"此处听到一声鼻息。"我有个想法，想跟你说说，总之再联络。"仅此几句便挂了电话。

事已至此，天童还说"有个想法"，是什么呢……

4

这个星期我打算尽量少出门，在家等天童电话，但实际并未久等，第二天便接到了他的来电。

"你回老家了？我太多年没回去了。"天童罕有地以闲聊开场，"话说回来，毛利，你对风间他们的所作所为怎么看？被他们耍着玩就没有不甘心吗？"

"有当然是有，可如果不是他们在 R9 插手，咱们早就死了，所以又觉得无可奈何。"

"嗯，这么说，你是打算饶了池田喽？"

"这不是饶不饶他的问题……天童先生呢？"

"但凡有一点可能性，我都不打算放过他。以牙还牙是我的一贯作风，要是由着我的性子，就是要攻其不备，然后大快人心。可是风间死了。现在轮到池田，一定要打他个措手不及。对此我有个想法，你先听我把话讲完。

"总之是这样，我呢，可以驾驶直升机，而他知道极光的确切位置，所以我们两个的利害关系一致。可你呢，一无所长，有你没你一个样——我手上的单发活塞引擎直升机驾照，能驾驶的大都是上次那种双人机，虽说不是没有三人机，但数量极少。所以我打算跟他这么说：'我告诉毛利的集合地点是假的，就咱俩去。'我想拿这话引他上钩。"

听着听着，我觉得自己脸上的血色所剩无几。

"可你呢？"

"一无所长！"

"有你没你一个样。"

他说的没错。重赴只需天童池田二人便可成行……

"哎，毛利，刚才那些话是要拿去骗他的，你可别多想。"

声音传进耳朵，我清醒过来。

"当天我会和他提前出发，在东京湾上空套出极光的出现位置后，把直升机开回千叶的山里着陆，然后把他撇下。你要在那儿做好准备，等放下了他，我就捎上你重返极光的出现场所。这样一来就达成了只有你我重赴的最终目的。

"说白了，套出那地方以后就没他的事了。极光现身三十分钟前被丢在山里，纵使他想再叫一架直升机也来不及了，想干什么都晚了。说什么也得让他尝尝万念俱灰的滋味，我就是想这么干……怎么样？"

无法简单评价。事情如果像天童导演的那样，自然可以出一口气。被抛下的池田一定会捶胸顿足追悔莫及。而如果能在上空居高临下观看此景——想象一下就觉得，再没有什么比这更令人心旷神怡了。

然而，由天童撰写的这部剧本，假如他心怀二意同池田联手，到时候剧情急转直下，换得我在山中空等一场——如此改写起来同样易如反掌。

被丢在这个世界……想象一下就觉得胃部一阵发紧。

在这最后的最后，我实在不愿去冒这风险。如果留有选择的余地，我一定会选三人团结友爱地一同上路，选这种波澜不惊的剧情走向。但天童似乎全无此意。甚至连我正在对最坏结局所做的预测，恐怕也在天童的意料之中。

"你打算怎么让池田下直升机？想必他也料到自己会被丢下，一定会有所抗拒吧？"

"飞行中应该不会出事，毕竟是由我驾驶。我会和他说，去看看毛利上当后的惨相，然后把直升机开到你等待的地方，在那儿着陆。之后嘛，我另有打算。"

他的闪烁其词令我蓦地想起了返乡期间和池田的通话。

天童带着驾照刚一回来，风间就恰逢其时地死了。还有大森手里那把不像是他会使用的手枪。莫不是……恐怕，也就是这么回事了。是他把枪交给了大森，在料到他会如何使用之后。换句话说，天童有路子搞到手枪。那么在池田下机后，他就打算用那个……

"那就……这样吧，就按你说的办。"

剩下的只有相信天童了。我们同为访客，同是被池田他们这些常客耍弄的患难兄弟，他应该会放弃池田选择我——现在也只有这样去相信了。

后来，我没有把自己和天童的幕后交易告诉池田，而池田也不曾向我提起天童向他提出的，所谓告知我虚假的集合地点，把我一人留在这个世界的计划。

启程之日前那两个月平平淡淡。

九月一号傍晚地震了。我正吹着空调，懒懒散散地躺在床上，忽然感到些许晃动。马上看一眼录像机的时间显示，五点四十五分。

原来是 R9 时用作预言的那场地震。

打那天以来，已过去二百九十天。这段日子里我竟然变了这么多……

十月六日，天童拜访了我的住处。他摊开姉崎周边的道路地图，指向二十四号线上行沿途的一片高尔夫球场施工地。

"这里正由于资金短缺而停工。这是航拍照片。"

山林被一股脑儿削成了场地形状，大地的肤色暴露在外。那当中有个地方用魔术笔打了叉号。

"这里是九号场的预留地。当天，你就在这儿等我。我一定会去，相信我！"天童用比以往更凶煞的眼神紧盯着我。

我就好像中了咒似的老老实实点了头。

5

转眼到了当天早上。对我来说已是第二次的十月三十日的早上。

我做了个梦，梦见睡过了，睁眼时已过正午——梦到此处我蹿起。查看嵌入床头的钟，刚过早六点。距离闹钟时间早七点还有一小时，不过这个回笼觉我已经不想睡了，于是起床下地打起了太极拳。活动身体可以促进大脑活动，这个我懂。

　　眼下我身处内房线姉崎站数百米外一所宾馆内的房间。从二十七日起我在这里连住了三天。前天和昨天的上午，我曾乘出租车前往现场，而昨天下午，我又尝试了徒步往返。时间上绰绰有余，地点也不会搞错，准备已经妥当。

　　昨夜我于零时前上床，随后很快熟睡过去。没想到竟然一觉睡到天亮，看来自己确实胆识过人，我不禁有些暗喜。

　　随便冲了一个澡，穿上叠好放在枕边的衣服，如此一来出发准备已经就绪，时间刚过七点。早到总比迟到强，我想，于是用内线呼叫前台，叫他们在正门为我安排一辆出租车，随后背上行囊出了房间。

　　出租司机看着面熟，貌似还是昨天那位。对方也记起了我："老弟真是有热情啊！"他和我搭话说。前两天为叫司机把车停在荒山野岭并等我回来，我谎称自己加入了大学里的"自然观察同好会"，而这片山林里栖息着别处没有的野鸟——找了这么一个最贴切的理由。

　　"请还把我放在昨天那个地方。"

　　今天仅此一句便达成了共识，着实可贵。

　　"今天计划待得久一点，您不用等我了。"

　　我补上一句，以防他担心我返程时无车可用。

　　出租车沿久留里街道行驶，在樱台社区入口左转，从有秋南小学旁经过，坂道两旁的红叶上秋色已深，色彩绚丽怡人。沿林荫道行驶约十分钟后，出租车缓缓停下。我付钱下车，走上狭长的山间小路。枯叶在脚下清脆悦耳，好像威化饼干。阵阵鸟鸣遥相呼应，回响在林间。

在林子里走了约五分钟，视野豁然开阔。此处树木已伐，黄土外露，形成一片约三十米宽的带状空地。沿右侧走到尽头便是天童指示的场所。

看一眼表，还不到八点。直升机十一点左右到，天童是这么说的。还有三个小时——或者说只剩三个小时了。

走了十分钟，浑身冒汗，我脱下夹克铺在地上，仰面朝天躺了上去。铅色的天空暗淡无光。

我时而起身，时而卧倒，一味等待时间流逝。三个小时，我不知看了多少次手表。想必过了百回。时间缓慢而稳健地与我擦身而过。

天童也许不会来了……

这样的不安不知多少次向我袭来。但如今我想开了，哪怕去设想这种可能性，胃袋紧缩的感觉也已不再卷土重来。

直升机远比我想象的频繁纵横于长空。九点前后就曾两度以五分钟为间隔，有疑似直升机的声音飞入耳畔。我仰望天空，机影无处可寻。大概是远在天边，近在耳畔吧。

而后十点五十一分——第三次传来的噪声并非渐行渐远，而是愈演愈烈。

我起身拾起地上的夹克，弹落尘土，来到空地另一端，仰望空中声音传来的方向。铅色的天空背景中，黑色的点状物体进入了视野。物体的位置不见变动，大小不断增加。不会有错，那架直升机正朝向我的所在地飞来。

机影可见后便势如破竹。就在机型清晰可辨的数秒后，它已飞到了我的头顶，在那位置上一面悬停一面徐徐降低高度。

旋翼产生巨大的气流注入整个广场，引得周围树木枝摇叶落，地面尘土滚滚飞扬。我退到林边，眺望直升机着陆时非现实一般的光景。

天童真的来接我了！

<h1 style="text-align:center">6</h1>

透过风挡玻璃已经可以看到驾驶舱内的情形。直升机以其左舷朝向我正欲接触地面。形如巨蚊的机型与上次搭乘时相同，而白底深蓝色的涂装令人目眩。左侧席位上的人原来是池田。他正看向我，隔着玻璃与我四目相视。距地面已不足一米的机体平稳降低着高度……着陆了！

我踱着缓步，逐步缩短与机体间仅有的十米距离。最终在桨叶回旋所勾勒出的圆盘外沿停下，窥探起舱内的情形。

眼见池田摘掉了耳机，解开了安全带——他终于准备下来了。舱门开启，池田面向这边迈出左脚，右脚跟上一步后低头看向脚下的地面。他依然显得犹豫不决。重新看回身后，不知对天童说了些什么，之后再次转向这边——他跳下来了。

我缩着脖子潜入回旋桨叶的下方，脚下紧跑起来。天童在撤下池田后独自一人远走高飞的不安瞬间在脑中掠过。

　　池田仿佛要堵住我去路一般伫立原地，然后，他突然转向了天童。我承受着风压，还差三步、两步，就在这时——

　　轰鸣直冲云霄。接着两发！再一发！在巨响的震撼下，我立刻卧倒脸贴地面，从低矮的视点仰望池田近在咫尺的背影。

　　赤色的浓雾弥漫空中，打在桨叶上，甩在地面上，飞溅到我眼前。

　　池田的背影向我倒来，我在瞬间扭转身体仰面朝天，以毫厘之差躲过了他的重压。

　　我直起上身望向背后，敞开的舱门在自重的牵引下正要关闭。我慌忙起身跑向机体，将一度闭合的舱门再次打开。

　　驾驶舱内血沫四散，染得右侧风挡玻璃一面薄粉，好似烟花绽放后的味道充斥其间。

　　右侧座椅上天童扭曲着身子，紧捂胸口的手上布满了鲜红，赤色液体伴着异样的咳声由口中喷出。

　　天童也中弹了——？！

　　就在认清现状的瞬间，背后传来一声轰响，与此同时强烈的冲击力横贯了左腿臀部附近，整条左腿仿佛随着冲击被摘走了一样。我顿时失去了平衡，赶紧拼命抓住舱门边缘，好歹没有跌落下去。不由得转过身，视野一角，池田倒地不起的身影映入眼底。他以痛苦的表情凝视着我，手枪牢牢握在右手。

　　"我也能驾驶直升机……我可是'常客'……天童在打什么主意我很清楚……我是想将计就计。"

直升机的引擎就在一旁轰鸣，池田的声音根本不可能传到我耳边，然而我确实听到了，不，或许是我读出了他的唇形。

"拜托你……让我上去……别丢下我……"

摇摆不定的枪口时而对准我的眉心，然而池田没有扣下扳机。

不能一直这样僵持下去。我将他逐出视野，坐进了直升机。左腿随即一阵剧痛，我下意识地按上右手，手上温湿的触感传到脑髓。低头一看，斜纹裤已经被染成了黑色。

自己也中弹了。但是无论如何不能跌下去，跌下去就全完了。我忍痛将上身探进舱内，双手紧抱座椅。这种状态要我怎样钻得进去呢……然而等意识恢复过来，我已经坐在了座椅上。

引擎的噪声和桨叶撕裂空气的声音在头顶盘旋，我看向天童，他正牙关紧咬，手持操纵杆目视前方。

还能飞。我的视线落在左腕的表上，十一点十二分。还有时间，现在起飞还来得及。

自己该做什么，我拼命转动大脑。

对了，安全带，还有耳机。

我戴上耳机，于是听到天童的声音："起飞了……"与此同时直升机开始剧烈摇晃，以此为信号，自己就好像被吊车吊起来似的缓缓升空。

天童右手握着操纵杆，左手扶着形如自行车车闸的把手。直升机正保持前倾姿态，稳步攀升高度——这时，耳机中突然传来天童痛苦的叫声，机体不容分说向左倒去。

掉下去了！意识跟上时，我感觉自己正从座椅上跌落。激烈的痛感在瞬间迈出的左腿上横行，我的身体则被安全带牢牢固定住了。

直升机没有坠落，而是迅速调整了体态。片刻后传来天童"抱歉"的声音，听起来依然摇摇欲坠。那身黑西服的左胸口处浸着污渍，他似乎吐了。

刚才机体倾斜时，身旁的舱门受自重影响敞开了，广阔的地表呈现眼前。池田的身体倒在地上，好似一块惨遭遗弃的破布。

机体随后改变了朝向，稍许前倾后向着森林对面广袤的海洋笔直飞去。我看向右侧驾驶席，天童正顶着一张鬼似的面相盯视前方。

不一会儿，直升机来到了海上。由于与先前来时路线有别，我已经迷失了方向。

左腿上的痛感依旧跳个不停，出血似乎相当严重。或许就是由此产生的血压下降让我有些神志恍惚吧。

"毛利……"耳机中传来蚊声，我寻回了意识。蚊声继续说道："剩下的，就由你……让我，稍微歇一下……一定……一定——"

随着"嘭"的一声巨响，声音中断了。驾驶席上天童的上身倒在右侧，操纵杆已经脱手。耳机从他头上掉下来，原本抻长的线缩回了弹簧状，呼啦呼啦地摇摆着。

驾驶席下面是一摊血。

"天童先生！天童先生！"

我扯着嗓子喊道。我是想把声音喊出来的，可那声音被引擎的噪声溶解了，就连我自己都听不清楚。

现在的时间是？我看一眼手表，十一点二十八分……还有九分钟。

还有九分钟？！

无人把持的操纵杆！我恍然发现，浑身汗毛竖立。然而，直升机仍然浮在空中——似乎正处于悬停状态。

穷途末路……无依无靠……

我胆战心惊地用右手握住操纵杆，再将左手扶上驾驶席旁边的拉杆。上次飞行时，在天童身边的两个小时里，我曾观察了他的操作过程。右手和左手旁边各个拉杆的功能，我想我是理解的。

有样学样地驾驶直升机，或许我也能行。

不，这不是行或不行的问题，而是不能不行的问题。

不论如何必须成行，不去 R11 的话——

等我发觉时，驾驶舱内充满了恶臭、腥臭味，一如待在垃圾箱里。

我轻轻扳动右手的操纵杆。机体反馈十分敏感，开始向扳动方向平滑地水平移动，仿佛在流动一般。

惊觉似的看一眼表，十一点三十一分……还有六分钟。

忽然察觉到高度有误，当时的海平面不该如此之低。高度……是左手的拉杆。

我拉动，视野滑向左侧。高度增加了，却也改变了朝向，机体在原处旋转着。感觉——似乎——无法随心所欲地操纵。

没时间了。十一点三十五分，只剩两分钟了！

就这么一直飘着，结局会是怎样？根本谈不上飞入黑色极光。机体不听使唤，保持悬浮已耗尽我全力，如果再耗尽燃料就全完了。

能否找个地方着陆？

右脚前端是踏板，我提心吊胆地踩上去，视野再次滑向左侧。而就在左侧视野的一角，黑色缎带正在空中舞动。出现了！是黑极光！

"天童先生！天童先生，出现了！天童先生，快醒醒！"

我向右看去，座位上仅仅残留着天童的下半身，上半身已经滑落得不见踪影，吊在顶棚上的耳机取而代之，随着机体震颤轻轻摇曳。

死了。

天童已经死过去了。

我扳动右手的操纵杆，机体产生了剧烈的倾斜。我慌忙把操纵杆归位。极光移去了别处。不，是我操纵的机体回旋了，原地打着转。在左侧未沾血污的风挡玻璃中，我发现了极光，于是稳住机体的朝向，将操纵杆缓缓推向那边——距离似乎正在一点点拉近。

有希望！行得通！——然而，高度存在落差。

这次轻轻拉动左手的拉杆，机体果然回旋起来。我抬起痛楚窜动的左腿踩上踏板，好歹将其抵消，之后进一步将操纵杆倒向黑色极光。

能行！能操纵！我能去到那里！

舞动于左前方的黑色极光终于凑了过来。起初飘荡在远方的缎带，如今已将风挡玻璃完全覆盖。

　　进而，它穿过了风挡玻璃……

　　漆黑遮住了我全部的视野……

7

　　暗转。寂静。坠落。

　　我坐着，却抻直了背筋。

　　脚下的冲击，回升的重力。

　　没错，我终于成功了！终于靠一己之力飞入了黑色极光！终于来到了 R11！

　　体重压在左腿上——压在已受重创的左腿上——支撑不住了！

　　不要紧，我很清楚，我非常冷静。这个世界里我的左腿完好无损。我正走着——只要有了自觉就不会跌倒。

　　我迈出右脚，附上体重。感觉不对，重心不稳。于是左脚跟上一步。这脚仿佛踩在了棉花上，不过不要紧，不至于摔倒。

　　我站住了。

　　恰逢此时视野放晴——夜晚的街景。没错，这里是地铁落合站前的那条路。

　　太好了，我终于来到 R11 了！R10 噩梦般的经历终于一去不返了！人生又可以从一月重新来过了！

　　我要救下鲇美。我不要和由子再像那样分手。不能对坪井君他们见死不救。无非是去阻止麻生正义的罪行。我不会去重复池田的勾当。既然身为重赴者来到这个世界，我一定要让这里的大家都幸福。让你们都幸福!

刺眼的光……?

扭头一看,一对车前灯已迫在眼前。急刹车的噪声划破了寂静,震颤在耳旁。原来自己虽然没有跌倒,却已经踏进车道。

迅雷不及掩耳,冲击贯穿全身。

下一个瞬间,我已飞舞在空中。

眼前是冬日的夜空,黑云间散落着繁星。我看见银杏树的行列,看见常磐公寓的红砖,看见 Sunkus 便利店红绿错落的发光看板。

历尽艰辛回到这里……我却要因此丧命吗……?

眼中映出步道上由子的身影。还是那双睁开到极限的双眼,正盯着我看。她的双手捂在嘴上,似乎呐喊着什么。

到头来,依然是你吗……

我想对她露出微笑。仿佛我真的笑了出来。

之后——便是真正落幕之时的到来。

解　说

大森望

　　毛利圭介是一位就读东京某大学的大四学生。9 月 1 日周日下午，一通电话打到他独居的公寓。电话中一个陌生男人的声音这样说道：

　　"从现在算起约一小时后，下午五点四十五分，将发生地震，三宅岛震度 4，东京震度 1，届时请您留心确认。"

　　一小时后，地震确实发生了。百思不得其解时，铃声再次响起，自称风间的男人向毛利提出了"体验重赴"的邀请。所谓重赴，即回到过去的自己。

　　"让自己的意识回到过去某一时间点的自己的身体里，并且是在保有现今全部经验和记忆的情况下。换句话说，带着未来的记忆回到过去的某个时刻，让自己的人生重新来过——我们将这一过程称为'重赴'。"

　　重赴的细则逐渐明朗，不过这批"时间旅行团"仅有十个名额。

毛利在半信半疑之中决定接受邀请成为"访客"。重赴的期限为 1 月 13 日到 10 月 30 日的九个半月。换句话说，在 10 月 30 日穿过"重赴之门"的一行人，将瞬间回到 1 月 13 日自己的身体里。

以上便是乾胡桃所著《爱的轮回式》的开端。

虽然书中并未明确给出故事发生于公元何年，不过从出场人物均未使用移动电话这一点来看，故事背景应该设定在 1995 年以前。而在综合了"高中棒球预选赛无安打无上垒""樱花赏出现万马券"等信息碎片后，大致可以断定故事发生在 1991 年（达成无安打、无上垒纪录的是大阪桐荫队的和田友贵彦；樱花赏的获胜马匹为"Sister 藤正"）。读过以 20 世纪 80 年代后期为背景的前作《爱的成人式》的读者们，在阅读本书时想必曾拼了命地核实这些细节吧。不过这次，大概是没有这个必要了。当代的诡计大师乾胡桃不会重复使用同样的招数。话虽如此，我同样不认为乾胡桃会直截了当地写一本关于时间旅行的科幻小说。那么这本书究竟是怎样的一本书呢？

一方面，在本书单行本的书腰上，法月纶太郎这样写道——

打破常规的封闭舞台、四次元杀人法"莫比乌斯之环"！无限接近于本格推理的"思考实验陷阱"正等待着读者！

嗯……仅凭这段话实在无法想象这是一本怎样的小说。而另一方面，由编辑部投出的直球宣传语是这样——

《倒带人生》+《无人生还》的冲击！

就算去看书腰内侧，也只写着："集各式题材之趣味于一身的超绝享受在此登场！"关于"科幻"的文字则无处可见。看到这里，惯于怀疑的推理小说读者们恐怕已将"时间旅行欺诈"的可能性列入意识了吧。然而，风间提出的重赴并非一个幌子或一派胡言，主人公一行人确实（在意识上）上溯时间，进入了九个半月前自己的体内。

如果是普通的时间旅行小说，主人公会在穿越后遇到另一个自己。但在本书中，主人公的意识回到了自己的身体里（当时的自我意识或不存在，或被覆盖），因此在感觉上是对已经经历过的九个半月的 Repeat（重赴）。"让现在的意识回归以前的肉体，将过去重新来过"，这一想法可以说与书腰上（及本篇中）提到的肯恩·格林伍德的《倒带人生》有着异曲同工之处（详细后述）。

而书腰上引用的另一本阿加莎·克里斯蒂的《无人生还》，暗示了本书中参加旅行团的访客们将在目的地（重赴后的人生）相继离奇死亡的剧情走向。那么究竟是何人出于何种目的在不断杀人呢？本格推理中，这个部分便是解谜的最大所在。由于并非去孤岛旅行，那么了解各个人物间关系的就只有重赴的参与者本身了——如此一来便在作案动机的层面上形成了一种封闭舞台。

当然了，（主观认为）参与了时间旅行的只是他们的意识，实际从外界看来并没有"旅行"发生。虽然出发之际伴随有物理空间的移动（需要去到重赴的入口），但若观察到达时刻的前后，却没有发生任何肉眼可见的移动。在未曾经历过重赴的观察者眼中，以 1 月 13 日为界，毛利君的言行可能会显得有些反常……所谓变化，也就只有这种程度而已了。恰如书中给出的观点，重赴者们仅仅是在脑内被植入了未来的记忆（或是在参加奇妙的旅行团后产生了反复于时间的妄想）。

与普通旅行还有一点不同，重赴有去无回。通常来说，回到过去的时间之旅也总有办法重返现在，然而重赴却是单向通行。因此，当意识飞回过去后（10 月 30 日以后）自己的肉体将会怎样，则完全不得而知。可能因灵魂出窍而死，又或者 1 月 13 日时的意识取而代之钻了进来。但不管怎样，由于脱离了出发时的时间线，不论过去如何被改变（至少从重赴者的角度看来）都不会产生时间悖论。

不仅如此，由 10 月 30 日返回 1 月 13 日的"重赴"，还可以被不断重复。实际上，现在对自己来说是第九回重赴后的世界（R9）——风间曾这样表示。

然而，一旦跨过了成为重赴入口的 10 月 30 日，眼下经历的时间线便将固化为独一无二的历史，从此以后都将无法重启。这就好像只有一次存档机会，同时也只有一次复位机会的角色扮演游戏。作为游戏来说虽不甚自由，然而我们原本就生活在无法重启的现实中。在这样的现实中若被赐予了重启的机会，将会发生什么？这一思考实验便是本书的隐藏主题。

由离奇的假设得出意外的结论，这正是科幻小说最得心应手的地方。即便仅限于时间题材，也有无穷多的想法可供尝试。正如编写密室诡计大百科一样，也可以对时间类科幻小说的模式进行细致分类（例如在新城十马的时间科幻长篇《Summer/Time/Traveler》中，菲尔博士以类似"密室诡计讲义"的形式，对过去超过五十部的时间科幻作品群进行了分类整理），然而此处受篇幅所限无法一一列举。那么在此，首先将时间类科幻的主流——物理系时间旅行（连意识带肉体一起上路的那种）排除在外，仅针对意识在自身肉体内部穿越的时间旅行题材，就其以往的几部代表作进行介绍。

"回到过去的自己，让人生重新来过"，这一模式得以确立为时间旅行题材的一个子类，正是归功于前述肯恩·格林伍德的《倒带人生》在世界范围内的畅销。发表于1987年，《倒带人生》曾荣获世界奇幻奖，在日本也有颇高的人气。

四十三岁的主人公杰夫是一位郁郁寡欢的电台主任，在与妻子通电话时突发心脏病，清醒后发现自己回到了十八岁那年。一定要运用之前的人生经验，让这次活得顺顺利利，杰夫下定决心步入了自己的第二轮人生。

在未来记忆的影响下，从1963年至1985年的二十五年间发生了巨大的变化。作者在此投入的设想和充满现实感的细节可谓妙趣横生。而这部小说的一大特征，便是人生的"重播"不仅止于一次，而是可以三番五次地不断回放。

将这一构想翻拍成电视剧，便是1999年新春在日本电视台播出的《重返少年时》。由堂本刚饰演的大学生主人公在1999年除夕时心脏病发作，醒来后回到了1995年的12月23日，而在重度四年时光后，于1999年末再次回到了1995年……这部电视剧基本可以视作青年版《倒带人生》（剧中称为Refrain，重奏），不过同主人公一样被困在时间轮回中的Refrain Player（重奏者）另有其人，而剧情在后半程亦走出了原创路线（不如说《爱的轮回式》

在设定上更接近于本作）。

　　既然说到了电视剧，就顺带说一下 2007 年春在富士电视台播出的由长泽雅美与山下智久主演的《求婚大作战》。剧中，男主人公在暗恋对象的婚礼上悔恨地说道："如果当初有好好告白，新郎或许就是我了！"之后借助妖精的力量回到过去的自己，以正确求婚为目标经历了无数次重试。该剧将恋爱模拟游戏电视剧化的设定，在某种意义上与《爱的轮回式》中（乾胡桃式）的恋爱观构成了两个极端。

　　《求婚大作战》看似与《倒带人生》属于同一类型的时间穿越，然而剧中男主人公的目的是在改写过去后重新回到现在，令恋人的失而复得成为现实，因此，该剧并非与时间悖论无缘。只令意识上溯时间并使历史发生改变，在这一分类下《求婚大作战》更接近于电影《蝴蝶效应》。而《蝴蝶效应》的模式是，现在的自己在进行时间旅行时记忆会出现空白（而后得知记忆的不连贯性是由于肉体受制于未来的自我意识），在这一点上与《倒带人生》分属不同类型。

　　肯恩·格林伍德的《倒带人生》被译成日语是在 1990 年 7 月，而在稍早些时候的同年春天，一部可以视为《倒带人生》江湖版的漫画开始在讲谈社的《Young Magazine》上连载。死于流弹下的小混混回到了十年前的自己，以称霸黑道为目标重塑人生，这便是由木内一雅担当原作（渡边润担任作画）的《一代老大》。

　　转年，藤子·F. 不二雄的《未来的回忆》在小学馆的《Big Comic》上拉开了帷幕。状态不佳的老牌漫画家纳户理人，在出版社主办的高尔夫比赛中昏倒，下一瞬已回到年轻时尚未出道的自己……这一部总之是漫画家版的《倒带人生》了。此后于 1992 年，主人公被替换为女性后，由森田芳光执导，清水美砂主演的同名电影被搬上了银幕。

进入 2001 年后，在新潮社的《周刊 Comic Punch》上，以《倒带人生》为原案的授权漫画《重播 J》开始由今泉伸二连载，讲述了一位证券公司的无用社员回到年轻时让人生重新来过的故事。

综上所述，1990 年以后，不论是在向阳还是在背阴的地方，都诞生了众多受到《倒带人生》影响的作品，它们都是《倒带人生》强大冲击力的不二佐证。然而，回到过去重铸人生的构想却并非《倒带人生》原创。

例如，英国科幻作家伊恩·沃森于 1982 年发表的短篇《知识的牛奶》。以 21 世纪中叶的未来为舞台，四十一岁的主人公某天突然回到二十七年前的自己，变成了十四岁的少年。主人公竭力阻止即将来临的大灾难，却在历史的洪流即将转变之时被卷回了起点。是"历史的复原力"在背后操纵吗？虽然该篇后半部分呈现出本格科幻的走向，不过以克尔凯郭尔的《重复》为蓝本，描写与年长女性间恋爱关系的前半部分，却有着相当高的"倒带指数"。

在日本，筒井康隆在《倒带人生》发表以前便写出了"倒带"型时间科幻短篇《读秒》（收录于新潮文库《药菜饭店》）。年过半百的鲍勃·加勒特上校在即将按下核战争按钮之际，上溯四十年回到 1952 年尚未成年的自己，将人生重新来过。总之是"中年男性回归少时"的黄金模式。

　　筒井康隆其实是这个领域的大家。若将"无数次回到同一时间点改写过去"这一题材解释为时间循环（time loop）而并非时间旅行，筒井康隆在 1965 年时便已创作出了以此为主题的《呃逆》（收录于中公文库《东海道战争》）。循环幅度仅为十分钟，与其说是意识回到过去的自己，不如说是世界（如横膈膜痉挛一般）不断重复着同一小段时间无法自拔。不过，"只有自己意识到同样的时间正在不断反复"与"意识进入过去的自己反复体验一度经历过的时间"，就现象而言两者并无分别。因此，虽然描写方式有所不同，两者基本可以视作同一类型。

　　如此一来，若将《呃逆》的循环期限延长至一天，便有了同为筒井康隆创作的畅销名作《穿越时空的少女》，这本小说同样可以被看作"倒带"型时间旅行的变种。发表于 1967 年的这部小说，催生出了 NHK 少年剧场系列的《Time Traveler》、原田知世主演的大林宣彦版写实电影，以及由细田守执导的剧场版动画。跨越四十年经久不衰的《穿越时空的少女》，至少在日本国内是时间循环类小说的原点（但与《倒带人生》不同，"循环往复的一天"并非《穿越时空的少女》的主题，而仅为作品的核心元素之一）。就连押井守导演的剧场版动画《福星小子 2: Beautiful Dreamer》中"周而复始直至永远的学园祭前日"，也是《穿越时空的少女》的变奏。

　　发表于 1995 年的高畑京一郎的《穿越时空》是一部沿袭自《穿越时空的少女》的将以理服人的乐趣发挥到极致的时间科幻推理杰作。该作中的时间旅行并非以循环的形式，而是女主人公的意识在一周的时间范围内四处跳跃。今关明好在 1997 年将这部小说翻拍成了电影，主演为佐藤蓝子。

《穿越时空》中"痉挛式"时间旅行的发想，源自库尔特·冯内古特的小说《五号屠场》（译林出版社）。被绑架至特拉法玛多星后，主人公比利·皮尔格林开始无序地徘徊于人生中繁多的节点。

F.M. 巴斯比的短篇名作《If This Is Winnetka, You Must Be Judy》同样被认为是《穿越时空》的灵感来源之一。意识在人生的时间轴上肆意飞走，该篇讲述了一个拥有特异体质的男女间不同寻常的爱情故事。而在另一部爱情故事——小詹姆斯·提普奇的《Forever to a Hudson Bay Blanket》中，时间旅行则是通过与过去的自己交换意识来成立的。

将《温内特卡》的构想更进一步——人类之所以能够线性地体验时间（昨天之后今天，再往后是明天），是因为拥有把握时间的能力，而一旦将掌管能力的部分破坏，谁人都将成为乱序的时间旅行者。将这一独特构想落在笔上的，便是小林泰三的初期短篇小说《醉步男》（收录于角川恐怖文库《玩具修理者》）。为了回到过去让恋人死而复生，主人公完成了关于时间旅行的研究，然而命运却因此一步步走向不幸。

而如果将这一构想从旁观者的立场进行描写，便有了佐藤正午的长篇小说《Y 人生路》。《Y》并未深入阐释科幻理念的细节部分，而是一面以推理小说的趣味性引人入胜，一面以鲜明的叙事技巧讲述重复十八年岁月后的结局究竟如何，是一部哀婉的爱情小说。

说到利用时机科幻设定的推理小说，便不可不提及西泽保彦

1995 年发表的《死了七次的男人》。十六岁的高中生主人公久太郎拥有奇异的体质，这令他陷入了"反复掉进时空黑洞"的状态，同一天要重复经历九回，其间发生的事情不断复位，只有最终回的经历将落为现实。因此在时间的循环中，久太郎能够将一天反复排练八次，最终将其改写为自己"理想的一日"。利用这种特异体质，久太郎想要阻止祖父死于非命，然而不论如何努力使嫌疑犯远离祖父，都会出现新的行凶候补。最终，这天以祖父的死和警方的调查而告终……

　　为改变历史拼上老命，最终却无法如愿以偿，这恐怕是时间类科幻作品耳熟能详的定式了。一如本书中所进行的讨论，此类作品通常将这一现象解释为"时空连续体对于变化的厌恶"（以将变化限制为最小的准则运作）。

　　将"反复落入时空黑洞"的设定扩充至九个半月并废除次数限制，说《爱的轮回式》是这样的作品也未尝不可。在用尽篇幅对科幻设定进行详尽说明后，以本格推理特有的杂耍般的理论巧妙地把读者摆了一道——在方法论的层面上，两本书也有共通之处。

　　顺带一提，西泽保彦的另一部破天荒的本格推理《人格转移杀人事件》中拥有这样的设定——借由某种装置可以实现复数个人物间的人格替换。而在乾胡桃的另一部科幻推理闹剧《提线木偶症候群》中，自称"楚楚动人女子高中生"的十六岁女主人公被心仪的森川前辈的人格附体，从而被剥夺了身体的支配权。也包括相对而言扭曲的（个人色彩略重的）恋爱观在内，两者间的共通之处着实不少——然而，若去寻找本格推理中易于使用的科幻设定，却又止步于时间循环和人格转移。作为依据，井上梦人结合两者的元素撰写的——若一时大意给出标题便已构成剧透，正因为此推理小说才难以介绍。话说乾胡桃本人也曾将时间科幻的构想作为底牌写出了——很遗憾，这本同样无法给出书名。

此外，在《死了七次的男人》的后记中，作者曾表示该书灵感来源于哈罗德·雷米斯自编自导、比尔·默瑞主演的电影《土拨鼠之日》——一部描写中年男人无限循环于某天的悲喜剧。这部电影在日本被归类为《穿越时空的少女》模式，在美国则被指出受到《倒带人生》影响。

意识回到过去，至此为止回顾的作品均以这种模式为中心，不过也有意识飞向未来的模式存在。罗伯特·J.索耶的《未来闪影》可以算是这一类型的代表。由于粒子实验中意想不到的副产物，全体人类的意识都在两分钟时间里跳跃到了二十一年后的自己。一度窥探过未来后，人类会产生怎样的变化呢？小说的主题就在于此。

反之，若全体人类的人生都被重播又会怎样？这便是巨匠库尔特·冯内古特晚年的长篇著作《时震》。在地球规模时震的影响下，1991年至2001年的十年时间被彻彻底底复刻了。虽然所有人对此都有清晰的认识，却不能像《重播》那样，无法对十年间发生的事情做出任何改变——从每一根手指的运动到每一次眨眼的时机，都无法改变——人类被关在了自我意识无法驱动的肉体里。而当人们突然从"时间的牢狱"中解放出来时，究竟会发生什么呢？

同样是全人类被封闭在时间的轮回中，Somtow Sucharitkul 的短篇《暂时牺牲天堂的幸福》讲述了一个悲惨的故事：人类被外星人授予了永恒的生命，代价却是被迫在同一天中周而复始长达七百万年之久。

好了……随心所欲地列举无穷无尽，想必许多读者已经心生倦意，是时候回到《爱的轮回式》的话题了。以下内容含有对本书重要剧情的透露，请尚未读完本篇的读者们务必小心。

"可以重塑的现实"，书中的这一核心要素十分接近于角色扮演游戏中允许反复读档的设定。而在以《弟切草》为首的音响小说（以及尔后出现的视觉小说等文字类游戏）中，读者将成为玩家，多次重复同样的时间流程（一天、一周或一年）。

《爱的轮回式》在表面上虽然拥有与《倒带人生》类似的构造，故事却并非聚焦于重赴者们如何利用未来的知识来构筑美妙人生，这是本书的一大特征。

重赴者可以活用其特权，在重新来过的九个半月里利用已知的信息，通过赌马或股票积聚巨额财富。然而不论如何积累财富（或者说不论如何实现美妙人生），进入下一轮重赴后一切都将归零。留下的只有经验。从这层意义上讲，本书的世界观与地宫型角色扮演名作《Rogue》及其衍生作品《特鲁尼克大冒险》更为相似。

反之，若选择放弃重赴，通过 10 月 30 日后现实又将变得唯一确定，之前到手的有形无形的财产都将保留下来，但作为代价将失去重赴者的特权。

较之放弃重赴过程中的收获，丢掉重启的可能性（重新来过的权利）更令人感到抗拒。像这样去挖掘人类的心理层面，恐怕就是本书的重中之重了。新一轮人生开始后，各个访客的注意力并非集中在如何有意义地度过重启后的九个半月，而是聚焦于"能否参加下一轮重赴"。虽说这当中少不了风间的诱导，"将重赴永远重复下去才是赢家"的感觉终归还是支配了重赴者。

对同伴们相继从重赴中"毕业"侧目而视，执着于重赴甚至开始招收访客，风间的这种心态在生于现实的我们眼中反而是无法参透的。然而对于一个被赋予了重启按键的男人来说，常人眼中的不可思议却又超出了他的认知。"重启现实的权利"，其诱惑便是如此巨大。

《游戏写实主义的诞生》一书中，批评家东浩纪列举樱坂洋的小说《杀戮轮回》以及游戏《蝉鸣之时》等作品，针对时间循环类作品中剧中剧的叙事手法，从游戏写实主义角度进行了详细分析。该书的批评对象主要为国产（日本）轻小说与美少女游戏，不过游戏写实主义的考量方式大概同样适用于以《爱的轮回式》为首的最近一批国产本格推理小说吧。

支撑起乾胡桃作品的游戏写实主义，容易被读者误以为是极具自然写实主义色彩的产物，最典型的例子便是《爱的成人式》。而在本书《爱的轮回式》中，正是自然写实主义与游戏写实主义之间的冲突，导致了本格推理的意外性与情节发展的意外性（主人公采取读者意料之外的行动与决断）。换句话说，从写实主义角度出发进行阅读时无论如何也无法接受（或者说预想不到）的展开和诡计，站在游戏写实主义的观点上就容易理解了。

实际上，在初读本书时，相对于本格推理部分精湛的论理展

开，情节发展总显得不够灵活自然（毛利的行为不合逻辑），然而
在重读后发觉，那些叫人咬牙切齿的部分才是本书的精彩之处。

归根结底，不论付出怎么样的代价都要重启人生，如果存在
重启的按键不论如何都要据为己有，这种如伤口阵痛般的欲望正
是 21 世纪初这十年间的（在游戏写实主义层面上的）创作主流。

乾胡桃或许是有意在科幻推理的框架中添入了美少女游戏的
（或者说恋爱模拟游戏的）要素，从而表现出一个类似于致郁游戏
的世界观。"现实的可重置性"，《爱的轮回式》以小说的形式将其
描绘出来，并直言不讳地表示其中没有出口存在。即便重启了，
没救的也还是没救。这样想来，缜密的科幻设定也罢，意外性满
点的真相也罢，都不过是本书的细枝末节罢了。

若应用东浩纪提出的"环境分析"读解法，便可能得出"故
事会极其自发地对当下环境进行游戏写实主义尝试"的结论。
而如此一来，《爱的轮回式》便是在用写实的手法诠释"一旦现
实可以重启，人生便将随之色情游戏化"这一令人啼笑皆非的
命题，实质上是一本恐怖的青春小说。

着手编写这篇解说时，我万万没有想到会得出如此结论（Bad
End？）。其实现在，我感到有些茫然。有些东西即便在 R0（初读
本书）时完全没有想过，在经历了 R2、R3 后也会孕育出截然不同
的解释。数年后，我一定还会想体验重赴《爱的轮回式》的感觉。

图字：01-2014-7672

图书在版编目（CIP）数据

爱的轮回式 /（日）乾胡桃著；丁楠译. -- 北京：现代出版社，2021.4

ISBN 978-7-5143-8959-3

Ⅰ. ①爱… Ⅱ. ①乾… ②丁… Ⅲ. ①推理小说—日本—现代 Ⅳ. ①I313.45

中国版本图书馆CIP数据核字（2020）第267382号

REPEAT by INUI Kurumi
Copyright © 2004 INUI Kurumi
All rights reserved.
Original Japanese edition published by Bungeishunju Ltd., 2004
Chinese (in simplified character only) translation rights in PRC reserved by Modern Press Co., Ltd., under the license granted by INUI Kurumi, Japan arranged with Bungeishunju Ltd., Japan through TUTTLE-MORI AGENCY, Inc, Japan

爱的轮回式

作　　者	［日］乾胡桃	
译　　者	丁　楠	
责任编辑	毕椿岚	
出版发行	现代出版社	
通信地址	北京市安定门外安华里504号	
邮政编码	100011	
电　　话	010-64267325　64245264（传真）	
网　　址	www.1980xd.com	
电子邮箱	xiandai@vip.sina.com	
印　　刷	三河市宏盛印务有限公司	
开　　本	880mm×1230mm　1/32	
印　　张	13	
字　　数	268千字	
版　　次	2021年4月第1版　2021年4月第1次印刷	
书　　号	ISBN 978-7-5143-8959-3	
定　　价	55.00元